中國語言文字研究輯刊

二二編

許 學 仁 主編

第 **28** 冊

傈僳族音節文字研究

韓 立 坤 著

花木蘭文化事業有限公司

國家圖書館出版品預行編目資料

傈僳族音節文字研究／韓立坤 著 -- 初版 -- 新北市：花木蘭
文化事業有限公司，2022〔民 111〕

目 4+208 面；21×29.7 公分

（中國語言文字研究輯刊 二二編；第 28 冊）

ISBN 978-986-518-854-2（精裝）

1.CST：傈僳族 2.CST：少數民族語言 3.CST：研究考訂

802.08 110022452

中國語言文字研究輯刊

二二編 第二八冊 ISBN：978-986-518-854-2

傈僳族音節文字研究

作 者 韓立坤

主 編 許學仁

總 編 輯 杜潔祥

副總編輯 楊嘉樂

編輯主任 許郁翎

編 輯 張雅淋、潘玟靜、劉子瑄 美術編輯 陳逸婷

出 版 花木蘭文化事業有限公司

發 行 人 高小娟

聯絡地址 235 新北市中和區中安街七二號十三樓

電話：02-2923-1455／傳真：02-2923-1452

網 址 http://www.huamulan.tw 信箱 service@huamulans.com

印 刷 普羅文化出版廣告事業

初 版 2022 年 3 月

定 價 二二編 28 冊（精裝） 台幣 92,000 元

傈僳族音節文字研究

韓立坤 著

作者簡介

　　韓立坤（1986～）女，漢族，山東濟南人。畢業於華東師範大學中國文字研究與應用中心，現為山東師範大學文學院講師，韓國順天大學訪問學者。研究方向：普通文字學，比較文字學，傈僳學。

　　曾在《西北民族大學學報》等刊物發表論文多篇，參與國家社科重點基金項目「世界記憶遺產」東巴文字研究體系數字化國際共享平臺建設研究、教育部重大項目「中華民族早期文字資料庫與《中華民族早期文字同義字典》」、國家社會科學基金項目「漢字與南方民族古文字關係研究」。

提　要

　　傈僳族是中國的一個跨境民族。歷史上，傈僳族沒有文字，使用結繩、刻木等多種原始記事方法。二十世紀二十年代，雲南省維西縣葉枝的傈僳族人汪忍波獨立創製出了傈僳族的本民族文字：傈僳族音節文字。這種個人創製的民族文字，在文字史中極為罕見，為文字的起源和發生問題提供了新的研究思路和寶貴的材料。

　　本書首先對傈僳族音節文字的字源進行考釋，共考釋《傈僳族音節文字字典》中所收字形253 個。作為表音文字，傈僳族音節文字的每個字形代表一個音節，每個音節在不同的場合下代表不同的字義。此外，通過語音聯繫字形，可以發現造字者在創製文字時使用了一批構字元件。不過，由於缺乏明確的造字標準，音節文字中還包含極少量的象形字和會意字。

　　傈僳族音節文字中包含一定數量的借源字，主要借用了漢字，少量藏文字母和老傈僳文字母。借用字是維西地區特殊的地理位置、複雜的歷史進程、豐富的民族和宗教文化及造字者汪忍波個人經歷所共同造就的結果。

　　同時，音節文字中存在異體字242 組，590 個字形。造字者對字形進行反覆修改，學習者也可能在學習和書寫的過程中產生偏差，從而造就異體字。除異體字外，傈僳族音節文字中還存在一字多音現象。一字多音現象在實踐中也可能產生異體字。

　　創製音節文字後，汪忍波及其弟子使用音節文字書寫了一大批文獻，包括傈僳族的神話、詩歌、曆法、天文、占卜等內容。其中，最著名的當屬《祭天古歌》。2013 年出土的音節文字語言石碑是近些年來音節文字文獻的重大發現。

　　為瞭解對音節文字的使用現狀，2015 年至2017 年，筆者親赴維西地區進行了四次田野調查。調查發現：音節文字仍然被使用，學校教育成為傳播音節文字的重要途徑，音節文字已經成為維西傈僳族民族認同感的來源之一。

　　除了汪忍波的傈僳族音節文字之外，世界範圍內還有少數個人創製型的民族文字，如切羅基文字、楊松錄苗文，等等。個人創製型與自源文字具有不同的性質，與民族意識的覺醒密切相關。

第一章　緒　論

第一節　傈僳族簡介

一、中國傈僳族

傈僳族是中國的一個跨境民族。根據 2010 年第六次人口普查，中國境內傈傈族人口約有 73 萬人，其中，雲南省境內約分布 66.8 萬人[註1]，占雲南省總人口的 1.45%，位居雲南省內各少數民族人口數量排名第八位。中國境內的傈傈族主要聚居於雲南省怒江傈僳族自治州瀘水、永勝、華坪等縣，迪慶藏族自治州維西傈僳族自治縣，保山市的騰沖、龍陵及昌寧縣，德宏傣族景頗族自治州的潞西、盈江、梁河、瑞麗、隴川等縣，楚雄彝族自治州的元謀和武定縣，昆明市祿勸縣，大理白族自治州的雲龍等、賓川縣以及臨滄市鎮康縣、耿馬縣，普洱市思茅縣。四川省的德昌、鹽源、會東、鹽邊及米易縣也有分布[註2]。境外的傈僳族主要分布於緬甸克欽邦、撣邦等地，約有四十萬人，另外在泰國、印度等國也有分布。

[註1] 《傈僳族簡史》修訂本編寫組：《傈僳族簡史》〔M〕，北京：民族出版社，2008 年版，第 1 頁。

[註2] 參見國家統計局，《雲南省 2010 年第六次全國人口普查主要數據公報》〔EB-OL〕，2012-2-28：http://www.stats.gov.cn/tjsj/tjgb/rkpcgb/dfrkpcgb/201202/t20120228_30408.html.

　　傈僳族有本民族語言傈僳語。一般認為，傈僳語屬於漢藏語系藏緬語族彝語支，與彝、納西、拉祜等民族語言接近。歷史上，傈僳族沒有文字。

二、傈僳族簡史

　　關於傈僳族的族源，《傈僳族簡史》認為，「傈僳族屬於唐代『烏蠻』部落的一個集團，和彝語集團中自稱為『諾蘇』『納蘇』『聶蘇』的部落在古代有著親密的親屬關係；由於各種歷史原因，特別是十六世紀以來，經過幾次大遷徙之後，已經發展成為一個單一民族。」從神話傳說、風俗習慣、家庭制度、經濟生活等方面考察，傈僳族與彝語支民族有著密切的淵源關係。

　　族稱是一個民族的身份證明，是構建該民族人群的身份認同的重要標誌。傈僳族一直有著固定的族稱。「傈僳」之本義有多種解釋，傈僳族學者史富相在《傈僳族的根與源》中一文認為，將「傈僳」解釋為「居住在坡地上並獲取五穀或住在山林的人」比較確切。各地的傈僳族都有各自的自稱和他稱。居住在滇西怒江州、德宏州、麗江、保山地區的傈僳族，自稱「傈扒」，他稱「傈僳」，有「黑傈僳」「白傈僳」「花傈僳」等支系稱謂。居住在楚雄州、昆明市祿勸和四川省鹽邊等地區的傈僳族，自稱「里頗」，他稱「傈僳」，內部也分為「黑傈僳」（又稱「傈僳能」或「山傈僳」）和「白傈僳」（又稱「傈僳扒」）兩個支系。維西縣境內的傈僳族因服色尚黑而被劃分為「黑傈僳」，稱為「傈僳能」。

　　但是，因為傈僳族本民族文字出現時間較晚，因此只能根據漢文史籍的記載來研究傈僳族族稱的演變規律。

　　公元 8 世紀以前，傈僳族先民已居住在四川雅礱江及金沙江兩岸的廣大地帶，此後，逐漸向雲南西北部的瀾滄江和怒江遷徙。

　　公元 8 世紀，唐代樊綽在《蠻書・名類第四》中始稱「栗粟」：「栗粟二姓蠻，雷蠻、夢蠻皆在茫〔註3〕部臺登城，東西散居，皆烏蠻、白蠻之種族」。〔註4〕

　　元朝時期，稱為「盧蠻」。《大元一統志・麗江路・風俗》：「麗江路蠻有八

〔註3〕「茫」應為「邛」。
〔註4〕參見西南民族學院圖書館 1986 年編寫內部資料《雲南傈僳族及貢山福貢社會調查報告》，第 3 頁。

種：曰麼些、曰白、曰羅落、曰冬悶、曰峨昌、曰撬、曰吐蕃、曰盧。」又記載巨津州乃「昔濮、盧二蠻所居之地，後為麼些蠻侵奪其地」。根據方國瑜考證，「盧蠻」即傈僳族先民。

14 世紀以後，地方文獻中出現了傈僳族先民生產生活的記載。過去的雲南地方志或筆記中多稱為「傈蠻」「些蠻」「傈些」「力些」等，稱謂不同，但實際指代的都是傈僳族先民。

明景泰《雲南圖景志書》卷四：「巢處山林，有名栗粟者，亦羅羅之別種也。居山林，無室屋，不事產業。常帶藥箭弓弩，獵取禽獸。其婦人則掘取草木之根以給日食。歲輸官者，唯皮張耳。」

楊慎《南詔野史》下卷「南詔各種蠻夷」四十條作「力夗」，記載傈僳先民：「衣麻披氈，岩居穴處，利刀毒矢，刻不離身，登山捷若猿狹，以土和蜂蜜充饑，得野獸即生食。」

清毛奇齡《雲南蠻司志》作「力些」。顧炎武《天下群國利弊書·雲南五》記載：「力些，惟雲龍洲有之，男囚首跣足，衣麻布直撒披以氈衫，以毳為帶束其腰。婦女裹白麻布。善用弩，發無虛矢。每令其婦負小木盾三四寸者前行，自發弩，中其盾，而婦無傷。以此制服西番。」〔註5〕

18 世紀以來，對傈僳族生產、生活狀況的記載日漸增多。四川《鹽源縣志》記載當地傈僳族的生產仍處於「居深山中，怠於種樹，逐獸捕魚。男女皆獷捷，物多生啖，有茹毛飲血之風」的階段。康熙《元謀縣志》記載，當地傈僳族「板瓦為屋，耘蕎、稗為食」。

康熙《雲南通志》卷二十七：「力些，惟雲龍州有之。男囚首跣足，衣麻布衣，披氈衫，以毳為帶束其腰。婦女裹白麻布。善用弩，發無虛矢，每令其婦負小木盾，徑三四寸者前行，自後發弩，中其盾而婦無傷，以此制服西番。」

雍正《雲南通志》卷二十四：「力些，迤西皆有之，在大理名栗粟，在姚安名傈漱，有生熟二種。男囚首跣足，衣麻布衣，披氈衫，以毳為帶束其腰。婦女裹白麻布。善用弩，發無虛矢，每令其婦負小木盾，徑三四寸者前行，自後發弩，中其盾而婦無傷，以此制服西番。」

陳奇典（乾隆）《永北府志》卷二十五：「（北勝州內司管內）力些一種，性

〔註5〕參見西南民族學院圖書館 1986 年編寫內部資料《雲南傈僳族及貢山福貢社會調查報告》，第 3 頁。

梟雄，能遠視，崖居穴處，頭束布帕，身配弓弩，獵麞麅以易食，網鳥雀以資生。不通漢語，男女衣食相同。性情桀驁，此輩老於深山，大半不履城市，婚配不論尊卑，不分同族。死後火化，拋棄骸骨。」

《永北府志》卷二十五：「力些一種，原無姓氏，居處山崖箐嶺之中，男子赤足包頭，持弓射獵，女人短衣筒裙，挖地種蕎。婚姻不論尊卑，歿後用火焚化。」

《永北直隸廳志》卷七蘭坪土千總：「力些一種，住居高山，刀耕火種，採樵營生，婚姻必論尊卑，身披麻布衣。稍通漢語，略知禮節，死後棺葬。」

嘉慶檀萃《滇海虞衡志》：「力些，一名傈蘇，一名栗粟……有生、熟兩種。」

《大理府志》卷十二（雲龍州）則作「栗粟」：「栗粟於諸彝中最悍，依山負谷，長刀毒弩，日不離身。祭賽則張松棚燃炬，剝獐鹿諸獸而已。亦事耕種，饒黍稷蕎稗。」

余慶遠《維西見聞紀》中，對傈僳族先民的生產生活情況做了較為詳細的描述：「栗粟，近城四山、康普、弓籠、奔子欄皆有之。男挽髻戴簪，編麥草為瓔珞，綴於髮間，黃銅勒束額，耳戴銀環，優人衣舊，則改削而售其婦女衣之。常衣雜以麻布、綿木、織皮、色尚黑，袴有膝，衣齊袴，膁裹白布，出入常佩利刃。婦挽髮束箍，耳戴大環，盤領衣，繫裙曳袴。男女常跣。喜居懸崖絕頂，墾山而種，地瘠則去之，遷徙不常。刈獲則多釀為酒，晝夜酖酣，數日盡之。遂執勁弓弩藥矢獵，登危峰石壁，疾走如狡兔，婦從之亦然。獲獸或烹或炙，山坐共食，雖猿猴亦炙食，烹俟水一沸即食，不盡無歸，屢復採草根木皮食之。採山中草木為和合菜。男女相悅，暗投其衣，遂奔而從，跬步不離。婚以牛聘，喪則棄屍，不敬佛而信鬼。借貸刻木為契，負約則延巫祝，置膏於釜，烈火熬沸，對誓置手膏內，不沃爛者為受誣。失物令巫卜其人，亦以此傳明焉。觸忿，則弩刃俱發，著毒矢處肉輒自執刀剜去。」

清代已有將傈僳族族稱記為「傈僳」者。《雲南通志》卷一百八十四引清乾隆《皇朝職貢圖》：「傈僳，相傳楚莊蹻開滇時，便有此種。無部落，散居姚安、大理、永昌四府。其居六庫山谷者，在諸夷中為最悍。其居赤石崖、金沙邊地，與永江連界者，依樹木岩穴，遷徙無常。男人裹頭，衣麻布，披氈衫，佩短刀，擅用弩，發無虛矢。婦女短衣長裙，跣足，負竹筐出入，種蕎稗，隨地輸賦。」

乾隆《麗江府志略‧官師略‧種人》：「傈僳，有生、熟兩種，崖居穴處，或架木為巢。囚首跣足，高鼻深眼。獵取禽獸為食，居無定所，食盡即遷。佩弩帶刀，雖寢息不離。」

光緒《麗江府志稿》卷一：「傈僳，《南詔野史》作力些，金沙、瀾滄兩江之高山有之。男女皆衣麻披氈，居岩穴，刻刀毒矢刻不離身。登山捷若猿猱，以土和密（蜜）充饑。今則有種雜糧者，得野獸即生食，尤善弩。每令婦負小木盾前行，自後射之，中盾而不傷婦，以此制服西番。」

除此之外，對於傈僳族先民還有其他稱謂。《木氏宦譜‧木青傳》作「力蘇」。《滇南新語》「夷異」條：「惟麗郡中甸維西之把粟、栗粟、模粟，剽悍奉喇嘛。其親死，必延喇嘛問之，名刀把。或擦媽向死屍誦經咒。刀把謂死者死罪，則懸掛尸山樹之顛以風，曰天葬。謂有罪，則籠屍沉諸江，曰水葬。或割屍飼禽，而火其骨，截脛骨作筒吹之，曰火葬。此皆梵書舍身喂鷹虎之說也。然各種多生食，且有噉生蛇者。男女皆佩刀，習鏢弩。好鬥輕生。」清顧祖禹《讀史方輿紀要》作「力梭」：「鐵索箐在縣西北，逶迤千里，山阿水隈，溪徑深險……萬曆初，鐵索箐力梭夷叛，撫臣鄒應龍討之。」

至近代，對於傈僳族的族稱仍沒有統一的說法。李根源《永平縣志稿》卷下：「查瀘水在明以前，原族有三，擺夷、保保、傈僳。……傈僳姓氏，密、諸、蔡、禾、余、姬等，為原流。……黎蘇族亦非土著，其先遷來之時間與分布之地帶，亦復與苗族略同。」

段綏滋《中甸縣志稿》卷上：「（中甸）力些族，散居於第二區、第三區良美鄉一帶，繫居於石戛山之陰，山深林密，虎豹為害，乃於乾隆年間，由土普旺人向維西縣屬瀾滄江邊招來獵戶一家。其後遂繁衍於沿江一帶高山。」

《中甸縣志稿》卷下：「力些族，禮節仍重磕頭，其樂有古蘆笙、橫笛、四方四絃之琵琶、嗩吶，其笙有管者，在年節喜慶時吹奏，八管者用於喪葬。力些族衣服純用麻布，男服不褐不衫，長僅及膝，科頭跣足，半薙編髮，麻布裹腿。婦女皆係麻布長裙，終身跣足，喜編連貝子為朋，以為首飾。李邪祖住宅均以木楞為牆、板片為瓦。湫隘狹窄，席地坐臥，無桌凳床榻，飲食在火塘周圍。力些族，亦有黑力些、白力些兩種，但其婚姻一律平等，絕無貴賤之分。尤重血統，不能混亂，聘禮多以牛羊布匹為準。力些族仍用棺葬，且有一定墓地，亦有立碑墓者。最重祭掃，歲歷數十百年亦能辨認。力些族祭祀在山中，

則祭山神，即以獵獲麂獐兔鹿為祭品。在家祭祖，則仍用線香豬羊之屬，惟不立神主或任何牌位。」

和錫光《中甸縣志稿·種人》作「狸蘇」：「狸蘇，即《通志》所稱之傈僳也。居於金沙江畔之崇嶺峻峰間，種蕎麥而為食，織麻縷以為衣。喜獵，射則必中。」

《雲南維西縣地志全編·種類》：「傈僳種，係土著，有語言無文字。住山野，刀耕火種，遷徙靡常，以獵禽採藥為生活。近城者淳樸，住山野者獷悍，麻布為衣，木楞為屋。」

繆悔一《滄怒麗江見聞錄》：「知子羅、上帕兩屬，原係雲南土司地，既有滄、怒兩江之險，又有怒山之萬峰重疊。該地栗粟怒子，自成部落，內地人士足跡罕到。」

克勒德納（Wilhelm Credner）的《雲南地理考察報告》中有《關於傈僳種族之考源》一篇，文中作「黎蘇」：「黎蘇人，乃藏緬族之一支，彼等現在似尚繼續向南遷移。其居地為高山，與住於山谷低處之撣人，恰成一個對照。」

1940 年，中華民國重慶國民政府教育部、社會部、中研院共同研擬《中央定制改正西南少數民族命名表》。在《改正西南少數民族命名表》中，正式訂正族名稱為「傈僳」。〔註6〕

中華人民共和國成立後，關於傈僳族的族稱也有過一些爭論。1954 年，怒江傈僳族自治州（當時稱為怒江傈僳族自治州自治區，包括四縣、專區）之際，正式認定族名為「傈僳」。傈僳族從此直接過渡到社會主義階段，也被稱為「直過民族」〔註7〕。

第二節　傈僳族文字歷程概覽

一、傈僳族造字傳說

在過去，傈僳族人很早就意識到本民族沒有文字。對於沒有文字的原因，傈僳族先民在神話傳說中給出了解釋。

〔註6〕楊思機：民國時期改正西南地區蟲獸偏旁族類命名詳論，《民族研究》，2014 年第 6 期。

〔註7〕「直過民族」包括：獨龍族、德昂族、基諾族、怒族、布朗族、景頗族、傈僳族、拉祜族、佤族等少數民族。

　　陶雲逵在《碧羅雪山之傈僳族》中記錄了一個傈僳族文字神話：「……後來天上差遣一位神下來，教給他們識字。三個白的（傈僳族）將學來的字寫在一塊皮子上，那個黑的（納西族）將學來的字刻在石頭上。天神回天上去了，他們也各自回去。三個白的同在一起走，那個黑的去了另一處。可是三個白的，行到途中餓了，找不著東西吃，無可奈何之下就將寫有字的皮子吃了。於是，他們學來的字只會說而不會寫。而那個黑的，因為將字刻在石頭上，忘了的時候，就看石頭。所以傈僳族會說不會寫，沒有文字。」〔註8〕

　　在這個神話中，傈僳族原本是擁有文字的。文字來自神的賜予。天神同時教授了傈僳族和納西族文字，學會之後，兩族人使用的文字載體不同。傈僳族先祖將文字記錄在皮子上，最後因為飢餓，選擇將皮子吃掉，所以失去了文字，只剩語言。而納西族將文字刻在石頭上，因此保存了文字。從該神話中可以看出：傈僳族人不但注意到了本民族沒有文字的問題，而且意識到了文字具有不同的載體，並且對文字與語言的關係有了初步認識——文字是用來書寫語言的工具。

　　傈僳族其他的文字神話中，同樣提到文字的失落。但與陶雲逵收集到的神話不同，在這些神話中，記錄傈僳族文字的皮子並非被人吃掉。

　　《雲南傈僳族及貢山福貢社會調查報告》中收集文字神話一則：「傈僳傳說，其祖先與漢族之祖先相互約定以文字之發明，決定平原沃野之主宰。傈僳發明文字，書於鹿皮上。結果被狗拖去，全功盡棄。漢人發明之文字書於簡冊上，乃被保留，故漢人獲得平原沃野。而傈僳失敗後退於山林之地居住，從事刀耕火種的生活。」〔註9〕

　　傈僳族的創世神話《創世紀》中，解釋語言和文字的來源：「傈僳族的祖先列喜列剎和沙喜沙剎結婚後，生了五個孩子。生第一個孩子時，列喜列剎把一塊白布丟在地上，對嬰兒說：『讓你變成漢族。』生第二個孩子時，把一根卜卦竹簽丟在地上，對嬰兒說：『讓你變成傈僳族。』生第三個孩子時，把一塊黑布丟在地上，並對嬰兒說：『把你變成諾蘇（彝族）。』生第四個孩子時，把一根木棍戳在地上，並說讓你變成一個俅扒（獨龍族）。生第五個孩時，

〔註8〕陶雲逵：《碧羅雪山之傈僳族》，《陶雲逵民族研究文集》〔M〕，北京：民族出版社，2012年版，第281～282頁。

〔註9〕參見西南民族學院圖書館1986年編寫內部資料《雲南傈僳族及貢山福貢社會調查報告》第39頁。

用簸箕覆在地上，並說讓你變成一個怒族。後來列喜列剎叫孩子們把自己的語言書寫下來。漢人寫在白布上，所以至今尚保存漢字。諾蘇寫在黑布上，成為老彝文。傈僳寫在麂子皮上，後來麂子皮被狗吃了，所以傈僳族沒有文字流傳下來。」〔註10〕

雲南碧江縣的傈僳族中流傳的古歌《創世紀》中，對於文字的發明解釋道：

創世者發明了文字，文字是更好的發明。

女：更美的怎麼發明？得向創造者詢問，得向發明者探聽。

男：還有一條更好的，還有一條更妙的，製造出來銀文字，創造出來金文字。據說沒有地方寫，據說沒有地方劃。漢文寫在帛布上，傈文寫在獐皮上。漢族文字不好吃，傈僳文字被狗吃，漢族文字爛不了，傈僳文字爛掉了，因此如今無文字，因此如今不寫字。

〔註11〕

在以上的文字神話中，傈僳族原本擁有文字。與陶雲逵收集到的神話相同，傈僳族的文字記錄在皮子（鹿皮）上，然而卻被狗吃掉了。由此，傈僳族失去了文字。

除此之外，龍陵傈僳族傳說：「祖宗說我們的王和我們一樣是個人，而且會給我們帶來我們能懂的書！」英國傳教士富能仁到達龍陵山區傳教時，「這些傈僳人來了興致，從老祖宗那兒代代相傳的預言說有個國王會來到傈僳人中，而且是個高大的白人，會給他們帶來『秘籍』〔註12〕」

由以上的文字神話可以看出：首先，傈僳族人很早就意識到本民族無文字的狀況。傈僳族先民注意到，周邊的漢族、納西族等民族擁有文字，而本民族卻沒有文字。並且，他們已經初步意識到，不同的民族使用不同的語言，語言可以被文字記錄，文字書寫的就是語言。傈僳族人迫切渴望本民族的文字，卻長期處於無文字的階段。為了方便記錄事項，傳遞信息，傈僳族人發明出了原始記事方式，以實物記事、結繩、刻木等手段來代替文字的功用。

〔註10〕《傈僳族簡史》修訂本編寫組：《傈僳族簡史》〔M〕，北京：民族出版社，2008 年版，第 23 頁。

〔註11〕徐琳・木玉璋：傈僳族《創世紀》研究〔M〕，東京：東京外國語大學亞細亞・非洲言語文化研究所，昭和 56 年（1981 年），第 71 頁。

〔註12〕（英）艾琳・克蕾斯曼著，阿信、陳萍譯：《山雨》〔M〕，北京：團結出版社，2014 年版，第 154～155 頁。

二、原始記事方式

在長期的生產生活實踐中，傈僳族人採用了多種原始記事方法。根據記事所採用的基本原則進行分類，可大致分為實物記事和符號記事兩種。

（一）實物記事

所謂實物記事，指的是以實物來記錄數字、決定、意見或感情。

計數是最簡單的一種實物記事。在實物記事中，可採用部分物體表示全體的方式進行計數。以石子、玉米等實物進行計數較為普遍。例如，雲南傈僳族過去在處理糾紛時，雙方當事人在面前各擺一個竹筒，每陳述一條理由，便在竹筒內放一顆玉米粒。最後清點，哪方當事人竹筒內的玉米粒多，哪方獲勝。五十年代貢山傈僳族選舉村長，在每個候選人跟前放一個碗或者竹筒。全村人各持一粒玉米或豆子，放入選擇的候選人面前的碗或竹筒中，最後計算數量，獲得最多者當選。〔註13〕

除使用鵝卵石、玉米或豆子等物計數外，部分傈僳族地區流行擺篾片陣。篾片即竹片，長約十五公分，寬約一公分。打官司時，當事雙方都備有篾片，每陳述一條理由，就擺出一條篾片，按規則逐條擺放，若一路擺不下，便另起一路，有的擺三路、四路，擺成正方形，形成對峙的篾片陣。最後根據雙方擺出的篾片多少做出裁決。一般以擺出篾片最多的一方作為勝方。

另外，傈僳族人還使用實物進行記事表意。如，雞毛和火炭代表事態緊急。《回憶李書俠二三事》記載：「據第四區區長古光遠報告，中甸股匪遲早必犯，該區情形，皆極嚴重，用雞毛火炭文書之報警，有一日而三起者。」〔註14〕

（二）符號記事

所謂符號記事，是以對象為符號標誌或對象上做出一些符號，用以記事或傳遞信息。傈僳族的符號記事手段主要有結繩和刻木兩類。

1. 結　繩

傈僳族採用結繩記事，主要是以結繩的數目記錄日期，民間打官司和相互

〔註13〕楊毅：《雲南少數民族檔案早期表現形式探析》〔J〕，《雲南民族學院學報》，2000年，第3期。

〔註14〕參見中國人民政治協商會議雲南省維西傈僳族自治縣委員會文史資料研究委員會1989編寫《維西文史資料》第一輯，第38頁。

借貸等情況。

結繩用於記錄日期。如約定開會的時間，召集者便製作若干繩結數目相同的麻繩派人分送，接到者立即出發，走一日解開一個繩結，等繩結全部解完，趕來開會的人即可在會議地點碰面。

結繩用於民間打官司或借貸。例如，輸者被斷定要向贏者賠償幾頭牛、幾頭豬或幾元錢，贏者便在一根麻繩上結數目相同的繩結，以作為憑證。民間借貸中，也可以結繩指代借貸的數目。又如，借了幾斗米就打幾個繩結，歸還一斗米則解開一個繩結，等繩結全部解開，債務也就還清了。〔註 15〕

結繩也可用來記錄帳目。又如，解放後，貢山的傈僳族曾將結繩應用於集體生產勞動中。每個社員準備一條麻繩，出工一天就請記工員在麻繩上打一個結，隔一段時間，就將麻繩匯總到生產隊記工員處計算工分。為了避免混淆，每根麻繩上再繫一些標誌物，例如煙頭或頭飾。這條麻繩實際上就是「工分簿」。〔註 16〕

2. 刻　木

刻木作為傈僳族的原始記事方法之一，主要用於締結契約，根據材質不同，又可稱為竹刻、木契等。清余慶遠《維西見聞紀》：「傈僳，……借貸刻木為契。」〔註 17〕木刻歷史悠久，在傈僳族的生活中起著重要作用。

傈僳族的創世神話中，便採用了刻木的早期形式作為兄妹相認的證據：將一物折斷，而後合二為一以驗證。「人類已經沒有了，他們商量尋人類的蹤跡，先將木梳折成兩片，佩帶於衣襟之內，又把鐵棍截為二根，各杖其一，以約定日後相會之證據。……結果好像兄妹破鏡重圓了，世界上沒有別的人了，拿出來木梳相合，鐵杖相接，俱成一物了。」

在尋找太陽的傳說中，也使用木刻作為憑證：「公雞（對太陽）說：『你出來的時候，開三道大門來迎你；回去的時候，開三道大門去送你。你若不信，可刊木刻與你。』」

〔註 15〕 楊毅：《雲南少數民族檔案早期表現形式探析》〔J〕，《雲南民族學院學報》，2000年，第 3 期。

〔註 16〕 楊毅：《雲南少數民族檔案早期表現形式探析》〔J〕，《雲南民族學院學報》，2000年，第 3 期。

〔註 17〕 鄧章應、白小麗編著：《〈維西見聞記〉研究》〔M〕，成都：四川大學出版社，2012年版，第 96 頁。

　　從神話傳說中可以看出，傈僳族人曾長期使用刻木做為原始記事方式。在實際的生產生活中，傈僳族地區，土地、房屋的買賣、訂婚、離婚和借債等行為多採用刻木作為憑證。

　　刻木用於土地、房屋等買賣行為。傈僳族土地的買賣形式，分為賣死與不賣死兩種。賣死的是在轉讓土地所有權時，由買主煮一瓶酒，殺一口豬，請一個中間人，因為沒有文字，以刻木為記，不這樣做的就不算賣死。〔註18〕

　　刻木用於婚姻行為。傈僳族訂婚、結婚或離婚中常使用木刻。傈僳族《逃婚調》中唱道，「要相思啊你就給我刻木契，要恩愛啊你就給我刻箭杆……木契不好隨便刻，箭杆不好隨便劃，必須呼三聲天，必須搶三下地。」〔註19〕傈僳族結婚時，有時會刊一木刻，以作憑證。〔註20〕而離婚時，需請中間人，並刻木為證。離婚當日殺一口豬，由中間人刻好木刻，以豬血塗於其上，並灑一點酒在上面。木刻上刻有中間人的人數，雙方並給中間人兩塊錢。木刻由中間人保存，如果有任何一方否認時即以木刻為記。〔註21〕

　　刻木用於債務。傈僳族社會歷經發展，內部逐漸出現貧富差距，因此也就出現了負債戶。在過去，傈僳族人負債，最普遍的是為了結婚或祭鬼而向他人借牛，通常一條牛的利息每年為一「拳」〔註22〕。為表明雙方的借債關係，一般是將所借牛的胸圍刻在借戶家門上，或用一根同樣長的竹竿剖為兩半，借債雙方各執一半。〔註23〕陶雲逵在傈僳族地區考察時，記錄了類似的借債行為：「……譬如甲向乙借五兩銀子，或五隻豬，五斗米，則在此竹片上，刻五道橫線，然後用刀豎著將其劈為兩半，甲乙各持其一，以為信符，待還欠之時，甲

〔註18〕《民族問題五種叢書》云南省編輯委員會編，《中國少數民族社會歷史調查》修訂編輯委員會：《傈僳族社會歷史調查》〔M〕，北京：民族出版社，2009年版，第122頁。

〔註19〕木玉璋、徐琳等：《逃婚調‧重逢調‧生產調》〔M〕，昆明：雲南人民出版社，1980年版，第12～14頁。

〔註20〕參見西南民族學院圖書館1986年編寫內部資料《雲南傈僳族及貢山福貢社會調查報告》（內部資料）第88頁。

〔註21〕《中國少數民族社會歷史調查》修訂編輯委員會：《傈僳族社會歷史調查》〔M〕，北京：民族出版社，2009年版，第95～96頁。

〔註22〕「拳」是傈僳族的計量單位之一，是以竹篾量牛的胸圍，再以拳頭量竹篾的長度，看共有幾「拳」。

〔註23〕《傈僳族簡史》修訂本編寫組：《傈僳族簡史》〔M〕，北京：民族出版社，2008年版，第104頁。

出示竹刻，以與乙之竹刻，兩半拼對，以為憑證。」〔註24〕

刻木進一步發展，便出現了「刻木信」。「刻木信」又稱「木片信」，是解放前傈僳族地區普遍使用的古老書信形式之一，即用刀在木片上刻出一定規範的記號，表示某些特定意思的信件。清光緒《雲龍州志》卷五《秩官志》附六庫土司《夷地風俗人情》條：「（傈僳）以木刻為券，通信亦然。」根據用途的不同，刻木信主要分為民間使用的私函和行政用途的公函。

清嘉慶六年，由於天災造成大饑荒，維西地區的傈僳族人恒乍繃舉行起義。在起義過程中，曾廣泛使用刻木信作為聯絡工具，刻木信發揮了重要的作用。覺羅琅玕嘉慶八年九月二十四日《生擒首逆恒乍繃，維西軍務全峻由》折附《恒乍繃供單》：「一面守住合江橋，一面聽眾人分傳木刻。」在維西當地流傳的恒乍繃故事中，對於木刻信有這樣的描述：「三天以後，彪饒扒、臘者布和幾個傈僳弟兄來找恒乍繃，卻被攔在門外不准見面。阿空孟傳出話來說，恒乍繃已經投誠了，要在府內好生住幾天，叫綿羊古和所有的傈僳村寨送雞、送羊、送牛、送馬和送銀兩來。彪饒扒聽了根本不相信：『既然恒乍繃已經投誠，為什麼不讓我們見面呢？』他思索了一陣就要求見木刻。他說：『投誠也罷，不投誠也罷。你們把恒乍繃的木刻拿出來，不見木刻我不信。』」〔註25〕道光年間，楊大田在《雪山樵人吟》中記錄：「各處饑傈見木刻（即傈夷原約信也）而烏合者，盈數千人。」

由於刻木信能夠表達較為複雜的含義，因此一直到近代仍在使用。

1937 年，以傈僳族人傑魯為首領的傈僳族及怒族農民在維西縣窪坪村一帶進行起義。根據曾參與鎮壓起義的趙森回憶，這次起義中，傈僳族人仍使用了刻木信：「當天傍晚……民團趕到了黑日多。當晚，我們剛到就聽說，對方以傑魯為首者，在頭天就殺了木刻送到我方領導人李經和呂鳳鳴手中了。木刻是作為談判條件的標誌，送來的木刻所談內容是：『現在我們有人三千，今年又是我們打仗的一年。你們的押子已經到我方兩次了，但是第三次堅決不准來了；假若不聽再來，我們一定把他殺了。今天你們不打我們，那我們

〔註24〕陶雲逵：《陶雲逵民族研究文集》〔M〕，北京：民族出版社，2012 年版，第 281～282 頁。

〔註25〕祝發清、左玉堂、尚仲豪編：《傈僳族民間故事選》〔M〕，上海：上海文藝出版社，1985 年版，第 296 頁。

明天就打你們了。』」〔註26〕

　　建國初期，中央慰問團曾在怒江州福貢縣收到一件傈僳族的刻木書信，長約6.6釐米，刻有四種符號，根據李家瑞的解釋，「｜｜｜」表示三個人，「○」表示月亮，「×」表示相會，「川」表示大中小三位領導和三種禮物。全文意為是：來的三個人，和我們在月圓時相會了，現送上大中小三種禮物，送給大中小三位首領。〔註27〕福貢縣人民政府還曾收到來自貢山的一件木刻。一端刻交叉型符號「×」，表示相會；另一端刻一圓圈「○」，代表一個凳子；上邊刻三缺，代表三個人；下邊刻二缺，代表二件東西。全木刻意為：「你派來的人我們已經相會，帶來兩件東西也收到，派我兩個弟弟及一個隨從共三人去你處，送你一個凳子。」〔註28〕

三、借用其他民族的文字

　　沒有文字，傈僳族人便依靠刻木、結繩、擺篾片陣等原始記事方式作為輔助記憶的工具，並一度發展出了刻木信這類具有文書性質的較為複雜的記事方式。但是，由於原始記事方式存在天然的缺陷，因此在使用時不能完全取代文字的功用。從關於文字的神話傳說中可以看出，傈僳族先民早就注意到周邊民族使用文字的情況。於是，傈僳族人採取了另一種方法，即借用其他民族的文字來記錄本民族語言。

　　傈僳族曾使用納西族東巴文來記錄傈僳語。李霖燦在討論麼些〔註29〕經典的版本時曾經談到，「在魯甸一帶有兩冊名叫『魯魯經』的經典，雖是寫的麼些文，卻記錄的是傈僳話。『魯魯』在麼些語中是混合的意思，在這裡是混血通婚的意思，原是有一家麼些人要與一家傈僳人通婚，傈僳人方面提出條件，就是要用他們的語言，於是就有了這兩冊經典。我記得是部開喪經，用傈僳話聽起來『你的兒子呼喚你，你不答應，你的女兒呼喚你，你不答應了，你

〔註26〕《我被迫參加娃擺戰鬥的片段回憶》，參見中國人民政治協商會議雲南省維西傈僳族自治縣委員會文史資料研究委員會1989編寫《維西文史資料》第一輯，第65頁。

〔註27〕李家瑞：《雲南幾個民族記事和表意的方法》〔J〕，《文物》，1962年，第1期。

〔註28〕木刻中所提「凳子」，原記錄未作解釋。汪寧生懷疑「凳子」是對人表示尊重的一種方式。

〔註29〕麼些，又寫作「麼些」，即納西族。納西族主要居住於雲南省，在維西的葉枝等地區也有一定分布。

的妻子呼喚你，你不答應，你的老友呼喚你，你不答應了。你的祖先呼喚你，你卻答應了……』以此來形容一個人的死亡，很有文藝情味。」〔註30〕李霖燦又在《麼些象形文字字典》中收錄「魯魯」一字：「部族名。指麼些與傈僳族融和後裔。今日麗江魯甸、梓里江橋一帶猶有此部族。曾搜集到此部族之經典二冊，以麼些文寫成，而讀為傈僳音也。」戈阿干也提到，1986年五月初，和開祥東巴曾教他讀了兩本有關祭獵神的經書，其中一本是用象形文記音的傈僳族祭獵神口誦經。〔註31〕

傈僳族還曾經使用傣文記錄。怒江州傈僳族歌唱採集的民歌，使用了相鄰的傣族人的傣文記錄：「我們住在山腳，我們睡在山洞，兩邊都是大森林，大森林裏野果多，有甜的，有酸的，有大的，有小的，叫一聲人們快上樹，只見大人和小孩，只見老人和婦女，你爭我趕擁上來，爬直樹，爬彎樹，摘的摘，吃的吃，搖的搖，搶的搶，哭的哭，笑的笑，像雀鳥嬉鬧，像蜜蜂採花，像猴子打架……」「住在山腳」的是傣族人自己，「住在山洞」裏的人包括山上的傈僳族和景頗族，而採集是當地人共同的節日。〔註32〕

由上可見，傈僳族人曾借用周邊相鄰民族的文字記錄本民族的語言。所記錄下的有經書、歌謠，為保存傈僳族古代經典發揮了一定作用。

四、傳教士創製的傈僳族文字

然而，因為語言系統不同，借用其他民族（例如納西族東巴文）的文字，必然不能完全自如地記錄本民族語言。傈僳族人民始終在尋找屬於傈僳族的文字。十九世紀末，隨著基督教的傳播，西方傳教士進入了傈僳族地區。為了便於傳播福音，傳教士創製出了兩種傈僳族文字。

（一）格框式傈僳文

格框式傈僳文創始人是英籍澳大利亞傳教士王懷仁（或稱王慧仁、梅懷仁，George E. Metcalf，1879年3月3日～1956年1月15日）。王懷仁於1906

〔註30〕鄧章應：《西南少數民族原始文字的產生與發展》〔M〕，北京：人民出版社，2012年版，第205頁。

〔註31〕戈阿干：《滇川藏納西東巴文化及源流考察》〔J〕，《邊疆文化論叢》（第一輯）〔M〕，昆明：雲南民族出版社，1988年版，第295頁。

〔註32〕林茨：《福音谷》〔M〕，石家莊：河北教育出版社，2003年版，第41頁。

年被中國內地會〔註33〕派往雲南傳播基督教。1912年，王懷仁夫婦與滇中武定、祿勸等地的傈僳族頭人一起，以武定滔谷（Taogu）的傈僳族語音為基礎，創製了一種伯格理文字，即伯格理傈僳文，又稱格框式傈僳文或東傈僳文。

格框式傈僳文共有輔音30個，元音25個，其中單元音12個，復元音13個，聲調共3個，聲調分表標定在元音的上、下、右上和右下。字母分大小，大字母拼寫聲母，小字母拼寫韻母；小字母寫在大字母的上方、右上角、右下角等位置，表示不同的聲調。〔註34〕每個音節組成一個方框格式，所以稱為框格式傈僳文。格框式傈僳文主要在武定、祿勸、元謀、會理、會東等地的傈僳族基督教會內使用。〔註35〕創製格框式傈僳文後，王懷仁翻譯並印刷了多種基督教經書。1912至1951年間，框格式傈僳文出版了《馬太福音》《路加福音》等聖經單卷本四種以及《新約全書》譯本。目前，格框式傈僳文已不再使用。

（二）老傈僳文

老傈僳文樣章〔註36〕

老傈僳文，又稱為聖經文字、上帝書或西傈僳文。中華人民共和國成立前

〔註33〕中國內地會（China Inland Mission，CIM），1865年由英國傳教士戴德生創辦。1964年改名為海外基督使團（The Overseas Missionary Fellowship 或 OMF International）。

〔註34〕雲南省少數民族語文指導工作委員會編，主編和麗峰，副主編熊玉友：《雲南少數民族文字概要》〔M〕，昆明：雲南民族出版社，1999年版，第249～250頁。

〔註35〕周有光：《世界文字發展史》〔M〕，上海：上海教育出版社，1997年版，第140頁。

〔註36〕老傈僳文樣章來自：http://www.nlc.cn/cmptest/wmdwz/ssmz/201412/t20141226_95022.htm。

主要通行於信仰基督教的傈僳族、怒族和獨龍族中。老傈僳文的創製者為英國基督教傳教士富能仁（又作傅能仁，James Outram Fraser，1886～1938，傈僳語稱為阿益三），富能仁 1908 年到達滇西騰沖一帶從事傳教活動。在傳教過程中，富能仁發現，當地傈僳族苦於無文字的現狀，迫切渴望文字。目睹了傈僳族人沒有文字的困境後，同時為了便於傳教，富能仁決定創製一套傈僳族文字。

在富能仁創製文字之前，美國浸禮會的緬甸克倫族青年傳教士巴托（Ba Thow，亦譯為巴東、宇巴梭、巴叔等）在緬甸北部的傈僳族群眾中傳教時，參考美國傳教士漢遜（Hanson）等人創製的緬甸克欽族文字，設計了一套同時採用大小寫拉丁字母進行拼寫的傈僳族文字，但這種文字方案並不完善。1912年，富能仁與巴托見面，二者商量為創製傈僳族文字而努力。1917 年，巴托第二次與富能仁見面，帶來了他的文字方案。傈僳族人民試用兩套方案後認為：巴托的方案雖然整齊美觀，但識記困難，書寫不便；富能仁的方案則易讀、易寫、易記。〔註37〕約在 1920～1921 年，富能仁同他的助手摩西（原名旺林，雲南龍陵縣人，傈僳族傳教士）及巴托合作，將富能仁的傈僳族文字方案進行改良，並用所創造的傈僳族文字翻譯印刷了傈僳文版的《約翰福音》及《聖經知識問答》。自此，該文字系統開始在滇西北和緬北傈僳族地區推廣使用，產生了廣泛的影響。為了與格框式傈僳文（又稱為東傈僳文）區分，故稱為西傈僳文，中華人民共和國成立後稱為老傈僳文。

老傈僳文最初使用時只有 37 個字母。中央民族學院語言學家後來對符號系統做了補正，增補了兩個聲母，一個韻母，共 40 個字母使老傈僳文得到了進一步完善。

老傈僳文的符號體態基礎為拉丁字母，其中 30 個輔音使用 22 個拉丁字母的正反大寫、顛倒形式來表示，10 個元音採用 6 個字母的正反形式來表示；自成音節，音節之間加短橫表示連接人名或地名；六個聲調分別用句點和逗號及其結合形式來表示，標點符號只有逗號和句號，分別用單橫加點或雙橫來表示。

在創製初期，老傈僳文主要用於傳播基督教文化。1921 年起，傳教士採用

〔註37〕陳建明：傳教士在西南少數民族地區的文字創製活動，宗教學研究，2010 第 4 期。

老傈僳文翻譯並出版了《馬太福音》《約翰福音》等聖經單卷本四種。1939 年，又翻譯並出版了《新約全書》，之後還出版了《新約附詩篇》一部。1968 年，老傈僳文版《新舊約全書》在緬甸仰光出版，這個版本成為中國雲南傈僳族基督教會通用的聖經文本，而老傈僳文的傳播也主要是通過教會的宗教活動進行。〔註38〕

老傈僳文在傈僳族地區有著廣泛的群眾基礎。老傈僳文創製初期，便受到傈僳族人的熱烈歡迎：「自英傳教士傅能仁（即富能仁）用拉丁文發明傈僳字，譯就傈僳語之《聖經》，始傳受於龍陵社區之傈僳，繼續擴廣到各處之傈僳寨後，向之無文字者，今則能記帳，寫書牘，立契約也；向之無宗教者，今則祈禱上帝而懺罪惡也。」〔註39〕

傈僳族人民使用老傈僳文進行書信來往、說經佈道、記帳、頒布布告等活動。根據民國 34 年（1945 年）統計，僅在維西一地，當時掌握老傈僳文的便約有七八百人。建國後的一段時間，宗教活動停歇，但仍有傈僳族群眾使用這種文字，應用於生產生活之中。有些社隊幹部用老傈僳文記筆記，掛工分，登帳目等，形成民間自流的狀況。1985 年，維西縣九屆人大常委會第七次會議做出決定，在全縣「推廣使用老傈僳文為主，不排斥新傈僳文的研究和試驗」。此後，政府機關的牌匾、會議及書刊等皆用老傈僳文書寫。1988 年維西縣民族宗教事務委員會傈僳文編譯室城裏，創辦傈、漢文版《維西報》，傈僳文和漢文各占兩版，內部發行近四萬兩千份。〔註 40〕除此之外，其他地區以老傈僳文為基礎，出版的報紙有《怒江報》德宏《團結報》《麗江報》等數種，並出版了《中華人民共和國憲法》《黨章》《團章》和眾多的文學詩歌與翻譯作品。

以上兩種傈僳族文字為傳教士所創製，雖然應用廣泛，但仍不是完全由傈僳族本民族創製的傈僳文。

〔註38〕楊宏峰主編，歐光明編著：《中國傈僳族》，銀川：寧夏人民出版社，2012 年版，第 319 頁。

〔註39〕參見西南民族學院圖書館 1986 年編寫內部資料《雲南傈僳族及貢山福貢社會調查報告》，第 8 頁。

〔註40〕雲南省維西傈僳族自治縣志編纂委員會編寫，《維西傈僳族自治縣志》〔M〕，昆明：雲南民族出版社，1999 年版，第 872 頁。

五、新傈僳文

新傈僳文樣章〔註41〕

中華人民共和國成立後，黨和人民政府為了盡快提高傈僳族人民的科學文化知識，根據國務院幫助創製少數民族語言文字的五項原則，幫助傈僳族人民創造了以拉丁字母為基礎的新文字，稱為新傈僳文。這種新文字的文字方案在1954年擬定，1955年經由國家民委批准試行，1956年經過修訂補充，於1957年在雲南少數民族語文科學討論會上討論擬定。

新傈僳文以怒江傈僳族自治州碧江縣五區和二區一帶的傈僳語為標準音，採用26個拉丁字母為基礎，用雙字母表示傈僳語中特有的濁音、濁擦音和濁塞音，聲調用音節末尾加字母的方法表示。鼻化音在元音後加〔n〕表示。

在人類的文明進程中，文字的創製是一項劃時代的發明。文字可以傳遞信息，保留文化，交流思想，跨越時間和空間，是文明發展的重要里程碑。

在傈僳族的歷史中，經歷了漫長的無文字階段後，從原始記事方式到西方傳教士創製的框格式傈僳文和老傈僳文，文字對傈僳族的生產和生活的各個方面產生了重大的影響。但是，傈僳族尚未有本民族創製的文字。二十世紀二十年代，雲南省維西縣葉枝的傈僳族人汪忍波憑一己之力，花費數年時間創製出了傈僳族音節文字，才是完全由傈僳族人自行創製的傈僳文，標誌著傈僳族進入了本民族創製文字時期。

〔註41〕新傈僳文樣章來自：http://www.nlc.cn/cmptest/wmdwz/ssmz/201412/t20141226_95022.htm

第三節　汪忍波與傈僳族音節文字

一、汪忍波生平

　　汪忍波（1900～1965，根據音譯不同，有些文獻又寫作哇忍波、凹士波），傈僳族，雲南省維西縣葉枝鎮新洛行政村米俄巴村人。汪忍波長期務農，同時從事傈僳族原始宗教活動，是當地著名的「尼扒」〔註42〕和葉枝傈僳族祭天儀式第二十代傳承人，享有崇高威望。二十世紀二十年代起，汪忍波花費十多年時間，獨自一人創製出了傈僳族音節文字。二十世紀三十年代後，他致力於在群眾間推廣音節文字，並用音節文字書寫記錄了《汪忍波自傳》等十數萬字的珍貴文獻，為傳播和保存傈僳族文化做出了傑出貢獻。

　　民國年間，張征東在維西境內對傈僳族進行調查，著有《傈僳族社會歷史調查》。張征東曾邀請汪忍波（原稿做凹士波）至葉枝，就傈僳族神話傳說等問題交流數次：

　　　　傈僳過去生活環境傳說，除前述外，筆者又訪得維西縣葉枝鄉岩瓦洛村傈僳過去生活環境傳說如次：據該村居民凹士波君表示，初來岩瓦洛之傈僳遂發現該地可種穀物，然彼等仍從事於狩獵生活，並未遽行從事定居之農耕生活，直至最初前來之人在西康邊境狩獵遇害後，其同伴方返回原住地，邀集另一族人偕同前來岩瓦洛村卡肯以迄今日。

　　　　筆者除自第三章所述之歷史傳說中加以分析外，並於（民國）三十四年（1945）十月二十四日邀維西葉枝鄉岩瓦洛村傈僳凹士波君前來詢問彼族中對神之一般傳說。據彼稱傈僳認為天地間最高之神為「烏撒」，居於世界最高山峰上，管理世界萬物，對之有生殺予奪、成毀損益之權。其餘之山神、龍神、火神、家神均受「烏撒」管理，遵照對萬物之管理權。

　　　　汪忍波告知張征東：「天神為無所不知，無所不能，獨一無二，至高無上者，而其餘各神數目甚多，如火神家神每家都有；山神每一村或每一山有一個；龍神則凡較大之水源及河流均有，而由一大

〔註42〕尼扒：傈僳族原始宗教的巫師，意為「能與鬼神交談的人」。

龍神統之。」「天神有時會裝死，裝死時則某處山坡上忽現一塊若有
人耕過之山地，而地上有樹之枝葉或飯碗發現，又有如墳狀之凸起
者，寬約五尺。天神之墳發現十三年後世間有災難，人死甚多。」

對於該次經歷，汪忍波曾將之記錄於其《自傳》中。

中華人民共和國建立後，汪忍波先後被推薦到區、縣、專區學習。1954 年，
汪忍波參加民族觀光團到昆明等地觀光。中央民族學院的木順江曾經在昆明與
汪忍波對音節文字的創製有過交流，並就此寫過一篇報告。回到維西後，汪忍
波滿懷激情地使用音節文字寫了一首 800 多行的長詩，熱情謳歌新時代。在晚
年身患重病、行動困難的情況下，汪忍波堅持用一個硬面筆記本把全部音節文
字書寫一遍，臨終時鄭重地交給兒女保存，顯示出對畢生所奮鬥之事業的無限
深情。

1965 年 10 月 9 日，汪忍波病逝於家中，享年 65 歲。

二、創製音節文字的目的

關於汪忍波創製音節文字，有一些神話傳說。汪忍波的學生光那巴（魚親
龍）說，汪忍波是按照神的旨意創製的音節文字。有一天，汪忍波到山上砍柴，
由於下起雨雪無法回家，便在一個山洞內過夜。正在他低頭編織竹器的時候，
忽然聽到有人喊他的名字，循聲望去，只見一位鬍鬚花白的老人，手持一本書。
汪忍波走過去，老人就把這本書給了他，此後幾天，老人每天都來教汪忍波認
這本書上的字，沒多久工夫，汪忍波就全部學會了。後來，汪忍波便以此創製
了傈僳族的音節文字。〔註 43〕

1941 年《雲南正義報》「邊疆」欄目記載：「在維西岩瓦洛出了一個發明文
字的傈僳人，名叫汪忍波，他發明文字的經過是這樣的……有一天晚上，他夢
見鬚髮皆白的神人，教他造字，驚醒後，原來是祖父指示的。」

以上兩則傳說反映了人民群眾對於文字的神聖感情。長期以來，傈僳族
人沒有文字。文字由何而來？個人能否創製文字？在神話的迷霧籠罩下，傈
僳族人民將汪忍波創製文字歸因於神或先祖的指引。但是，汪忍波創製音節
文字，並非由於神仙的幫助，而是在當時的主客觀條件的綜合下進行的一種

〔註 43〕木玉璋：《傈僳族語言及文獻研究（一）》〔M〕，北京：知識產權出版社，2006 年
版，第 12 頁。

可貴嘗試。

在《汪忍波自傳》中，汪忍波詳細闡述了他創製音節文字的原因。

首先，傈僳族沒有文字，沒有文字就容易遭受欺騙。「從前，傈僳沒有文字。傳說是因為傈僳文字寫在獐皮上，被狗吃掉了。我不相信這種說法是真的。漢人、藏人、納西人都有文字，所以使我想起了文字的問題，便創造起文字來……長期以來，傈僳都用刻木記事。刻木不能記人的名字，也不能把一件事記得清楚。一件事情刻在木板上，時間一久，過兩代三代，隨人解釋，就會把真的說成假的，把假的當做真的。記在木刻上一個符號，可以解釋成以前，可以解釋成一兩，也可以解釋成一斤。用木刻記事，那些有騙人本領的人，他把一兩說成十兩，便要算十兩；他也可以把一百兩說成一兩。總之，傈僳族因為沒有文字而吃了多少苦頭呵！」〔註44〕

汪忍波發現，漢族、藏族、納西族都有本民族文字，而傈僳族人沒有。傈僳族長期採用刻木等原始記事方式，雖然能起到一定的功用，但不能完全替代文字。他覺察到木刻有著先天的缺點：無法準確記錄文字，只能「隨人解釋」，不同的人可以對木刻的符號做出不同的解釋。如此一來，傈僳族人時常因沒有文字而蒙受損失。

汪忍波的個人經歷恰恰證明了刻木「隨人解釋」的弊端：「後來到了煮酒月的臘月，那是一個閏月的末尾，我父親死了。為了給父親辦喪事，就把我家在村中央的一塊地典當給臘波惹，得到一口豬、一壇酒，講好以後用三兩銀子去贖回。過了一些日子，我家拿了三兩銀子去贖地，對方不認帳。我們把典當時的契約——那塊上面刻有三轉三道的木刻拿去給臘波惹看，他說，那木刻上的三轉三道是表示每年要交給他三塊銀元的利息。我說，那分明是說要我家用三兩銀子去贖地。他卻堅持要我家把那三塊銀元交給他做利息。這樣，我家不但一無所得，反而把銀子交出去做利息了。這件事說來很不幸，真是叫人難以忍受啊！可惜我家的一塊地白白送出去，什麼也得不到，得到的只是那一口豬和一壇酒，還有那一件用來給父親作壽衣的土布長衫。回想起來，當時要是用文字把它記載下來的話，地價就是地價，贖金就是贖金，利息就是利息，該合多

〔註44〕參見《哇忍波自傳》，汪忍波原著，木玉璋翻譯，李汝春整理，中國人民政治協商會議雲南省維西傈僳族自治縣委員會文史資料研究委員會 1989 編寫《維西文史資料》第一輯，第 1～2 頁。

少，明明白白寫在紙上。白紙黑字寫清楚了，不論什麼時候，到什麼地方，一眼就看得分明，誰也賴不了帳。可惜當時我們沒有文字，也不可能用文字把這件事記下來，又要忙於給父親辦喪事，埋葬他的遺體，更沒有時間和工夫想的那麼多。而今吃了啞巴虧，又怎麼能說得清楚呢？」〔註45〕

汪忍波父親去世後，因為家貧，所以用田地換錢辦喪事，以「三轉三道」的木刻為憑證。然而到了贖回田地之時，由於木刻可以「隨口解釋」，雙方產生爭執。汪忍波家損失了田地，卻無可奈何。這件事深深地刺痛了他，成為他創製傈僳族文字的直接動力。

三、音節文字的創製過程

根據相關材料推算，大約自 1923 年起，汪忍波便開始了創製音節文字的工作。〔註46〕「到了豬年，我已有二十五歲了。九月初八是雞日，我到葉枝岩瓦洛老莊房基地上種麥子。在種地休息的時候，我沉思在許許多多傷心的往事之中，禁不住流下了眼淚。默然良久，我順手在身邊拾了一塊光滑的石片，取下別在帽子上的縫衣針，隨手寫寫畫畫，想要劃出幾個字來。心裏時而默誦祭天祈禱時的經句，時而想到其他的問題。寫畫了一陣之後，終於寫下了下面幾句話。」〔註47〕

汪忍波在石片上刻畫的最初的音節文字，翻譯過來後是三句話：「我們只會唱調子卻沒有文化。只有掌握文化才是真正財富。否則金銀堆滿山坡又算得了什麼。」〔註48〕文化即文字，擁有文字的重要性勝過金銀，這表達了汪忍波對文字的重要性的深刻認識。

汪忍波刻畫下這些音節文字後，「（我）反反覆覆地看那些符號，覺得還真有點像字的樣子。比較了一下，只是那些符號的形狀不甚明顯，還難以確定哪

〔註45〕參見《哇忍波自傳》，汪忍波原著，木玉璋翻譯，李汝春整理，中國人民政治協商會議雲南省維西傈僳族自治縣委員會文史資料研究委員會編 1989 年編寫《維西文史資料》第一輯，第 5～6 頁。

〔註46〕創製音節文字的時間，尚有 1922 年、1925 年等說法。

〔註47〕參見《哇忍波自傳》，汪忍波原著，木玉璋翻譯，李汝春整理，中國人民政治協商會議雲南省維西傈僳族自治縣委員會文史資料研究委員會編 1989 年編寫《維西文史資料》第一輯，第 8 頁。

〔註48〕在《汪忍波自傳》的另一個版本中，此處寫了十三句話，共 87 個字形，是《祭天古歌》中的詩句。這可能是因為傳抄造成的不同。

個符號就是哪個字。」他認為，「世間同一樣事物、同一個意思，各民族可以用自己不同的語言來表達，文字也應該如此，各民族所用的文字符號也是各不相同的。」從此以後，他「便不停地寫寫畫畫，總共寫了十二本。」以上就是音節文字的創製過程。

從開始創製到文字體系成熟，汪忍波大約花費了十年光陰。在音節文字創製完成後，汪忍波決定在傈僳族群眾中推廣音節文字。「考慮到我們傈僳大家都是下苦力幹生產的人，沒有工夫讀那麼多的書，識那麼多的字，我就把它歸納、整理成一本書。文字雖然搞出來了，但是沒個頭緒，人們學起來有困難，於是我又把所有的字按照一定的順序編排起來，編成一個識字本子，用它做教材，去傳授給人們。」

汪忍波提到的「識字本子」，就是音節文字的《識字課本》，又稱為《傈僳語文課本》。《識字課本》將音節文字按照順序進行編排，成為 291 句大致押韻的歌謠。在學習時，首先讀熟歌謠，以此來記住不同的字符。這種方式簡明易學，推廣效果良好。汪忍波免費教授音節文字，據說凡是來學習音節文字的人，都能得到一本汪忍波抄寫的《識字課本》。汪忍波本人還曾親自到福貢縣傳授這種文字。葉枝土司曾試圖阻止音節文字的推廣和使用，後來在上級官員〔註49〕的支持下，汪忍波得以繼續傳播音節文字。1945 年，張征東在維西地區調查時，音節文字已經在葉枝、康普兩地流傳，有三百多人掌握了這種文字。到解放初，有一千餘人掌握了音節文字。至二十世紀世紀五十年代，能夠誦讀《識字課本》的人還有很多，有些老人甚至達到了精通的程度。掌握了音節文字後，傈僳族群眾將其作為記錄語言的工具，廣泛地運用到社會生活中，記事、記物、記帳、寫信、寫對聯，乃至於有的生產隊用音節文字計算工分和帳目，甚至出現過告白公眾的廣告。〔註50〕汪忍波在五十年代受邀去昆明參觀後，還曾使用音節文字寫過一篇長詩來歌頌新中國。1983年以來，還有人將音節文字寫成條幅，參加過州、縣舉辦的書法藝術展覽，並成為獲獎作品。

〔註49〕《汪忍波自傳》原文作「省裏來了一個什麼委員」，疑似指的就是張征東。
〔註50〕雲南省維西傈僳族自治縣志編纂委員會編寫，《維西傈僳族自治縣志》〔M〕，昆明：
雲南民族出版社，1999 年版，第 865 頁。

四、傈僳族音節文字的意義

汪忍波獨立創製出的傈僳族音節文字，具有重大的意義。

第一，傈僳族音節文字是完全由傈僳族人獨立創製的文字。雖然近代出現了傳教士創製的傈僳文字，但音節文字是傈僳族本族人士第一次自創的文字系統。文字音節文字創製成功，使傈僳族擺脫了長期以來無本民族文字的狀況。對傈僳族人而言，經歷了漫長的無文字階段後，終於出現了本民族文字，這是歷史性的飛躍。

第二，傈僳族音節文字書寫、記錄了一批珍貴的文獻。維西縣的葉枝地區保存有豐富的傈僳族文化傳統，汪忍波是傈僳族祭天儀式第二十代傳承人。汪忍波及其弟子，以音節文字作為載體，書寫了至少十萬字文獻，內容涉及傈僳族神話、天文、曆法、故事、自然地理環境和生產生活等各個方面，為其他傈僳族地區所罕見，對於傈僳族傳統文化的傳承起到了無可匹敵的重要作用，為後人的研究提供了豐富的寶貴資料。

第三，對於文字發生學的研究，傈僳族音節文字的創製提供了重要的依據。文字如何產生，一直以來眾說紛紜，莫衷一致。汪忍波依靠個人努力，獨立創製出一種文字，並將其傳播推廣開來，充分說明文字是可以由個人創製。在文字發生學的研究中，成為一項重要的材料。而個人創製文字與傳統的自源文字；兩相比較，也是文字發生學一項全新的研究課題。

最後，維西縣地處三江並流腹地，具有漫長的歷史，生活著傈僳、納西、漢、藏等諸多民族。傈僳族音節文字從發生、創製到字符形態，無不包含著多民族文化影響的因子，由此成為維西當地各民族文化接觸與融合的獨特證據。

第四節　傈僳族音節文字的使用調查及研究綜述

根據研究時間和研究特點劃分，對傈僳族音節文字的調查和研究成果進行梳理和概述，大致將其可分為六個階段。

一、早期（1943～1957 年）傈僳族音節文字研究

1943 年，雲南省葉枝人李兆豐在昆明《正義報》發表文章《傈僳族兩種文字》：「維西屬岩瓦洛出了一個發明文字的傈僳人，名叫汪忍波，他天天畫，三個月後，創造出三百多個字了，民國 17 年，已經流行到了鄉間……學習這種文

字的已有近千數人。他的讀法由左到右，如讀字典上的單字，沒有成句成語，一字一音，只論同音，不論同意義……字的形體是仿漢字而來的。」〔註51〕簡明扼要地介紹了傈僳族音節文字的創製過程、文字特點及當時的推行狀況，屬於歷史首次。此文受到著名語言學家羅常培的注意，特予剪報保存。

1945 年，張征東等人在對傈僳族社會歷史情況進行調查時，也對音節文字進行了一些調查，搜集了部分資料，匯總寫入《雲南傈僳族及貢山、福貢社會調查報告》：「1945 年 10 月 24 日，邀請維西葉枝鄉岩瓦洛村哇士波……於十年前創造傈僳文字一種，其要則係將音同之文字以同一形體表示，全部單字約計八百個。現縣屬之康普、葉枝兩鄉習之者漸多，唯哇士波因為普通之農民，故未能以全力從事此種文字推廣，是目前各處識者約三百人左右。」〔註52〕

1954 年，著名語言學家羅常培、傅懋勣在二人合著的《國內少數民族語文文字概況》（《中國語文》1954 年第 3 期）中，對傈僳族音節文字做了科學論斷：「這是一種音節文字，沒有字母，一個形體代表一個音節。」自此在國內學術界將汪忍波所創製的文字或稱「音節文字」，或稱「傈僳族音節文字」。五十年代，中央民族大學派出一個調查組到達維西，對音節文字進行調查。木玉璋、木順江等成員見到汪忍波本人，並對音節文字進行了一般性瞭解。中央民族學院傈僳語班的師生也對音節文字做過一定研究。

二、1958～1976 年期間

汪忍波創造音節文字所書寫的文獻，在 1958 年和「文化大革命」期間被視為「封建迷信」而遭到查抄和破壞。《識字課本》的雕本原有一大摞，「文革」時期幾乎全部損毀。少量的一些材料、木刻和寫本被群眾藏在蜂箱中而得以保留。

在這段時期內，對音節文字的研究停滯不前，只有徐琳、木玉璋、歐益子合著的《傈僳語語法綱要》（科學出版社，1959 年）中對傈僳族音節文字有所提及。

〔註51〕李兆丰采寫報導《傈僳族兩種文字》，原載於雲南省昆明市《正義報》1943 年 11 月 16 日副刊《邊疆》欄目。
〔註52〕參見西南民族學院圖書館 1986 年編寫內部資料《雲南傈僳族及貢山福貢社會調查報告》，第 144 頁。

三、1976～1990 年期間

「文化大革命」結束後，傈僳音節文字的研究開始復蘇。中國社會科學院民族研究所語言室同維西縣合作，成立調查組，1982 年到 1989 年間到汪忍波家鄉進行了數次實地調研，廣泛訪問汪忍波的親屬、弟子及當地群眾，瞭解到汪忍波在生前一共撰寫了三十多部各種文體的著作，並搜集了一部分手抄殘本，做錄音，進行了記錄、整理和翻譯工作，並開始籌劃《祭天古歌》的出版事宜。

周有光在《漢字文化圈的文字演變》（《民族語文》，1985 年第 1 期）一文中將傈僳族音節文字列入整個漢字體系進行研究，指出：「傈僳字的筆劃，近似漢字的篆字和隸書之間的形態。」徐琳、蓋興之合寫的《傈僳語簡志》（民族出版社，1986 年）對音節文字進行了介紹。陳啟光的《中國語文概要》（中央民族學院出版社，1990 年）和《中國大百科全書·語言文字卷》（中國大百科全書出版社，1988 年）也提到了傈僳族音節文字。《雲南出版工作》（1987年 6 月 10 日第 3 期）刊登了汪忍波照片及文字樣品。周有光在《漢字文化圈的文字演變》（《民族語文》，1985 年第 1 期）一文中將傈僳族音節文字列入整個漢字體系進行研究，指出：「傈僳字的筆劃，近似漢字的篆字和隸書之間的形態。」

在此期間，木玉璋發表了一系列關於音節文字和文獻的論文：《傈僳族的原始記憶方法和音節文字》，（雲南《民族文化》，1983 年第 2 期）和《傈僳族語言文字概況》（中共維西傈僳族自治縣文教局，1984 年 3 月鉛印）介紹了傈僳族音節文字的情況。《傈僳族音節文字及其文獻》（中國民族古文字研究會，1985 年）中開始著手對音節文字所記錄的文獻內容進行研究。與李汝春合著《汪忍波與傈僳音節文字》（雲南《民族文化》，1987 年第 2 期）介紹了汪忍波的生平與音節文字。《傈僳族音節文字文獻中的曆法》（《民族古籍》，1988 年第 2 期）對音節文字中的所記錄的傈僳族曆法進行了探索。此外，木玉璋和李汝春還共同整理翻譯了《汪忍波自傳》的全文（《維西文史資料》第一輯，1989）。

四、1991～2000 年期間

1991～2000 十年間，對於音節文字古籍的搜集和整理工作繼續進行，並取得了出版工作的成績。

　　從 1991 年到 1993 年，維西縣政府與中國社科院民研所進一步加強合作，成立工作組，對散落民間的傈僳族音節文字文獻進行收集、整理和翻譯。工作組於 1994 年基本完成了對 24 部《祭天古歌》的漢語翻譯工作。同年，雲南省少數民族古籍整理出版規劃辦公室將《祭天古歌》列入雲南民族古籍叢書「傈僳族文庫」「八五」選題計劃，《祭天古歌》中選出 18 篇，逐篇逐句校對、注釋，意譯為漢語。1999 年《祭天古歌》由雲南人民出版社付梓出版。

　　此外，斯琴高娃和李茂林編著的《傈僳族風俗志》（中央民族大學出版社，1994）和雲南省少數民族語文工作指導委員會主編的《雲南省志·雲南少數民族語言文字志》（雲南人民出版社，1998 年）介紹了傈僳族音節文字。雲南省維西傈僳族自治縣志編纂委員會編纂的《維西傈僳族自治縣志》（雲南民族出版社，1999 年）語言文字編中介紹了音節文字的創造推行和文字特徵，並附有《識字課本》的全部單字；人物編中介紹了汪忍波生平。木玉璋的《傈僳族音節文字造字法特點簡介》（《民族語文》，1994 年第 4 期）則對音節文字的造字方法進行了研究。

五、2001～2010 年間

　　在 2001～2010 的十年間，對於傈僳族音節文字的研究出現了新的變化。研究者的目光並不僅侷限於文字本體或文獻的收集和整理工作，首次出現了全面系統的研究專著。

　　高慧宜的《傈僳族竹書文字研究》（華東師範大學 2005 年度博士學位論文）中，第一次對傈僳族音節文字進行了較為全面而系統的研究，填補了國內對傈僳族音節文字研究的空白。論文通過田野調查，以汪忍波編纂的《識字課本》為對象，首先考釋字形，然後對音節文字的異體字、自造字和借源字進行研究，論證了音節文字的性質，即採用漢字符號體態的同時又仿照納西哥巴文記錄語音的特徵，並借用少數漢字和哥巴文的一種民族自創文字。以博士論文為基礎，高慧宜另外發表了 4 篇論文：《傈僳族竹書異體字初探》（《雲南民族大學學報》，2004 年第 6 期）、《傈僳族竹書文字考釋方法研究》（《中文自學指導》2006 年第 1 期）、《從傈僳族竹書之發生看文字發生的複雜性》（《華東師範大學學報》2007 年第 2 期）和《水族水文和傈僳族竹書的異體字比較研究》（《民族論壇》，2008 年第三期）。

另一部系統研究傈僳族音節文字的專著是木玉璋編著的《傈僳族語言文字及文獻研究》（知識產權出版社，2006）。全書共分三部分：其一，《傈僳族音節文字及文獻研究》，介紹了音節文字的創造、字態、語音基礎、文化價值及部分研究成果；其二，《傈僳族音節文字字典》，根據《傈僳語文課本》手抄本，結合錄音材料核寫，共收入一千餘個音節文字字形，注釋國際音標和漢語解釋；其三，《傈僳族音節文字文獻彙編》，採用音節文字、國際音標、新老傈僳文及漢字對照的形式，收入《獐皮文書》（即《汪忍波自傳》）、《人類繁衍和占卜曆法書》和《洪水滔天的故事》（即《創世紀》）等三篇。

此外，周有光在《世界文字發展史》（上海，上海教育出版社，2003 年）將傈僳族音節文字稱為「漢字型傈僳音節字」，他指出，「汪忍波沒有仿照藏文或緬甸文創造文字，而無意中採取了漢字的形式。傈僳字是漢字大家庭中最後誕生的一位小弟弟。」解魯雲的《近十餘年傈僳族研究綜述》（雲南民族大學學報，第 24 卷第 4 期，2007），綜述了 1994～2004 年間的有關傈僳族研究的主要成果，在語言文字一節提到了榮鳳妹、高慧宜和木玉璋的音節文字研究。

關東升主編的《中國民族文字與書法寶典》（中國大百科全書出版社，2001）「傈僳族文字與書法」一節中，介紹了音節文字的創造過程、研究歷史、字體特徵和文獻情況。段菊花的《哇忍波的傈僳族音節文字》（《雲南檔案》2002 年第 1 卷）、陸錫興的《漢字傳播史》（語文出版社，2002 年）、段成東的《三江並流地區的一個傈僳族村寨》（《中國民族》2003 年第 8 期）、魏忠編著的《中國的多種民族文字及文獻》（民族出版社，2004 年）、阮鳳斌編著的《三江並流腹地的精神家園——維繫文化遺產概覽》（雲南人民出版社，2006 年）、王元鹿等著的《中國文字家族》（大象出版社，2007 年）、馬效義的《新創文字在文化變遷中的功能和意義闡釋——哈尼、傈僳和納西族新創文字在學校教育和掃盲教育中的使用歷史與現狀研究》（中央民族大學 2007 年度博士學位論文）、《迪慶民族文化概覽》編委會編《迪慶民族文化概覽維西卷》（雲南民族出版社，2008 年）和侯興華的《傈僳族歷史文化探幽》（雲南大學出版社，2010 年）、劉峰的《傈僳族》（新疆美術攝影出版社，2010 年）中，都對傈僳族音節文字做了詳略不一的介紹。

六、2011 年至今

維西縣民族宗教事務局以加強傈僳族民族文化挖掘、整理、傳承為目標，積極開展民族文化保護和傳承工作，主要成果有：余海忠、蜂玉程編著的《傈僳族音節文字識字讀本》（德宏民族出版社，2013 年），該書作為維西縣民族小學學習音節文字的課本，結束了汪忍波創立音節文字以來，僅靠口耳教授的傳承模式；傈僳族音節文字字庫和輸入法，匯總出 861 個字，用國際音標和傈僳文注音整理成冊，方便運用；漢剛、漢維傑注譯的《傈僳族音節文字古籍文獻譯注》（德宏民族出版社，2013 年），收錄了《汪忍波自傳》等多篇音節文字文獻；漢剛、李貴明譯注的《傈僳族音節文字文獻譯注・祭天古歌》（雲南民族出版社，2017 年 12 月），以 1999 年出版的《祭天古歌》為基礎，對這部傈僳族史詩重新進行了整理和翻譯。

劉紅妤的《傈僳竹書與納西哥巴文造字機制比較研究》（西南大學 2011 年度碩士學位論文）對比研究了兩種文字的仿擬、引進和參照等機制。高新凱的《竹書創製與性質的再認識》（中國文字研究第二十輯，2015 年）提出，傈僳族音節文字是一種純粹的表音文字。鄧章應在《個人自創本民族文字及對文字起源研究的重新認識》（《重慶師範大學學報》，2013 年第 3 期）中認為，傈僳族音節文字作為一種個人自創的民族文字，對文字起源的研究有著重要的學術價值。

此外，雲南省少數民族古籍整理出版規劃辦公室編撰的《雲南少數民族古籍珍本集成第五卷——傈僳族》（雲南人民出版社，2013 年）收錄了《創世紀》、《洪水滔天》、《養畜經》等 11 篇傈僳音節文字文獻。蔡成武，李德祐主編的《維西傈僳之韻》（雲南大學出版社，2011 年）、歐光明編著的《中國傈僳族》（寧夏人民出版社，2012 年）、木玉璋、孫宏開合著的《傈僳語方言研究》（民族出版社，2012 年）、胡蘭英編著的《傈僳語文知識》（德宏民族出版社，2012 年）都對音節文字做了一定篇幅的介紹。

第二章　傈僳族音節文字字源考

研究傈僳音節文字，首先就要對文字本身進行考釋。考釋字形，釐清字源，對造字方法進行分析，更能進一步明確文字的性質，探索出傈僳族音節文字的本質。

第一節　過去對音節文字字源的研究

一、木玉璋對音節文字考釋方法和造字法的研究〔註1〕

木玉璋在《傈僳音節文字造字法特點簡介》中歸納，音節文字採用了象形、會意、派生造字法、形訓法等造字方法〔註2〕。所謂象形和會意，就是漢古文字六書中的象形和會意，例如，以石頭山的形象，表示「石頭」，這就是象形造字法。所謂派生造字法，類似於漢古文字的「孳乳」造字法。關於「孳乳」，唐代張懷瑾在《文字論》中指出，「察其物形，得其文理，故謂之曰文；母子相生，孳乳寖多，因名之為字。」木玉璋分析，在音節文字中，派生造字法指的是利用基本部件添加筆劃，以構成新字。所謂形訓法，指的是從其

〔註1〕木玉璋：《傈僳族音節文字及文獻研究》（一）〔M〕，北京：知識產權出版社，2006年版，第21～24頁。
〔註2〕木玉璋：《傈僳族語言文字及文獻研究》（一）〔M〕，北京：知識產權出版社，2013年版，第73頁。

他民族文字中，挑選一些與自己文字體系相諧，且結構比較簡單的字。木玉璋認為，音節文字與納西東巴文、哥巴文、瑪麗瑪莎文及貴州的老彝文存在相似的字形，還借用了一部分漢字。由此可見，木玉璋將借用其他民族的文字也視為一種造字法，借用的字形也作為自造字。

對音節文字的造字法進行補充和修訂之後，木玉璋特別分析了傈僳族音節文字中的自造字。他指出，音節文字的自造字，字形廣泛地吸收了其他民族文字不同時期產生的字形的形態（木玉璋稱之為字態），有相當一部分音節文字的字態屬於有象形和會意的成分。但他意識到，音節文字的「字態」與漢古文字、納西東巴文等古文字不同，象形程度較低，遠遠達不到「畫木象木，畫石象石」的程度。音節文字的字態，僅侷限於某種物體的形象，有的還是形義相兼的結合，與漢古文字和納西東巴文不同。因此，他將音節文字自造字的造字方法分為以下幾種：

1. 有比較明顯的實物形象的象形成分的自造字。
2. 在某種物體上，兼有象形和會意的成分。
3. 用相近的音和相近的筆劃造字。
4. 連綿造字法。
5. 字素派生造字法。

二、高慧宜對音節文字考釋方法和造字法的研究〔註3〕

高慧宜在《傈僳族竹書文字研究》中，也對音節文字從考釋方法和造字法方面進行了研究。高慧宜首先將音節文字按《納西象形文字譜》的歸類方法，將傈僳族音節文字歸為十六類，然後將音節文字的考釋方法歸納於形義分析法、部件分析法、音義聯繫法、民俗文化聯繫法等幾種方法〔註4〕。

所謂形義分析法，指的是根據音節文字的字形，去發現其表示的詞的意義，從而確定其記錄的詞。形義之間的聯繫是考釋字形的關鍵。所謂部件分析法，是將音節文字中的形義統一體稱為穩定部件，作為音節文字的最小造

〔註3〕高慧宜：《傈僳族竹書文字研究》〔M〕，上海：華東師範大學出版社，2006 年版，第 96 頁。

〔註4〕高慧宜：《傈僳族竹書文字研究》〔M〕，上海：華東師範大學出版社，2006 年版，第 40～45 頁。

字單位。根據音節文字中穩定部件的共性，將含有相同部件的字形進行比較，以獲得未知字形的字義。所謂音義聯繫法，指的是根據音節文字的讀音，尋找其可能表達的詞義，以確定字形所記錄的真正的詞義。在這個過程中，往往需要親屬語言的互證。所謂民俗文化聯繫法，指的是在使用理論方法進行字形分析的同時，也要結合該民族的民俗文化。

高慧宜對於傈僳族音節文字自造字的字源進行研究，與木玉璋相同，依舊採用了漢字的「六書」理論。根據對音節文字字形的分析，音節文字主要採用了象形、指事和會意三種造字方法。對於以上三種造字方法，高慧宜指出：

首先，音節文字中象形字數量極少。即便是象形字，也與古漢字、埃及聖書字、納西東巴文中的象形字不同，對實物的臨摹程度低。音節文字自造字中的象形字，多具有抽象符號的特點。所以，音節文字自造字的象形成分，不能作為會意字和指事字的基礎。

其次，音節文字自造字中指事字占的比例最高。音節文字自造字中的指事字，抽象程度高，指事字系統較為發達。

再次，音節文字自造字中的會意字基本由抽象符號組成。具體而言，就是音節文字自造字的會意字，多由兩個或兩個以上的象形抽象符號或表意抽象符號構成。音節文字自造字中的會意字種類豐富，發展程度較高。其中，象形＋指事字構成的會意字，體現了字素與語義的相互結合。

另外，在用字方法上，音節文字還廣泛運用了假借的方法。

綜上所述，高慧宜認為，眾多的字形表明了音節文字是一種不完備的音節文字。

三、本文的觀點

木玉璋和高慧宜兩位學者通過對傈僳族音節文字字源的探究，為音節文字的考釋工作做出了巨大的貢獻，頗具開創性質，值得我們學習和借鑒。但是，其考釋方法也存在著一定的問題。縱觀二人對音節文字的考釋，不難發現，其理論方法的基礎仍來源於漢古文字的「六書」。木玉璋使用了象形和會意，高慧宜則使用了象形、會意、指事等概念。高慧宜在對音節文字分類時，還借鑒使用了方國瑜對納西東巴文的分類方法，將考釋的文字分為天象之屬、地理之屬、宗教之屬等十六種。這種嘗試固然值得讚揚，但是，傈僳族音節

文字具有與漢古文字、納西東巴文等古文字截然不同的性質。象形、指事、會意等「六書」理論，是古人對漢古文字構字法的一種分析。漢古文字屬於意音文字，甲骨文、金文等古文字階段的形體，具有較為濃厚的象形特質，古代的文字學家在這種字形的基礎之上加以分析，歸納總結出了象形、指事、會意、形聲和轉注、假借的「四體二用」的「六書」學說。傈僳族音節文字，顧名思義，其性質是一種音節文字。所謂音節文字，廣義地說，也是一種字母文字，只是一個字母代表一個音節而非音素〔註5〕。也就是說，音節文字是表音體系的文字，從文字的性質而言，與意音文字不同。

所以，我們認為，在分析傈僳族音節文字自造字時，不能直接套用意音文字的「六書」理論，而是要從音節文字本身的性質出發進行分析，也就是主要從音節文字表音的性質來探究字源，分析其造字方法。

傈僳族音節文字是一種個人創製的民族文字。由於創製人汪忍波在創製文字時，沒有留下創製文字的標準，所以，在對字源進行研究時，只能從音節文字本身出發，以圖撥開音節文字身上的神秘面紗。

第二節　傈僳族音節文字字源考

凡　例

（一）本文根據木玉璋《傈僳族語言文字及文獻研究》第二卷《傈僳族音節文字字典》進行考釋。《傈僳族音節文字字典》中收錄了 1225 個音節文字字形，除去重複的 78 字後，本文對剩餘的 1147 個字形進行考釋。為便於與《傈僳族音節文字字典》進行對照，本文考釋按照原字典中的新傈僳文音位系統排列。考釋時，先收錄字形和釋義，如果有前人的考釋成果，則收錄其下，先對前人的考釋成果進行分析，然後進行考釋。

（二）考釋中引用的材料：

1. 高慧宜：《傈僳族竹書文字研究》，上海：華東師範大學出版社，2006年版。

2. 木玉璋：《傈僳族語言文字及文獻研究》，北京：知識產權出版社，2006年版。

〔註5〕王元鹿：《普通文字學概論》〔M〕，貴陽：貴州人民出版社，1996 年版，第 161 頁。

3. 方國瑜編纂，和志武修訂：《納西象形文字譜》，雲南：雲南人民出版社，2005 年版。

以上三冊，不在文中另做引用說明。

（三）基本概念：

1. 借源字：指的是音節文字中字形借用其他文字體系的字。

2. 自造字：傈僳族音節文字中，存在一定數量的自造字。廣義上說，音節文字中所有的字符都屬於自造字的範疇。但即便是借源字，在借用其他文字系統的字符後，為了符合音節文字本身的特質，造字者也對字符進行了改造。我們此處討論的自造字，指的是狹義範疇的自造字，也就是非借源於其他文字系統的字形，即造字者汪忍波獨立創製的字形。

（四）維西傈僳族使用傈僳語音系統

1. 傈僳語

傈僳語是傈僳族人的主要交際工具。傈僳語屬於漢藏語系藏緬語族彝語支，與彝語、拉祜語、哈尼語的親緣關係最為接近。

《傈僳族簡史》中，將中國境內的傈僳族所操傈僳語大致分為怒江、祿勸兩個方言區。其中，怒江方言區包括怒江、麗江、迪慶、大理、德宏、保山等地，使用人口占傈僳族總人數的 90%以上；祿勸方言區包括楚雄、昆明兩州市的祿勸、武定、大姚、元謀、永仁等地，使用人數較少。傈僳語的兩個方言區語法接近，詞序一致，詞彙多半相同或相近，但在聲調等方面有著不同之處。〔註6〕

木玉璋、孫宏開經過對傈僳語的語音、語法和詞彙方面的初步比較，認為傈僳語大致應劃分為三個方言區：怒江方言、祿勸方言和永勝方言。其中，怒江方言使用人數最多，範圍最廣，祿勸方言與其他地區傈僳語差異較大，通話困難；永勝方言與怒江方言更為接近，但不能順利通話。

2. 維西傈僳族的傈僳語語音系統

（1）維西傈僳語

維西傈僳語屬於怒江方言，與本方言區內的各地傈僳語在語音、詞彙、語法上都有著較強的一致性，彼此間一般能順利進行交際。

〔註 6〕《傈僳族簡史》修訂本編寫組：《傈僳族簡史》〔M〕，北京：民族出版社，2008 年版，第 180 頁。

維西傈僳語內部可大致分為中南部、北部、東部三個方言小區。

中南部方言小區，大體包括永春、維登、中路、攀天閣和白濟汛。這一方言小區受漢語影響時間較長，程度較深，因此漢語藉詞多於其他小區。

北部方言小區，主要包括康普、葉枝和巴迪。此方言小區受納西語影響較深。

東部方言小區，包括塔城和攀天閣的少部分村寨，這一地區在歷史上是藏族文化與納西族文化的交匯地，其納西語、藏語藉詞較其他方言小區豐富。

《傈僳語方言研究》中，對維西傈僳語的音系進行歸納，認為維西傈僳語有聲母 30 個，韻母 21 個。該音系與《維西傈僳族自治縣縣志》中所歸納的維西傈僳語音系有所不同，聲母缺少 3 個舌尖後塞音（ʈ、ʈh、ɖ）、3 個舌面前塞擦音（tɕ、tɕh、ʥ）和兩個舌面前擦音（ɕ、ʑ）；韻母則缺少 1 個舌尖元音（ʅ）、3 個舌面單元音（y、ɤ、ø）和 1 個復元音（w：ɑ）。〔註 7〕

根據《傈僳族音節文字字典》中表現出的音位特點，本文認為，《維西傈僳族自治縣縣志》中對維西傈僳語的音位歸納更符合音節文字所反映的實際情況。

（2）維西傈僳語的語音系統

維西傈僳語共有輔音聲母 38 個：p、ph、b、m、w、f、v；t、th、d、n、l；k、kh、g、ŋ、x、ɣ、h；ts、tsh、ʣ、s、z；tʃ、tʃh、ʤ、ʃ、ʒ、tɕ、tɕh、ȵ、ɕ、ʑ；ʈ、ʈh、ɖ。

聲母特點：舌尖後塞音 ʈ、ʈh、ɖ 用以拼納西語的藉詞。舌葉塞擦音 tʃ 組發音受漢語影響，漸趨於 tʂ 組。舌面前塞擦音 tɕ 組多與韻母 i、e、y、ɛ 相拼，音節較少。

維西傈僳語的韻母共有 26 個，其中單元音韻母 12 個（舌尖元音韻母 2 個、舌面元音 10 個），複韻母 7 個，鼻化元音韻母 7 個。

名　　稱		音　　　　　　　標									
單韻母	舌尖	ɿ	ʅ								
	舌面	i	e	y	ø	ɛ	ɑ	o	u	ɤ	ɯ
複韻母		iɑ	iɛ	io	uɑ	uɛ	ui	w：ɑ			
鼻化韻母		ĩ	ẽ	ɛ̃	ɑ̃	õ	ũ	ɯ̃			

〔註 7〕木玉璋、孫宏開著：《傈僳語方言研究》，北京：民族出版社，2011 年版，第 32 頁。

韻母的特點：w：ɑ 為長元音韻母，出現在塔城和葉枝兩個地區。io、uɛ、ui 三韻主要用來拼讀漢語藉詞。

一般認為維西傈僳語的聲調有 6 個，依次為高平調、中升調、半高平調、中平調、次高降調和中降調。其中，半高平調和次高降調為緊調，兩調中的元音為緊元音。在清輔音聲母后，半高平調和中平調可以自由變讀，次高降調和中降調也可以自由變讀，而在濁輔音聲母后則不能。

1. 甾〔pi³³〕筆（漢語音譯）。

分析：借源字。借用漢字「省」字的字形，構成音節文字的新字，僅借用原漢字的字形，不借用音義。

2. 壶/壶〔pi⁴¹〕扁了。（軀殼）脫落。屈指響聲。

分析：借源字。借用漢字「壺」字的字形，稍做變化，添加部件 /，構成音節文字的新字，僅借用原漢字的字形，不借用音義。

在音節文字中，在基礎字形上添加 / 或 ㄥ 構成新字，是一種常用的構字方式。例如：君〔pa⁴⁴〕換，交換，更換，調換。叔〔pɛ⁴⁴〕偏（斧刃）。黏填，黏補。撲（在地上）。

3. 若〔py⁴¹〕象聲詞（敲擊聲）。（蚯蚓的）蠕動。

分析：借源字。借用漢字「若」字的字形，稍作變形，構成音節文字的新字，僅借用原漢字的字形，不借用音義。

音節文字中，有一系列象聲詞（擬聲詞）的字形與 若 相似：碧〔tiɛ⁴¹〕，象聲詞，吁，使牛停下來。碧〔tɛ⁴²〕，象聲詞，吁，使牛停下來。兂〔tu³¹〕，象聲詞。兂〔tɯ⁴²〕象聲詞。芟〔ʃua³¹〕，象聲詞，（雨）刷刷的。若〔py⁴¹〕，象聲詞，敲擊聲。飛〔hɛ³³〕，象聲詞。46l〔tʃha⁵⁵〕，象聲詞，蟬的鳴叫聲。乳〔tʃɳ³⁵〕，象聲詞。祕〔vu³⁵〕，象聲詞，嗚嗚的哭聲。凱〔dʒɛ⁵⁵〕，象聲詞，婦女的喧嘩聲。

從字形來看，以上的象聲詞在造字理據上應當有所聯繫，也說明造字者汪忍波已經認識到了詞性這一問題，因而選用了相似字形來表示象聲詞。

4. 邦〔pɛ⁵⁵〕歎詞（表示可惜）。變化。

分析：借源字。借用老傈僳文中拉丁字母 B 的形體，添加筆劃 /，構成音節文字的新字，僅借用原漢字的字形，不借用音義。

5. 茵〔pe³⁵〕劈（松明）。共有，共有的，合夥的。茵茟共有的山地。

分析：借源字。似借用漢字「茵」字的字形，對字形稍作變化，構成音節文字的新字，僅借用原漢字的字形，不借用音義。

6. 皮〔pe⁴⁴〕偏（斧刃）。黏填，黏補。撲（在地上）。

分析：借源字。借用漢字「皮」字的字形，添加筆劃 乚，構成音節文字的新字，僅借用原漢字的字形，不借用音義。

7. 善〔pe³³〕掉（在地上），貼（在板子上）。𠃊 至 冊 善寬刃斧（見《播樹經》）。

分析：借源字。借用漢字「善」字的字形，構成音節文字的新字，僅借用原漢字的字形，不借用音義。

8. 𣲩〔pe⁴¹〕槳（使軟物成扁）。

分析：高慧宜認為，此字是借源字，借用哥巴文 𣲩〔mi³¹〕進行變易，表示「橘子」。但 2015 年的田野調查中，筆者曾就此事對維西當地傈僳族進行詢問。得到回覆，〔pe⁴¹〕並非「橘子」的發音。在維西傈僳語中，橘子發音為 CYU；FI，而且當地沒有名為「半邊橘」的植物。維西傈僳族研究所的蜂玉程認為，《祭天古歌》中提到一種名為「半邊菌」的植物，高慧宜或許是將「半邊菌」同此字弄混。

此字應是造字者自行創造字形的自造字。

9. 芫〔pa⁵⁵〕雄性。公豬 䝅芫，公狗 乳芫。凵芫㐬男子。芫芫 コ コ 男男女女。

分析：高慧宜認為，此字意為「公豬，種豬」，應是象形字，像豬之形，但字形已經抽化。高說存疑。實際 芫 的含義為「雄性」，例如，公豬 䝅芫，公狗 乳芫，並非只表示「公豬」之意。此字單從字形來看，高度抽象，缺乏對「豬」的寫意象形。

此字應是借源字。借用漢字「光」的形體，加以變形，構成音節文字的新字，僅借用原漢字的字形，不借用音義。

10. 苳〔pa³⁵〕劈（松明）。灵苳冋三坐一會兒。

分析：借源字。此字借用漢字「又」和「十」的字形，上下結構結合後，構成音節文字的新字，僅借用原漢字的字形，不借用音義。

11. 君[〔pa⁴⁴〕換，交換，更換，調換。立尻君/報復。君/尻尪豆腐渣木做成的碗（手工做成的喂獵狗的碗，見《狩獵經》）。君/花葦鼠。君/氏葦竹鳥（生活在江邊的鳥類，古歌中常做敘事詩的起點）。君/圣/蘆葦。

分析：借源字。借用漢字「若」字的字形，加乚構成音節文字的新字，僅借用原漢字的字形，不借用音義。

12. 㫰[〔pa⁴⁴〕㫰山爺爺，祖父，外祖父。父毛㫰毛祖先。△㫰杉木。㫰丁聽見。丞㫰八卦（見《占卜書》）。

分析：高慧宜認為，此字是指事字，與㳇（長大）比較，右上角的ノ改換位置，換到右下角，以示「改變」之義。高說存疑。首先，從字形看，㫰很難與「改變」直接聯繫。其次，如果要達到「改變」之義，必須先學習㳇字，才能理解㫰的含義，於情理不通。其實，音節文字有一系列與㫰字形相似的字，例如：㮸[〔py⁴⁴〕，湖[〔bv⁴⁴〕，㫇[〔tho³³〕，㮄[〔zi⁴⁴〕，㫰[〔za⁴¹〕，㳇[〔tʃho³⁵〕，等等。㫰為何是㳇的變形而不是其他字的變形，難以解釋。再次，此字具有多個含義，僅從「改變」出發，也很難確定其字義。

此字應是借源字。借用漢字「丹」的字形，加兩點構成音節文字的新字，僅借用原漢字的字形，不借用音義。

13. 看[〔pa³¹〕看尻八字（漢語音譯）。看光彎刀，鐮刀。擬聲詞（抽煙的聲音）。

分析：借源字。借用漢字「看」字的字形，構成音節文字的新字，僅借用原漢字的字形，不借用音義。

14. 帀[〔po⁴⁴〕爆炸，槍。（用水）沖。豪豬。虎（古語）。帀岁耳朵。

分析：高慧宜認為，此字是指事字。冂是竹管之形，乚表示裂紋。高說存疑。音節文字中有一字冂[〔pu⁴⁴〕，冂艿意為「紡織，紡麻」。此字字形與「竹管」無關，但字音與帀似有關聯，二字聲母和聲調一致。

此字應為造字者自行創造字形的自造字，從字形和讀音來看，造字理據當與冂有關。

15. 㤅[〔po⁴²〕保障。㤅若㤅若劈裏啪啦（爆炸聲，火星迸發聲）。

分析：自造字。仿照漢字的半包圍結構造字，字中包含拉丁字母符號 X 和 Z。

16. ⊎〔pu⁵⁵〕蒸餾，⏄⊎⫴灌木樹。下⊎箭囊。⌇⊎憋氣。⊎⫴捎去，帶去，捎帶。下⊎⿴⊔⫴掀開箭囊口。（洪水滔天後生存下來的人同天女成家，下凡人間時將萬物的種子放入箭囊。來到人間後掀開箭囊口，將種子播撒大地。見《繁衍人類的故事》）

分析：高慧宜認為此字是借源字。借用哥巴文⊎的「發酵」之意，稍加變化，用𝟣表示蒸汽從⊎中出來。高說存疑。若𝟣為蒸汽，⊎為「發酵」，那「蒸汽」從「發酵」中出來，為何表「蒸餾」之意，難以解釋。而且⊎還有許多其他的含義，不能單單用「蒸餾」一以概之。

此字應為自造字，係造字者自行創製的字形。

17. 𝼙〔pu³⁵〕塑，塑造。𝼙𝼙𝼙𝼙𝼙𝼙塑著八尊泥人。（見《汪忍波自傳》）

分析：借用漢字「飛」的字形，加以簡化與變形後，構成音節文字的新字，僅借用原漢字的字形，不借用音義。

18. 𝈀〔pu⁴⁴〕𝟣𝈀𝟞𝟣綢緞。（見《創世紀》）又讀〔bo³⁵〕，黃瓜。

分析：高慧宜認為，此字是象形字，以黃瓜掛在藤上的樣子指代「黃瓜」。高說存疑。首先，此字除了「黃瓜」的含義外，還具有其他意義，無法確定本義。再者，僅從字形來看，該字高度抽象，並沒有「黃瓜掛在藤上」的樣子。

此字應為自造字，字形係造字者自行創製。

19. 全〔pu³⁵〕布（漢語音譯）。全𝼙𝟥旱地，牛耕地，牛耕的旱地。

分析：借源字。借用漢字「全」字的字形，加以變化後構成音節文字的新字，僅借用原漢字的字形，不借用音義。

20. 𦏆〔phi³¹〕𝼙𦏆曾祖父、曾祖母。相貌，相似。𦏆𝼙小孩出生、見面。𦏆𝼙臉，面。𦏆𝼙表面，表層。𝼙𦏆木板，板子。𝼙𝼙𦏆肉皮子，皮帶。𝼙𝼙𦏆銀勺。（見《造日造月》）𦏆𝼙苗條，美麗，長得美。

分析：高慧宜認為，此字是借源字，借漢字「羽」，下部表示鳥兒舒展翅膀。高說存疑。此字的字義中並無「舒展翅膀」的含義。

此字應為借源字。借用漢字「羽」的字形，加以變形構成音節文字的新字，僅借用原漢字的字形，不借用音義。此字下部可長可短，當是書寫所致，與「鳥

兒舒展翅膀」當無關係。

21. 〔phi³¹〕升（名）。〔字形〕蓋房子（板）。〔字形〕縫被子。〔字形〕三升小米種，三升秈米種（洪水滔天後幸存的人，到天上與天女成婚。天神為了考驗人的本領，給了他三升小米種和三升秈米種。小米種被鴿子啄了，人將鴿子打下來，割開嗉子，看到了遺失的小米種，表示他是個有能力的人。見《繁衍人類的故事》）。

分析：高慧宜認為，此字意為「扣」，是指事字，一物鑲入另一物中意為「扣」。高說存疑。音節文字中一系列字形與〔字形〕相近的字，例如：〔字形〕〔phy⁴¹〕，開（水口子），嘔吐，挑開（口子）。〔字形〕〔phʊ³⁵〕，堆（量），東西很多。〔字形〕〔ba⁵⁵〕，語尾助詞。〔字形〕〔tsʅ³⁵〕，〔字形〕鷦鴣。〔字形〕〔tʃhua³⁵〕，下邊，下面。由此可見，此字形為音節文字中常見字形，與「一物嵌入另一物」之意無關。

此字應是自造字，係造字者字形創製的字形。

22. 〔phy³³〕球形的。〔字形〕囤籮。〔字形〕地球。〔字形〕葫蘆蜂。〔字形〕祈禱屋內囤籮裝滿糧。（見《祝平安》）

分析：借源字。借用漢字「又」的字形，加三點構成音節文字的新字，僅借用原漢字的字形，不借用音義。

23. 〔phy⁴¹〕開（水口子），嘔吐，挑開（口子）。

分析：高慧宜認為，此字是指事字。開口子表示「開口」之意。高說存疑。在音節文字中，有許多與〔字形〕字形相似的字，字的形體上「開口子」，但字義與「開口」無關。例如：〔字形〕〔phi³¹〕，升。〔字形〕〔phʊ³⁵〕，堆（量），東西很多。〔字形〕〔ba⁵⁵〕，語尾助詞。〔字形〕〔tsʅ³⁵〕，〔字形〕鷦鴣。〔字形〕〔tʃhua³⁵〕，「下邊，下面。」由此可見，字形中的開口當與字義無關，〔字形〕或〔字形〕是音節文字中常用的構字元件，無具體音義。

此字應為自造字，係造字者以〔字形〕或〔字形〕為基礎自行創製的字形，在音節文字中多見。

24. 〔字形〕〔piɛ⁴⁴〕扁形的，〔字形〕扁扁的，〔字形〕躲藏，〔字形〕一元錢。

分析：高慧宜認為，此字為會意字，以 T 藏在一壺狀器物內表示「躲藏」之義。高說存疑。此字單獨使用時，意為「扁形的」，〔字形〕二字連用時作為一個詞，表達「躲藏」之義。

此字應為自造字。

25. 𰀀〔phε³⁵〕翹棱。偏。

分析：借源字。借用漢字「見」字的字形，加符號(構成音節文字的新字，僅借用原漢字的字形，不借用音義。加符號(構成新字的方法是音節文字中較為常用的一種造字法。

26. 𰀀〔phε⁴¹〕丁ll𰀀 水淋淋的；𰀀𰀀𰀀𰀀 飯煮爛了；𰀀𰀀 門牙。

分析：借源字。借用漢字「者」的字形，稍加變化構成音節文字的新字，僅借用原漢字的字形，不借用音義。

27. 𰀀〔phu⁴⁴〕白、銀、錢。𰀀𰀀 粉紅色的，淺紅色的。𰀀𰀀 喜歡，開朗。開（門鎖），開（口）。洗（乾淨）。𰀀𰀀 白石；𰀀𰀀 白木（白石、白木不要放在家中，不吉利。見《占卜書》）。

分析：借源字。借用漢字「片」字的字形，稍作變化構成音節文字的新字，僅借用原漢字的字形，不借用音義。

28. 𰀀〔phu³¹〕膨脹、泡（腳起泡）；炸（玉米花）；說謊、燙傷、燒傷。𰀀𰀀 菩薩。𰀀𰀀𰀀 祖國。

分析：高慧宜認為，此字是指事字，是當地信奉的神。高說存疑。從字義來看，改字單獨使用時，具有「膨脹」「腳起泡」「炸（玉米花）」「說謊」「燙傷」等多種含義，並非僅表示「神」的含義。𰀀𰀀 連用成為一個詞，才作「菩薩」之意。另外從字形來看，該字高度抽象，無法看出「神」的形象。

此字應為自造字。造字者自行創製的字形，基礎字形為 𰀀。音節文字中有一系列以 𰀀 為基礎字形的字，例如：𰀀〔tshη³⁵〕，鹿、斷氣。𰀀〔to³⁵〕，堅持；𰀀〔lv⁴⁴〕，自動，又讀〔lv³³〕，炒菜；𰀀〔dza³¹〕，吃飯，收采禮。𰀀〔khua³¹〕，醜惡，醜陋，不美的，不好看的。𰀀〔ŋo³¹〕，話，語，語言，方法，方式，篩子。𰀀〔v³¹〕，瘋，蜜蜂聚集，圍攏。𰀀〔ʃi³³〕，長，黃，金，剝皮；𰀀〔tshη⁴¹〕，𰀀𰀀 寒冷的天氣，𰀀𰀀 節令，𰀀𰀀𰀀 有經驗的人，𰀀𰀀 藥 𰀀𰀀 醫院。這些字的字形中都包含 𰀀，但字義各不相同。由此可見，𰀀 是音節文字中常用的構字元件，沒有固定的特殊含義和發音。

29. 𰀀〔phυ³⁵〕堆（量），東西很多。

分析：高慧宜認為，此字是指事字。一物鑲嵌入另一物之中，意為「扣」。

高說存疑。首先，此字的字義與「扣」無關。在音節文字中，有一系列與該字字形相近的字，例如：凤〔phi^{31}〕，升。嵐〔ba^{55}〕，語尾助詞。凮〔$ts\eta^{35}$〕，凮光鷦鴣。凬〔$t\!\int hua^{35}$〕，下邊，下面。凮〔phy^{41}〕，開（水口子），嘔吐，挑開（口子）。這些字的字形都包含有冂或冂，但發音和字義各不相同。可見冂或冂是音節文字中較為常用的構字元件，但並沒有固定的含義和發音。

此字應為自造字。是音節文字中常見的一類字形，是造字者以構字元件冂或冂創製的文字。

30. ⊃/〔phv^{31}〕價值、價格、財富、財產。丨⊃/南瓜；葫蘆（古歌）。⊃/王祖先。⊃/zz找錢，做生意。川ら⊃/玉石。⊃/叉本錢。

分析：高慧宜認為，此字是指事字。以左邊的⊃與右邊的／對比，意為「膨脹」。高說存疑。首先，從字義來看，該字可表達「價格」「財富」等多種含義，但均與「膨脹」無關。其次，從字形來看，⊃是／的彎曲變形，但並非「膨脹」變形，令人無法就此進行聯想。

此字應為自造字。⊃添加／構字。添加／構字是音節文字中常用的構字方法。

31. 义〔phu^{31}〕羊臼义采禮。

分析：借源字。借用漢字「义」字的字形，構成音節文字的新字，僅借用原漢字的字形，不借用音義。

32. 行〔$phie^{55}$〕片、塊（量詞）。扎行布塊。

分析：借源字。借用漢字「行」字的字形，構成音節文字的新字，僅借用原漢字的字形，不借用音義。

33. 名〔$phie^{35}$〕拆、拆掉。目名拆房子。名叟拆，騙，欺騙。

分析：借源字。借用漢字「各」字的字形，構成音節文字的新字，僅借用原漢字的字形，不借用音義。

34. 青〔$phie^{31}$〕乡青樹葉。青囚嵜吹樹葉。青乡太陽鳥。亖爪青紙張，（一）篇文章，（一）封信。女子。（在詩歌中，「葉」常比喻女子，「枝」常比喻男子。）

分析：高慧宜認為此字是象形字，像一片葉子之形。高說存疑。青從字形來看，與樹葉的形狀並不吻合。例如，納西東巴文中的「樹葉」寫作／或羽，像葉片之形，象形程度極高。

此字應是借源字。借用漢字「青」的字形，減少部件，構成音節文字的新字，僅借用原漢字的字形，不借用音義。

35. 📝〔bi⁴⁴〕滿、溢、洋溢。📝 𝄢 淚水，眼淚。📝📝 三道酒（釀酒時最後的次品酒）。

分析：高慧宜認為，此字是指事字。字形中用兩橫表示上下，裏外都是、都有，因此有「滿滿的」之義。納西東巴文有一字🏺，表示「碗也，碗盛物滿」，另有一字🏺，意為「溢也，從碗從水」。兩種文字的造字理據相同。高說存疑。首先，兩橫為何表示「上下」，難以解釋。另外，納西東巴文是一種性質較為原始的象形文字，寫實程度高，但傈僳音節文字的性質與東巴文完全不同：音節文字顧名思義，性質為音節文字，字符寫實程度很低，抽象程度更高，故而兩種文字的造字理據不能混同。東巴文🏺和🏺，從字形看，明顯為一碗狀物，以小點表示碗內盛裝有大量液體或顆粒狀物體，以此表示「滿溢」。音節文字📝從字形看，無法與🏺和🏺進行聯繫比較。

此字應為自造字。

36. 📝〔bi⁴¹〕芋頭。📝📝 再生芋頭。📝📝 黴菌，黴爛。📝📝 迸裂。📝📝 金龜子。📝📝 樓下，廟子。

分析：高慧宜認為是會意字。以符號Z表示芋頭：留作種子的芋頭，第二年可生出新的芋頭來。高說存疑。Z與芋頭從字形上並無聯繫。若Z表示「芋頭」，該字其他部分則無法解釋。音節文字中有一字形相近的📝〔thy³¹〕，打（結扣），結（疙瘩），與「芋頭」之義毫無聯繫。此外，匚是音節文字中常用的構字元件，例如：📝〔tshi⁵⁵〕，📝📝📝號脈，摸脈；📝〔ʃo³⁵〕，象聲詞。這些字都是以匚為基礎造，但字義皆與「芋頭」無關係。

此字應為自造字，是造字者以構字元件匚為基礎創製的文字。

37. 𝄞〔by³⁵〕瘻袋，瘤子；（牛、羊）廄，關（進監獄），分配（糧食）。𝄞📝咽喉。

分析：木玉璋認為，此字為會意字，兩物中間有一豎表示分開。高慧宜認為此字是指事字。𝄞的彎曲部位表示捆綁的位置，用這種形狀表示量詞「捆」。此兩說存疑。首先，從字義來看，此字有多個含義，但並無「分開」或「捆」之意。其次，以「彎曲部位」表示捆綁位置，令人費解，難以做出確切的解釋。

此字應為自造字。

38. 𫝀〔bɛ³⁵〕澗槽（熬酒時接酒用的器具）。

分析：借源字。借用漢字「和」字的形體，加（構成音節文字的新字，僅借用原漢字的字形，不借用音義。

39. 𫝀〔bɛ⁴¹〕犁架上的升降器。做語尾助詞。癆病。蛔蟲。油燈。𫝀𬼀𠃌點油燈。

分析：高慧宜認為，此字是會意字。以𡿨置於油中，會意「燈芯」。高說存疑。首先，該字除了「油燈」之外，還有其他含義。其次，即便𡿨表示「燈芯」，此字的其他部分也難以看出「油」的象形。

此字應為借源字，借用漢字「求」的字形，加以變化構成音節文字的新字，僅借用原漢字的字形，不借用音義。

40. 𠕁〔bɛ³¹〕𫝀 𠕁阿爸。𡿨 𠕁力氣薄弱。𠃌𡿨𠕁削口弦。𠕁 𠕁𥝤斜坡地，坡地。𦥑 𠕁野外，曠野。

分析：高慧宜認為，此字是借源字，從冊從（。冊來源於漢字「冊」，符號（意為「界限」，在界限的一邊，意為側邊。借漢字的形體來表示傈僳語的意義，但造字者不能區別「側」與「冊」，也說明造字者並不真正懂漢字。高說存疑。首先，從字義來看，此字有多個含義，但沒有「側邊」之意。其次，音節文字中有一系列加（字，字義皆與「界限」無關，例如，𫝁〔mu³³〕（音節）。𫝁〔phɛ³⁵〕，翹棱。𫝀〔bɛ³⁵〕，澗槽（熬酒時接酒用的器具）。這些字都是以漢字字形加（構字，但音義皆與原漢字無關。加（是音節文字中較為常用的一種造字方法，不涉及音義。

此字為借源字。此字借用漢字「冊」字的形體，加（構成音節文字的新字，僅借用原漢字的字形，不借用音義。

41. 𫝁〔bo³¹〕底（音）。𫝁𫝁聾子。𫝁𫝁𫝁雄蜂。𠃌𬼀𠁊𰀀𫝁𫝁𫝀雪人從高山草地嘩嘩地往山下下（遠古時代下了一場大雪，把山上的禽獸都趕下山去。見《驅邪經》序言）。

分析：高慧宜認為，此字為指事字。╳表示不能，口有「皮」之意，包住不能聽，意為「聾」。高說存疑。用「皮」與「不能」為何可以引申出「包住不能聽」之意，令人疑惑。另外，音節文字中有一字╳〔diɛ³¹〕〔dɛ³¹〕，意為「稍

稍一點點，只是。」該字與「不能」之意無關。

此字應為自造字，或是造字者模仿漢字形態創造。

42. 𢙶〔bo³¹〕蠶、絲。綢緞。拱。味兒，味道。𢙶光弓蠶繭。𢙶㺲（羊皮做的）背心。

分析：高慧宜認為，此字是指事字。𢎹和の代表器物，把ㅌ推到預定的方位，意為「拱」。高說存疑。僅從字形來看，𢎹和の難聯想到「器物」，更無法指事「推」的動作，用這個方法造字，沒有意義。

此字應為自造字，是造字者自行創製的字形。

43. 又〔buɯ³¹〕又ﾉﾉ破裂。丁又水鷹。几又死鬼。刖又白族，外族。又冂蟲，昆蟲。

分析：借源字。借用漢字「又」字的形體，構成音節文字的新字，僅借用原漢字的字形，不借用音義。另外，又有一個異體字彐。該字借用漢字「弓」的形體，構成音節文字的新字，僅借用原漢字的字形，不借用音義。

44. 夵〔bie³¹〕糖。蜂。夵丁蜂蜜。夵㺲蜜蜂。枼夵黃蠟，蜂蠟。

分析：高慧宜認為，此字是象形字。像蜂后俯視之形。突出蜂的細腰特徵。高說無憑。首先，從蜜蜂的身體結構來看，蜂后體型較工蜂長出三分之一，腹部較長，末端有螫針，腹下無臘腺，翅較小，僅覆蓋腹部二分之一。僅從本字的字形而言，很難看出蜂后的特徵。

此字應為自造字。

45. 甩〔mi⁵⁵〕夂兇甩閉眼睛。

分析：高慧宜認為，此字意為「女人」，為會意字，像交媾狀。高說存疑。此字沒有「女人」的含義。

此字應為自造字。

46. 覷〔mi³¹〕（大地）。事業、活路、工作。粉沫，污垢。覷子太陽。覷子无㳇㞢造太陽月亮。

分析：高慧宜認為，此字是象形字。竹書中凡是與冂相關的字，都表示捕捉工具。高說存疑。首先，此字有多個字義，但皆與「捕捉工具」無關。其次，單從字形來看，也與冂無關，或許是傳抄版本造成的異體字。

此字應為自造字。

47. [圖][mɛ35]瘋。[圖][圖]杜鵑樹，山茶樹。[圖][圖][圖]嫩杜鵑樹。[圖][圖][圖]古杜鵑樹，老杜鵑樹（遠古時下了一場大雪，雨雪把嫩杜鵑和老杜鵑樹都鋪滿了，到了春天，雪水融化，滋潤長大了古杜鵑樹的樹苗。見《驅邪經》）。

分析：此字應為借源字。借用拉丁字母 Z 為構字元件乙，加以組合構成新字。

48. [圖][mɛ33]背、負責、負擔。

借源字。借用漢字「飛」的字形，簡化變形後構成音節文字的新字，僅借用原漢字的字形，不借用音義。音節文字中有一系列借用「飛」的字形的字，如，[圖][pu35]，[圖][da35]，[圖][da33]，[圖][da31]，等等。

49. [圖][mɛ33]背、負擔、肩負、背誦。

高慧宜認為此字是借源字。東巴文中有一字[圖][bv31]，意為「駝背」，借用此字形意，用∧表示背的部位。

此字應為借源字。構字的基礎字形乙來自於老傈僳文 Z。此字的字形當與[圖][mɛ35]有關。從字音來看，[mɛ35]和[mɛ33]聲韻相同，僅是聲調的差異。從字形來看，[圖][圖][圖]三個字形，都以乙為基礎字形，各自添加不同的元素造字。

在音節文字中，乙是一個較為常見的構字元件，[圖][tʃi55]，遷移，搬遷，遷徙。[圖][tʃhi41]，抽，吮，吸（奶、煙）。[圖][ʒe44]，做（活），種（地）等字都以乙為基礎，添加不同的符號後構成新字。

50. [圖][mɛ31]墨（漢語音譯）。

分析：高慧宜認為此字是指事字。用整齊的方框表示廣場、操場，[圖]表示列隊二者相結合表示「軍隊」。高說有誤。此字借用漢語發音，意為「墨」。從字形來看，此字應為象形字。[圖]像硯臺的形狀，[圖]像墨水流動的痕跡。音節文字中，「軍隊」發音為[mɛ41]，字形为[圖]。

此字是自造字。採用象形的造字方法。

51. [圖][mɛ41]慢性子、黏糊糊的。

分析：音節文字中有一字[圖][mi33]，與[圖]發音相近。[圖]應當是[圖]添加乚後構成的新字。添加乚是音節文字中常用的造字方法。本字應為自造字。

52. [圖][mo55]瞄準，對準，敬酒。又讀[mo31]，馬。

分析：高慧宜認為此字是象形字，像馬匹之形，突出馬的耳朵。高說存

疑。從字形來看，此字的字形高度抽象，很難看出馬的形態，故「像馬之形」難以成說。另外，此字還有另一讀音和其他的字義，「馬」之意不是唯一的字義。

此字應為自造字。

53. 𠚥〔mo³⁵〕𠚥𠚥模型，模子。

分析：高慧宜認為此字是指事字。𠚥和𠚥幾乎相同，故有「模子」之意。高說存疑。此字高度抽象，𠚥兩個部件也又明顯的不同，以此指事，難以令人信服。

此字應為自造字。

54. 甪〔mo³¹〕老。甪甪變老的太陽；天甪變老的月亮（見《射太陽月亮》）。

分析：高慧宜認為，此字應為指事字，以地裏不能發芽狀比喻老人。此說無憑。單從字形看，很難看出「不能發芽狀」；再者，以「不能發芽狀」比喻老人，實在費解。此外，音節文字中有一系列與甪字形相似的字，例如：𠂔〔thy³⁵〕，包（東西）。𠃌〔tsɿ³⁵〕，絆扣。瓦〔hɛ³¹〕（音節）。這些字的音義皆與甪無關。

此字應為借源字。借用漢字「再」的形體，刪減筆劃 —— 構成音節文字的新字，僅借用原漢字的字形，不借用音義。

55. 扎〔muɯ³³〕共扎妻子。𠃊扎啞巴。扎尖菌子。

分析：高慧宜認為，此字是指事字，𠃊像張大口之形。高說存疑。在音節文字中有一系列帶有𠃊的字形，例如，見〔phɛ³⁵〕，翹棱；咊〔bɛ³⁵〕，澗槽（熬酒時接酒用的器具）等字，字義均與「張大口」無關，故高說無憑。添加符號𠃊構字是音節文字中常用的構字方法。

此字應為借源字。借用漢字「甘」的字形，加𠃊構成構成音節文字的新字，僅借用原漢字的字形，不借用音義。

56. 元〔muɯ³¹〕山藥。萬。𠃊𤣩𠃊𠀎元巫師神不靈。元𡿺晚上。共扎𠀎元�33𤣩𤣩不能娶兩個妻子。

分析：借源字。借用漢字「元」的形體，變形後構成新字。僅借用字形，不借用音義。音節文字中，借用漢字「元」形體，加以變形或添加符號後，

構成音節文字的情況較為常見，例如：![te35字] 〔tɛ³⁵〕，抬，扛，帶，坡。![mɯ41字]〔mɯ⁴¹〕，女，婦女。![de31字]〔dɛ³¹〕（音節）。![ʃe35字]（〔ʃɛ³⁵〕，修理，修補。

57. ![mie31字]〔miɛ³¹〕多。茅。箭簇。![箭杆字]箭杆。![菁草做箭羽字]菁草做箭羽。![蒿子杆做箭字]蒿子杆做箭。![兜倒箭筒底字]兜倒箭筒底。![掀開字]掀開箭囊底。（洪水滔天後生存下來的人，到了天堂，同天女成婚。回到人間時，在箭囊裏帶來種子，繁衍成今天的物種。同時又講，天空中同時出現了七個太陽，世上的物種被熾熱的陽光烤燼，遠古的人用菁草做箭羽，蒿子杆做箭，挈旦做弩弓，將太陽射下來，埋在菁草地裏。又造了新的太陽普照大地。見《射太陽月亮》《造太陽月亮》。）

分析：高慧宜認為此字是象形字。![箭符]為箭，![支架符]為支架，共同像箭之形。

此字的造字方法採用了象形，在音節文字中較為罕見。字形象傈僳族常用弩箭俯視之形。所以應當是象形字。

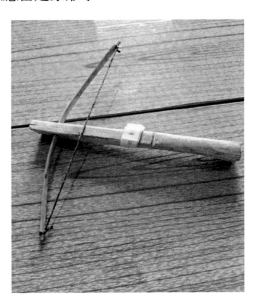

維西縣民族小學學生製作的傈僳族傳統弩弓，攝於 2015 年。

58. ![mie42字]〔miɛ⁴²〕![小米飯字]小米飯，乾飯。![命運字]命運。

分析：高慧宜認為，此字是象形字，意為「箭」。像箭插在包裏的形狀。高說存疑，此字沒有「箭」之意。

此字應為自造字。

59. ![fa44字]〔fa⁴⁴〕造（反），漢語音譯。冒出。

分析：本字是借源字。借用漢字「反」的字形和字音。將字形翻轉後構成

新字，這種造字方法在音節文字中極為罕見。

60. 𠦄〔fu⁴⁴〕硬。放掉。下（蛋）。𠦄𠦄𠦄𠦄一箭地。𠦄𠦄失眠，曬乾。

分析：高慧宜認為，此字是指事字。𠃌表示放下的位置。從字形和字音來看，此字當與𠦄有關，是對其稍加變形而構成新字。從本質上來說，此字是借源字，借用自漢字「反」。

61. 井〔fu³¹〕吹氣。𠦄𠦄井𠦄𠦄只聽見沸！沸！的聲音。（見《創世紀》。）

分析：高慧宜認為此字是指事字。井為火塘狀，中間的一表示火苗，丨表示吹火的竹筒。至今仍有傈僳族人家用竹筒做吹火筒。高說存疑。此字單從字形看，太過抽象，井為火塘、一為火苗、丨為竹筒之說，字形與字義沒有直觀的聯繫。音節文字中另有一字井，意為「安裝」。

此字當為自造字。

62. 𠃌〔tɯ³⁵〕，跳。跑。

分析：此字為借源字。借用藏文字母ㄅ。

63. 𠦄𠦄〔tie⁵⁵〕，結構助詞〔註8〕。𠦄𠦄𠦄𠦄𠦄𠦄他不讓我知道。

分析：借源字。借用漢字「文」的字形，添加口和丨構成音節文字的新字，僅借用原漢字的字形，不借用音義。

64. 开〔tie³⁵〕在，存在。𠦄𠦄开交貢糧，向土司交糧。

分析：借源字。借用漢字「干」的字形，加丨構成構成音節文字的新字，僅借用原漢字的字形，不借用音義。

65. 元〔tɛ³⁵〕抬、扛、帶、坡。𠦄元（地名）葉枝〔註9〕。

分析：借源字。借用漢字「元」字的形體，稍作變形後構成新字。僅借用字形，不借用音義。音節文字中還有一系列借用漢字「元」字作為基本字形的文字。此字另有一異體字𠦄。借源字。借用漢字「干」的形體，與丨組合，構

〔註8〕彝語支中有一組表示主語、賓語、被動句主動者的助詞，用在名詞或代詞的後面。表示賓語的助詞（彝語沒有）一般用在人稱代詞或表示人的名詞後面，傈僳語還能用在表示動物的名詞後面。參見馬學良：《漢藏語概論》〔M〕，北京：北京大學出版社，1991年版，第526頁。

〔註9〕葉枝鎮是維西縣的三個鎮之一，在縣境的東北部，音節文字的創製人汪忍波所在村子就在葉枝。

成音節文字的新字，僅借用原漢字的字形，不借用音義。

66. 兴〔te⁴⁴〕比，對比，比較。

分析：借源字。借用漢字「兴」字的形體構成音節文字的新字，僅借用原漢字的字形，不借用音義。

67. 屴〔ti⁵⁵〕堆。打，砸，敲，帶（家畜脖子上的繩）。單個，單數，單獨的。

分析：借源字。借用漢字「光」字的字形構成音節文字的新字，僅借用原漢字的字形，不借用音義。

68. 圙〔tø³⁵〕直，正直，直道。正確。瞭解。

分析：高慧宜認為此字是會意字。層層包圍一物，以此會意「包」。高說存疑，此字沒有「包」的意義。

此字應為自造字。

69. 彐〔ta⁵⁵〕（搭）箭。屵彐放著。皿彐坐著。

分析：高慧宜認為此字是指事字。一層一層整齊地把不定物至於 丿 這個地方。高說存疑。從字義來看，彐獨用時，有「搭箭」的含義；做「擺放」義時，屵彐二字連用為一個詞「放著」。在音節文字中，以 丿 為構字元件的字有很多，例如：屮〔tshŋ³⁵〕鹿、斷氣。屮〔to³⁵〕，堅持。上〔lv⁴⁴〕，自動，又讀〔lv³³〕，炒菜。止〔dza³¹〕，吃飯，收采禮。丕〔khua³¹〕，醜惡，醜陋，不美的，不好看的。丌〔ŋo³¹〕，話，語，語言，方法，方式，篩子。彐〔v³¹〕，瘋，蜜蜂聚集，圍攏。彐〔ʃi³³〕，長，黃，金，剝皮。以上諸字的音義均與彐無關。可見 丿 只是音節文字中一個常見的構字元件，無固定音義。

此字應為自造字，造字者在構字元件 丿 的基礎上添加符號構字。

70. 廾〔ta⁴⁴〕參加，增加。

分析：高慧宜認為此字是指事字。以一點代表「增加」之意。高說存疑。此字從字形看，無法聯繫到「增加」義。

此字應為自造字。

71. 屮〔to³⁵〕堅持。屮尸乏互相頂撞。

分析：高慧宜認為，此字應為指事字。丿 表示地方，中間的 ⁊ 表示聲音。用斜線分開，以指事「回音」。高說存疑。此字沒有「回音」的含義。另外，丿

是音節文字中一個常用的構字元件，無固定音義。

此字應為自造字。造字者在構字元件╯上添加符號構字。

72. 𡧤〔to⁴⁴〕剁齊。凤𡧤骨頭。𡧤𡧤𣲴突出的。

分析：高慧宜認為此字是象形字。像房屋之形。高說存疑。從字義來看，此字並沒有「房屋」之義。音節文字中𡧤目意為「樓房，木楞房」。

此字應為自造字。另有一字仝〔to⁴²〕輕輕的舂米聲，與本字字音相似，字形都是以𠆢為基礎字形，在造字理據上應當具備關聯性。

73. 仝〔to⁴²〕輕輕的舂米聲。

分析：高慧宜認為此字是會意字。人站在屋子裏張大嘴，會意為「說」。高說存疑。從字形看，此字字形高度抽象，無法看出己是一個站在屋子中的人。從字義來看，此字沒有「說」義。

此字應為自造字。另有一字𡧤（〔to⁴⁴〕剁齊），與本字字音相似，字形都是以𠆢為基礎字形元件，在造字理據上應當具備關聯性。

74. 尔〔thi³¹〕一。絆（腳）。尔𦣝卩同輩人，一代人。尔𠆢卩同胞。尔目卩一家人，夫妻。尔𡶫卩同民族，同氏族。尔𠘨/尔尼世世代代，一生一世。

分析：高慧宜認為尔是借源字。借用了漢字「第」的字形。此字另有一異體字丕，該字為借源字，借用漢字「丕」的字形構成音節文字的新字，僅借用原漢字的字形，不借用音義。

75. 𦘒〔thy³³〕象聲詞（呸！吐口水的聲音）。這。

分析：高慧宜認為此字是象形字。借耳朵之義來指代聽人講話。高說存疑。此字沒有「聽到」的意義。

此字應為自造字。

76. 民〔thy³³〕民民𣲴矮胖的身體。刁𡳆民尔一筒竹子，一截竹子。

分析：高慧宜認為，此字是指事字。符號乚上一橫表示不夠長或不好，用更長的物體來取代。一次表示「取代」。高說存疑。此字從字義看，沒有「取代」之意。

此字應為借源字。借用漢字「民」字的字形，稍作改動構成音節文字的新字，僅借用原漢字的字形，不借用音義。

77. 方〔thy³³〕𢆡方說話，講話。𦘒𣲴方𢆡𣄼打官司，告狀，談話。

⿰刁方這裡。

　　分析：借源字。借用漢字「方」的字形，稍作變形構成音節文字的新字，僅借用原漢字的字形，不借用音義。

　　78. 圉〔thy³¹〕打（結扣），結（疙瘩）。下（結論）。結（發）。⿰凡⿰毛⿰凹圉結繩記事。

　　分析：自造字，造字者在構字元件口基礎上構字。包含有拉丁字母 Z。音節文字中，口是一個常用的構字元件，⿴口⿱西〔bi⁴¹〕，芋頭；圉〔thy³¹〕，打（結扣），結（疙瘩）。⿴匚⿰日〔tshi⁵⁵〕，⿰尸⿰⿱卄日號脈，摸脈；匝〔ʃo³⁵〕，象聲詞。

　　79. 丞〔the³¹〕（深）淺。丞⿰⿱王⿱表面，表層，上面。⿰井丞皮面，表層。元丞⿱王眼前，當前，前面，前頭。

　　分析：借源字。借用漢字「丞」字的字形，稍作變形，構成音節文字的新字，僅借用原漢字的字形，不借用音義。

　　80. 半〔thɛ³¹〕（釘）釘子。嵌入。貼（本錢）。

　　分析：高慧宜認為，此字是指事字。兩物之間敲打一物進去，意為「楔進」。高說存疑。從字義看，此字有「釘（釘子）」、「嵌入」等多重含義。從字形看，所謂「兩物」之間「嵌入」某物，太過抽象，不夠令人信服。

　　此字應為自造字。類似的字形在音節文字中還有不少，例如：半〔tʃʅ⁴⁴〕，甜，砍，稻穀，麂子。半〔phɛ³⁵〕，⿰肃半賽派（鬼神名）。⿰⿱夾〔phi⁴¹〕，剖開，打開，嘔吐。⿰⿱矢〔duɯ³¹〕，打。半〔dʒʅ³⁵〕，⿰⿱半⿱王⿱到時間了。以上諸字都與「嵌入」的含義無關。

　　81. 彡〔tho⁵⁵〕薰，薰陶。⿰刁⿱王⿱彡一截竹子。象聲詞（物體落水聲、吐吐沫聲）。

　　分析：高慧宜認為，此字是指事字。器皿⿴中不斷冒出氣體⿱，以此表示「薰」之意。木玉璋認為，此字是會意字。三腳架上冒著煙，表示「薰」。此二說存疑。從字形來看，⿴並非器皿之形，也無法看出三腳架之形。

　　此字應為自造字。

　　82. 坙〔tho³¹〕松樹。火（很旺）。⿰禾坙，需要用，急需。坙爪書籍，紙張，文字，文章。坙爪⿱甕教師，牧師。坙⿱麗茯苓。⿰刁坙爪竹膜。坙⿱兒松子。坙爪⿱尼白紙，紙幣，貨幣。坙⿱亞刁松樹公主。（見《種樹經》。）

　　分析：高慧宜認為，此字是象形字。像竹書的竹片穿在一起之形，而其中的‥‥為字形的省略。這是一種「點字素」的造字法，來源於東巴文。同時，這個字也可表示用來寫字的一種專門的松木。此種松木木製鬆軟，便於刻畫和攜帶。木玉璋認為，此字是象形字。向兩面打開的經書，有點像貝葉經書，像「書」之形。此二說存疑。首先，在傈僳語中，亞爪是「書、紙、文字、文章」的意思。用詞義解釋字義，未免牽強。此字的發音在傈僳語中常用，結合其他音節，可以表多重意義，其中以「松」的含義居多。其次，貝葉經書在雲南為傣族所使用，而造字者汪忍波一生未曾去過傣族分布區域。音節文字所存文獻，多以白棉紙為主，其形制也與貝葉經書不同。目前，尚未發現竹片書寫的音節文字文獻。

　　此字應為自造字。

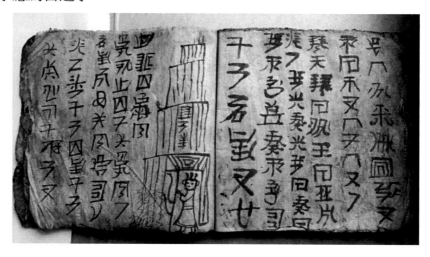

傈僳族白棉紙文獻，2015 年攝於維西縣檔案局。

　　83. 发〔tho⁴¹〕踩、踏、邁。王发发走三步。发廿兔子。亚发ᛁᛁᛁ旬不能踩的石頭（謎語：雞蛋）。

　　分析：借源字。借用漢字「发」字的字形，刪減筆劃，構成音節文字的新字，僅借用原漢字的字形，不借用音義。

　　84. 弓〔thu³¹〕艸弓木桶。本弓箭筒。

　　分析：高慧宜認為此字是象形字，像裝箭的箭筒或箭包。高說存疑。傈僳族擅長用弩，傳統傈僳弩的形制與弓不同。再者，弓也並不像傈僳族常用的箭包。

　　借源字。借用漢字「弓」字的字形，構成音節文字的新字，僅借用原漢字的字形，不借用音義。

傈僳族傳統弩弓與箭筒。〔註10〕

85. ｐ〔thu³³〕拃（拇指與中指伸開的距離，表示長度）。

分析：高慧宜認為此字會意字。‖是打孔的工具，Ɔ為打出的圓孔。高說存疑。此字從字義看，與「打孔工具」無關。

此字應為自造字。

86. 禾〔di⁴⁴〕坪，地，壩子。疊，折疊，重疊。ＴＩ禾平地。

分析：高慧宜認為此字是借源字。哥巴文中有一字✦〔dy³¹〕，意為「地」或「壩子」。禾應是✦的變形。高說存疑。禾與✦字形差異較大，變形之說過於牽強。納西語和傈僳語同屬彝語支，屬於親屬語言，出現讀音相近的同源詞並不罕見，不能作為借源字的論據。在音節文字中，含有「地」之意的字另有ㄋ和先，字形皆與✦無關。

此字應為自造字。

87. 肙〔di³³〕ㅄ肙石頭，鵝卵石。結（土豆、芋頭、紅薯等）果。另坊肙生瘡。又肙蟲，昆蟲。

分析：借源字。借用漢字「目」字的字形，添加符號〔，構成音節文字的新字，僅借用原漢字的字形，不借用音義。

88. 元〔dy⁴¹〕立兄及卮元結許多果。

分析：高慧宜認為此字為會意字。從Ɔ從7，Ɔ為果實，7為樹枝，以枝上有果表示「結」。高說存疑。從寫法來看，Ɔ並非結口狀，不像果實的形狀。

此字應為借源字。從字形看，當借用藏文字母ᢐ。

〔註10〕《探訪高黎貢山度假區傈僳族制弩能手》，劉峻杉、楊正榕，2017 年 8 月 4 日，http://www.sohu.com/a/162338806_786045

89. 國〔do⁵⁵〕（怠）工，賴，象聲詞（打擊木頭聲）。尸Ⅱ玉國國手氣短短的（占卜用語，見《骰子》）。

分析：借源字。借用漢字「國」字的字形，構成音節文字的新字，僅借用原漢字的字形，不借用音義。

90. 囚〔do⁴⁴〕出。兜囚丗坊三兜囚丗並竹太陽該出來，太陽出不來。（古時候天空同時出現七個太陽，將大地萬物炙烤殆盡。先民射下了太陽，重新造了一個新的，但是禁錮在石甌中出不來。見《造太陽月亮經》。）

分析：高慧宜認為，此字是借源字。借用漢字「囚」的字形。而囚中的人，應是表示「人」之意。此字形表示，人在方框中想要出來，以表示「出」。如：凡囚，鬼出來。业囚，疫病流行開來。高說存疑。音節文字中，表示人有一字丫〔tsho⁴⁴〕，而並非人。音節文字中的人〔tsø⁴⁴〕，有「剁齊，垂槐樹、聚合、結合」等含義，皆與「人」無關。而且從音節文字中借用漢字的情況來看，造字者汪忍波沒有學習過漢字，對漢字並不瞭解。所以，為何用漢字「人」表達「人要從方框中想出來」之意，無法解釋。

此字應是借源字。借用漢字「囚」的字形，構成音節文字的新字，僅借用原漢字的字形，不借用音義。

91. 兄〔do³³〕喝。丑峃兄喝茶水。厦业齒兄共飲同心酒。兄兄喝血酒。兄妬臀部。

分析：高慧宜認為，此字是會意字。ᄀ表示裝液體的壺或瓶等器皿，以此會意「喝」。高說存疑。ᄀ為何是「裝液體的器皿」，難以解釋。

此字應是自造字。音節文字中，有一字亂〔si³¹〕，紅，血，肝。亂亂，喝血酒。亂〔si³¹〕與兄字形近似，在造字理據上當有聯繫。此外還有一字亂〔nɛ⁵⁵〕，在亂字形上加丨構字。亂〔nɛ⁵⁵〕刁亂地，土地。亂丁江。

92. 甴〔do⁵⁵〕多（安多），人名。汪忍波的舅舅，見《汪忍波自傳》。

分析：借源字。借用漢字「古」字的字形，添加▮構成音節文字的新字，僅借用原漢字的字形，不借用音義。

93. 若〔do⁴¹〕毒，蠱，草烏。若凩毒汁。

分析：借源字。借用漢字「若」字的字形，構成音節文字的新字，僅借用原漢字的字形，不借用音義。音節文字中，漢字「若」被借用多次。

94. **目**〔du³¹〕井。**丁目**水井。**袁目**鹽井。**目彐**竹雞。**ρ目**大靈貓，狐狸。**目羿風**獨龍族。**啈㞍目**汪那獨。（人名，《喚祖》中祭天儀式的第九代主持人。）

分析：借源字。借用漢字「目」字的字形，構成音節文字的新字，僅借用原漢字的字形，不借用音義。

95. **关**〔duɯ³¹〕打。夯。**关尸盂**打仗，打架，戰爭。**彐去关关彐**濃煙滾滾，火焰滾滾。

分析：高慧宜認為，此字是指事字。左右向下均衡用力為「夯」。高說存疑。此字從字形來看，高度抽象，無法看出「均衡用力」向下。部件人的造字理據難以解釋。音節文字中有一系列字形與此字字形相近的字，例如：**丷**〔phɛ³⁵〕，**帘丷**賽派（鬼神名）。**屮**〔tʃŋ⁴⁴〕，甜，砍，稻穀麋子。**丞**〔phi⁴¹〕，剖開，打開，嘔吐。**屴**〔dʒŋ³⁵〕，** δ屴彐珇**到時間了。這些字形相近的字，均沒有「左右向下均衡用力」之意。

此字應為自造字。

96. **彐**〔ni³¹〕**彐九**心。**彐㞊**喜歡，願意。**彐苙㞊**滿意，甘心。**秋彐**愛，愛心。**旅彐**有心。**彐丁**思念，心想。**彐川⺌**裝在心中。**彐坕**智慧，意志。**及彐**去年。

分析：高慧宜認為，此字是會意字。音節文字中有一字**川**〔hi⁴²〕，意為「肚子」。**丨**為身體，**丿**為凸出的肚子。傈僳族認為人的心有兩個，故此字本義為「心」。高說存疑。**丿**的字形是向內凸出，而非向外凸出。其實，在音節文字中，ㄱ是常見的構字元件。音節文字中有一系列與**彐**字形相近，以ㄱ為構字元件的字，例如：**彐**〔po⁵⁵〕，包（量詞）。**彐**〔pv³⁵〕，揉麵。**匠**〔by³¹〕，（房屋，樹木）倒塌。**彐**〔na⁵⁵〕，騙。**㔾**〔no³³〕，你（方音）。**彐**〔la³¹〕，**彐ㄱ**老虎。**彐**〔tʃi⁴⁴〕，**ち彐**，樹下。**非**〔go³¹〕，給，送，贈與，賜予。以上諸字的音義皆與**彐**無關。另外，「傈僳族認為人的心有兩個」，此說未見文獻記錄，田野調查中也沒有發現，闕疑待考。

分析：此字應為自造字，造字者以構字元件ㄱ為基礎創製文字。

97. **吉**〔ni³¹〕**扜吉**剝麻皮。**ゟ吉**紅的，潮濕的。

分析：借源字。借用漢字「吉」字的字形，構成音節文字的新字，僅借用原漢字的字形，不借用音義。

98. 几〔ni³¹〕鬼。几宇/傈僳族巫師。几刁巫婆。几水水的要祭天神。

分析：高慧宜認為，此字為借源字。哥巴文中有一字 ∩〔hər⁵⁵〕，意為「害人」。人倒立不能開口，為鬼義。哥巴文此字的字源為漢字。曹萱認為，此字是借用漢字「風」字，省減而成。〔註11〕

此字應為借源字。借用漢字「几」的字形，構成新字。另，音節文字中丫〔tsho⁴⁴〕，意為「人」。丫几二字，一字反正，一為人一為鬼，在造字理據上應當有所聯繫。

另外，几宇，即「尼扒」，傈僳族原始宗教的宗教師。陶雲逵《碧羅雪山之傈僳族》：「尼扒」這種巫師，「他們的法術的最初傳授據說是在夢中及似夢非夢境況之下，由他們的宗師指示的，這種恍惚朦朧的狀況，可延長到一兩天。在此期間，其人不飲不食，也不說話，於是大家知道他成了尼扒。夢中授術之宗師名叫『尼盤尼』，反穿麻衣，上眼皮不動，下眼皮發顫。傳法時手裏拿著一枝樹葉，所傳的法，是教他占卜以及鑒別鬼類及禳除之術。」張征東《雲南傈僳族及貢山福貢社會調查報告》：傈僳中「尼扒」自稱係得神明啟示，神靈灌注而有超人之見識與能力者，故無法從事技術的傳習。「尼扒」意為能通鬼之人，音節文字的創製者汪忍波就是葉枝當地的著名尼扒。

99. 艹〔nɜ⁵⁵〕丬艹烏鴉。丬艹而卫止烏鴉吃凶肉（比喻製造事端。見《驅邪經》）。艹刁艹囚明年後年，明後年，將來。

分析：高慧宜認為，此字為指事字。音節文字中，丿(有「分」的含義，廾意為「扣住」。扣不住還往外溢，意為「多。」高說存疑。音節文字中廾具有多個含義。僅就艹的字形來看，也與廾關係不大。

此字應為自造字。

100. 㞑〔na³³〕甚㞑好鐵，好鋼。刈㞑興做，能做。㞑囘問。你的。㞑禹你的祖父，你的爺爺。㞑ℨ你的舅舅。㞑崙你的叔叔。

分析：高慧宜認為，此字是指事字。音節文字中有一字羌，意為「芽」。此字用丿表示不能發芽，意為「病」。高說存疑。傈僳語中，「病」發音為〔na⁴⁴〕。音節文字中表「病、痛、疼」之義，使用屮字。例如：屮令霍亂、傷寒；屮囚疫病流行，天花；屮朩痢疾、瘟疫、流行病；屮己傷痕。

此字應為自造字。

〔註11〕李小蘭：《哥巴文字源考釋》，華東師範大學 2014 年度碩士學位論文，第 176 頁。

101. 孑〔na³¹〕你們。停滯，休息。丆孑亟屮矵我是不來了。

分析：此字是自造字。音節文字中一字丆（〔ŋa⁴⁴〕我）。首先，〔na³¹〕與〔ŋa⁴⁴〕字音接近，丆添加一即構成孑，兩字又都是人稱代詞。所以，丆和孑的造字理據應是有所關聯。也可以看出，汪忍波在造字時，已經認識到了詞性等語法現象。

102. 奉〔nu³¹〕嫩，軟，溫和，潮濕。新枝（在老樹上長出來的）。

分析：借源字。借用漢字「奉」的字形，稍作變形，構成音節文字的新字，只借用原漢字的字形，不借用音義。

103. 合〔nu⁴¹〕黏、貼、黏連。毫合樹膠。合兄膠水。合丩合丩黏黏糊糊的。又合蝸牛。

分析：借源字。借用漢字「合」的字形，減去一，成為音節文字的新字，只借用原漢字的字形，不借用音義。

104. 光〔li⁴⁴〕卷，繞，纏繞。光片傈僳。光王山區。臥光二牛抬槓。光厈麗江。叒光大理。

分析：借源字。借用漢字「光」字的字形構成音節文字的新字，僅借用原漢字的字形，不借用音義。

105. 凷〔li³¹〕重。凷凷背子重。乩凷口緊（孩子到了該說話的時候卻說不出話來）。

分析：高慧宜認為，此字是指事字。音節文字中有一字凷〔lo⁴⁴〕，意為「山」。比山還重，意為「重」。高說存疑，凷意為「石頭」。

此字的造字理據不明，還需進一步分析。

106. 狀〔ly³¹〕（在平地上）滾。叫炙狀金轱轆。（金轱轆用作太陽的心臟。見《造日造月》）狀凷墳墓。今狀目木楞房。

分析：自造字。此字的造字理據在音節文字中較為罕見，當與彳有關。彳〔dʒi³³〕，意為「走，行走，步行」，添加符號彡以示意義區分。目前尚無證據表明彡表音。

107. 丟〔lɛ⁴²〕，又讀〔lɛ³¹〕手。丟屮手。丟冂手指。丟刁大拇指。

分析：高慧宜認為，此字是借源字。借用漢字「手」。高說存疑。從整個音節文字系統看，音節文字借用漢字時借用字義，僅有一例。

借源字。借用漢字「丟」，稍加變形構成音節文字的新字，僅借用原漢字的

字形，不借用字義。

108. 茅〔la⁵⁵〕ㄨ茅啊喲！（表示疼痛聲）茅型腳鐐，枷鎖。

分析：借源字。借用漢字「茅」的字形，稍加變形構成音節文字的新字，僅借用原漢字的字形，不借用字義。

109. 氿〔la³⁵〕爛（漢語音譯）。氿岀臘魯〔註12〕。

分析：借源字。借用漢字「九」的字形，增添符號構成音節文字的新字，僅借用音節文字的字形，不借用字義。

110. 𠃊〔la³³〕獐子。𠃊ㄱ雌獐。𠃊恚麝香。𠃊亚歺喇嘛寺。

分析：高慧宜認為，此字為象形字。像獐子之形。高說存疑。單從字形來看，𠃊高度抽象，看不出獐子的形態。在納西東巴文中，獐子字形為𝌋，像嘴出牙之形，象形意味明顯。

此字應為自造字。從字形和發音來看，其造字理據似乎與ㄨ〔a⁵⁵〕詞頭）有關，係借用老傈僳文字母Ⅴ的字形。添加符號後構成。

111. 𑫁〔lo⁴⁴〕石頭。擲、扔。𑫁ㄉ白石。𑫁片𝌵積石。𑫁元納西族。

分析：高慧宜認為，此字是指事字。𑫁是山的形狀，二表示多。木玉璋認為，此字是象形字。像石頭山之形。

此字造字理據不明。從字形來看，當與𑫀（〔li³¹〕，重）一字有關。

112. 貳〔lo⁴⁴〕貳𑫁福氣，命運。貳大玩耍，開玩笑。貳𑫂城市。

分析：借源字。借用漢字「貳」的字形，稍作變形構成音節文字的新字，僅借用原漢字的字形，不借用音義。

113. 死〔lo³³〕輕，輕鬆。死崇珊瑚。

分析：借源字。借用漢字「死」字的字形，對字形做了變形，添加符號，構成音節文字的新字。僅借用原漢字的字形，不借用音義。

114. 叉〔lo³¹〕袁狨录叉一兩鹽。

分析：借源字。借用漢字「又」字的字形，添加符號構成音節文字的新字。僅借用原漢字的字形，不借用音義。

115. 若〔lo⁴¹〕夠，有（三歲）。王兴亚若𦬛還不足三年。

〔註12〕「臘魯」指的是納西族支系瑪麗瑪莎人，生活在維西縣塔城鎮境內。瑪麗瑪莎人使用一種納西東巴文的變體文字瑪麗瑪莎文。汪忍波自稱是「臘魯兒」。

分析：借源字。借用漢字「右」字的字形，添加符號 ➖ ，構成音節文字的新字，僅借用原漢字的字形，不借用音義。

116. 𢀖〔lu³¹〕龍。𢀖光 龍年。𢀖王 龍王。𢀖𢀖 發洪水。ﾚ𢀖 鍋。己禾𢀖 一鍋飯。

分析：高慧宜認為，此字是會意字。亞 架在 ﾉㄥ，亞 中有水沸騰。高說存疑。亞 是何物，ﾉㄥ 又是何物，難以解釋。

此字應為自造字。音節文字中有一字 亞 與 亞 字形相近，讀音〔ɣa⁵⁵〕，意為「懸岩，石頭」。另有字與 𢀖 字形相近，如 𢀖〔ŋua³¹〕，五，棲息，（飛機）降落。𢀖〔dʒɛ⁴⁴〕，𢀖 𢀖 路，道路。以上諸字的音義皆與 𢀖 無關。

117. 㔾〔lɯ³³〕㔾 㫃 櫻桃樹。𢀖㔾 旋轉。

分析：高慧宜認為，此字為指事字。㇄ 像捲起的蛇蛻。高說存疑。首先，此字字義與蛇蛻並無關係。其次，從字形看，該字高度抽象，很難與蛇蛻聯繫起來。

此字應為借源字。借用藏文字母 ㄅ。

118. 又〔ɣɯ⁵⁵〕搖動，甩。

分析：借源字。又 和 㔾 讀音相近，字形相似，從造字理據來看，該字應當是將 㔾 上下顛倒構成的新字。

119. 㢟〔tsʅ⁵⁵〕亞㢟 懸崖，峭壁。刁乢㢟 竹節。目㢟 蓋房子。下㢟 造弩弓。皿爪㢟 音節、一（個）字。ﾚ凵㢟 關門。𢀖施禾㢟 一個問題、一句話。𢀖施㢟 說話要點

分析：高慧宜認為，此字是指事字。齒狀表示邊界。高說存疑，此字沒有「邊界」的含義。

此字應為自造字。

120. 米〔tsʅ⁴⁴〕指使，唆使，教唆。米兄 使徒（天神給每個村子都派了兩個米斯，即使徒，保護村子的平安。見《汪忍波自傳》）。

分析：借源字。借用漢字「米」字的字形，稍加變形構成音節文字的新字，僅借用原漢字的字形，不借用音義。

121. 丑〔tsʅ⁴⁴〕干九𢀖丁丑荳叉 江河匯合處。

分析：借源字。借用了漢字「丑」字的字形，對字體稍加變形，構成音節文字的新字，僅借用原漢字的字形，不借用音義。

122. 片〔tsŋ⁴⁴〕ﾉ送片生火。ﾉ囬片九姐妹。

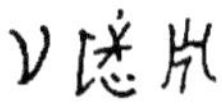

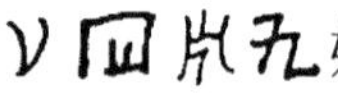

分析：借源字。借用漢字「片」字的字形，加ﾉ構成音節文字的新字。僅借用字形，不借用音義。加ﾉ構字是音節文字常用的構字方法。

123.  下〔tsø³⁵〕還（債務）。約定（相會或幽夜的時間、地點）。

分析：借源字。借用漢字「下」字的字形，添加符號構成音節文字的新字。僅借用原漢字的字形，不借用音義。

124. 人〔tsø⁴⁴〕剁齊，垂槐樹、聚合、結合。天子ﾉ足汞人架牛犁地。乒人掃帚。

分析：高慧宜認為，此字是指事字，撇捺相交表示岔路口。高說存疑，此字沒有「岔路口」之意。

此字應為借源字。借用漢字「人」字的字形構成音節文字的新字，僅借用原漢字的字形，不借用音義。

125.  立〔tse³⁵〕丁�l汞立一滴水。及兄汞立卫廿等一會兒再來。

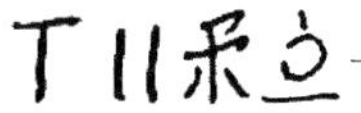

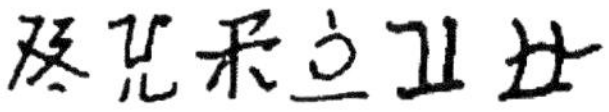

分析：高慧宜認為，此字是指事字。音節文字中，亠為「頭」，上面一豎是指事符號表示聲音。張開嘴發出很細的聲音，表示「鳴叫」。高說存疑。此字沒有「鳴叫」的含義。

此字應為自造字。

126. 口〔tse⁴¹〕丢口造謠。

分析：借源字。借用了漢字「口」的字形，構成音節文字的新字。僅借用原漢字的字形，不借用音義。

127. 竞〔tso³⁵〕皿币王竞三個字。ﾉﾉ汞竞一塘南瓜。丁竞扴水泉。羿竞旂見面，會見，相逢。

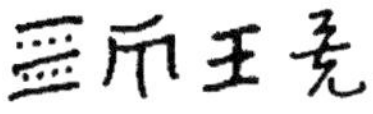

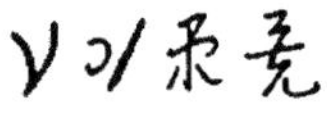

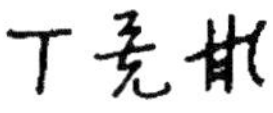

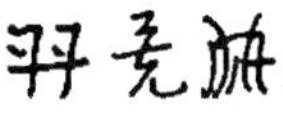

分析：借源字。借用了漢字「競」字的字形，構成音節文字的新字，僅借用原漢字的字形，不借用音義。

128.  狷〔tsɯ⁴¹〕（行動）輕鬆、輕快、愉快、利落。狷狷那卫卫彳尸輕鬆愉快地來到了你這裡。（見《汪忍波自傳》）

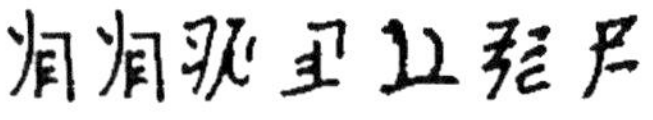

分析：自造字。在狷上添加丶構成新字。

129. 屮〔tshŋ³⁵〕鹿、斷氣。ﾊ屮石頭。

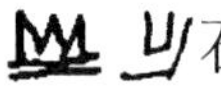

分析：高慧宜認為此字是會意字。音節文字中有一字舟，用㕚表示舟折

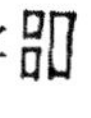

斷；另有一字 三/，用 _/ 表示「這裡」，上一物似是標記。上部的 U 表示折斷物，以此來表示「折、斷」。高說存疑。音節文字中，_/ 是音節文字中一個常見的基礎造字元件。例如：凶〔to³⁵〕，堅持；上/〔lv⁴⁴〕，自動，又讀〔lv³³〕，炒菜；ヨ/〔ʃi³³〕，長，黃，金，剝皮；止/〔dza³¹〕，吃飯，收采禮；歪/〔khua³¹〕，醜惡，醜陋，不美的，不好看的；ヵ/〔ŋo³¹〕，話，語，語言，方法，方式，篩子。ヨ/〔v³¹〕，瘋，蜜蜂聚集，圍攏。以上諸字均包含 _/，但意義皆與「這裡」無關。另外，ヨ/〔ʃi³³〕，長，黃，金，剝皮。ᥝ〔tshŋ⁴¹〕ᥝ丛寒冷的天氣，ᥝ屈 節令，ᥝ卫王 有經驗的人，泇ᥝ藥，泇ᥝコ|醫院。此二字字形中都包含符號 U，但字義都不具備「折斷」之意。

此字應為自造字。從字形和字音來看，造字理據當與 ᥝ〔tshŋ⁴¹〕有關。

130. ᥝ〔tshŋ⁴¹〕ᥝ丛寒冷的天氣。ᥝ屈 節令。ᥝ卫王 有經驗的人。泇ᥝ藥。泇ᥝコ|醫院。

分析：自造字。從字形和字音來看，造字理據當與 屮 有關。

131. 有〔tshy⁴¹〕小米。有凵岩 種小米。有孑扲 薅鋤小米地。

分析：借源字。借用漢字「有」字的字形，稍作變化構成音節文字的新字，僅借用原漢字的字形，不借用字義。

132. 古〔tshε³⁵〕（刀、匕首、弩箭針尖）快、鋒利。

分析：高慧宜認為此字是指事字。上面十表示銳利，刺入ﾛ中，表示鋒利。

此字應是借源字。借用漢字「古」的字形構成音節文字的新字，僅借用原漢字的字形，不借用字義。音節文字中另有一字 岜（〔dzy³³〕，老鷹），從字形看，當與 古 有關。

133. 丫〔tsho³³〕丫关 人，冗(丫人類。丫目 家，人家，人戶。丫吴 村寨。丫白 大人，知名人士，長者。丫内Ⅱ内 有了人類。硬塞，充足，緊足。

分析：高慧宜認為此字是象形字，其取像依據為：能開口為人，不能開口為鬼。高說存疑，「不能開口」不知做何解釋，從字形來看，丫 几 二字皆有開口。

此字應為借源字。借用漢字「几」字的字形，倒置翻轉後構成音節文字的新字，僅借用原漢字的字形，不借用音義。

134. 盎〔tsho³¹〕盎目 樓房、木楞房（見《汪忍波自傳》）。

分析：木玉璋認為此字是象形字。高慧宜認為此字是借源字，字形來源於納西族的樓房建築形狀，音義都是借東巴文。

　　此字應為自造的象形字。造字方法在音節文字中較為罕見，像傈僳族木楞房側面之形象。

　　雲南蘭坪、維西一帶的傈僳族人喜歡修建木楞房。修建木楞房要先備好木料，砍木料要選吉日進行。當備好的木料乾透後，一般在冬季選吉日挖地基砌石腳，石腳要砌高一點，一面下雨時架在石腳上的圓木被雨水浸泡影響耐久性。建蓋時用刀斧將直徑 20 釐米左右的長木頭砍成長短、粗細相同的邊邊圓柱形。把木頭的一頭砍成榫，另一頭則刨出槽，把兩頭的榫槽扣合，分別鑿回嵌口，一根木料連著一根木料往上壘。壘到一米時，橫或縱架一定數量的圓木樓楞，其上鋪木板，使房變成上下兩層，下層用來關牲畜，上層用來住人及存放糧食等。當壘木到三十來根木料高度時，要搭人字架屋頂，頂上覆木板。木楞房一般為長方形，門設在長的一邊。房的正中央設有火塘，靠木牆的邊上設有木板床。如果家庭人口多，木楞房就分兩間，方便起居。〔註 13〕維西傈僳族的住房主要是木楞房。有的單間，有的數間相連，也有的建造成木楞樓房。此外還有石頭壘牆，石片覆蓋的石片房和少數草木結構的「干欄」式住房。〔註 14〕

傈僳族木楞房側面圖。〔註 15〕

135. 𖼀〔dzi⁴⁴〕𖼀𖼀 煩躁、心煩、討嫌、討厭。𖼀𖼀 樹子，樹木。𖼀𖼀𖼀 山欏樹。𖼀𖼀 鐵銹。

〔註13〕楊宏峰主編，歐光明編著：《中國傈僳族》，銀川：寧夏人民出版社，2012 年版，第 104～105 頁。

〔註14〕雲南省維西傈僳族自治縣志編纂委員會編：《維西傈僳族自治縣志》〔M〕，昆明：雲南民族出版社，2002 年版，第 23 頁。

〔註15〕《木楞房——獨具民族特色的傈僳族傳統民居》古建中國，作者佚名，2017-9-22：http://www.naic.org.cn/html/2017/gjjg_0922/22774.html

分析：高慧宜認為，此字是象形字。ヨ和Ϝ像樹幹之形，連起來表示樹木。高說存疑。符號ヨ和Ϝ從形態來看，不肖樹幹。再者，荘 有多重含義，並不僅限於「樹木」一個含義。音節文字中有一字荘〔dzi³³〕，意為「相逢，相會，相遇，雨季，會面」。荘 另有一異體字荘，二字字形完全一致。由此可見，荘 的字形與「樹幹」沒有關係。

此字應為自造字。

136. 廾〔dzi³¹〕忍耐，忍受。麻。乑廾新剝下來的麻皮（栓獵狗用。見《狩獵經》）。廾夯續麻。

分析：高慧宜認為，此字是會意字。Ｖ是器皿，� 是器皿上端封口之形。器皿上端封口，但下端有洞，會意「被老鼠啃」。高說存疑。首先，從字形看，Ｖ與廾形態有較大的差異。其次，從字義來看，廾沒有「被老鼠啃」之義。

此字應為自造字。

137. 𠄌〔dzi³³〕結實，牢固（方音）。又讀〔zi³³〕，𠄌刈 乑 堅持，結實，牢固。𠄌禸長壽，壽命長。

分析：借源字。借用漢字「丁」的形體，翻轉變形後構成音節文字的新字，僅借用原漢字的字形，不借用音義。

138. 屮〔dzy³³〕鷹。屮屮㐅生雙胞胎。

分析：高慧宜認為此字是象形字，像鷹之形。高說存疑。單從字形來看，本字字形過於抽象，實在難以看出像鷹的外形。

此字應為借源字。借用漢字「古」的字形，將字中部件█拉伸變形，構成音節文字的新字，僅借用原漢字的字形，不借用音義。

139. 示〔dzɛ⁴⁴〕（液體）滴，滴落。兎夭示示雨淋淋的。兌自示示眼淚汪汪。

分析：借源字。借用漢字「示」的字形，添加符號➥構成音節文字的新字，僅借用原漢字的字形，不借用音義。

140. 己〔dza³¹〕飯、糧食、莊稼。己足白米。己屮吃飯。乑己魚餌。己囚食物。

高慧宜認為，此字是指事字。ㄥ象張開嘴之形，〓從麥，省形。以此比喻「吃飯」。高說存疑。此字高度抽象，ㄥ看不出「張開嘴」之形，〓更可以做多種解釋。

此字應為自造字。己與止二字，讀音相同，字形相似，更可以組成詞組。此二字的造字理據應有一定關聯。

141. 止〔dza³¹〕吃，收（采禮）。止 ⺀ 匹 豐盛的食物，豐厚的食物。止 瓜 其 富裕戶。止 囚 食物。止 丑 猛獸。

分析：高慧宜認為，此字是指事字。以放入人之口比喻「吃」之義。高說存疑。此字字形高度抽象，看不出「人之口」之形。

此字應是借源字。借用漢字「止」的字形，添加部件 ⺀，構成音節文字的新字，僅借用原漢字的字形，不借用音義。另己與止二字，讀音相同，字形相似，更可以組成詞組。此二字的造字理據應有一定關聯。

142. 文〔dzo³¹〕對，正確，和好，講和。元 天 求 文 陣雨，驟雨。

分析：借用漢字「文」的形體，構成音節文字的新字，僅借用原漢字的字形，不借用音義。

143. 凶〔dzu³³〕丫 凶 群眾，人群。九 凶 ヨ 藏族姑娘，藏族公主。凶 凶 ヨ 尖尖的，鼓鼓的。

分析：高慧宜認為，此字是指事字。且的字義為「晃動」， 表示晃動的形態。由此推斷 X 表示「黏在一起，不動」。高說存疑。首先，凵與丫的字形並不相同。其次，音節文字中，與凶字形類似的字，例如 凶〔tshε³³〕，意為「同意，服從」，與「不動」之意無關。

此字應為借源字。借用漢字「凶」的字形，構成音節文字的新字，僅借用原漢字的字形，不借用音義。

144. 岚〔dzɯ³¹〕騎（馬）。

分析：高慧宜認為，此字是指事字。岚字形象馬鞍之形，以此指代騎馬。高說存疑。岚字形高度抽象，無法直接聯想到馬鞍。而且音節文字中有一系列字形相近的字，例如：凨〔phi³¹〕，升（名）。凥〔phʋ³⁵〕，堆（量），東西很多。岚〔ba⁵⁵〕，語尾助詞。凮〔tsɿ³⁵〕，凮光 鷦鷯。凨〔tʃhua³⁵〕，下邊，下面。以上諸字的音義各不相同，但都以凡或凢為構字元件。

此字應為自造字，是造字者利用基礎構字元件凡或凢創製出的新字。

145. 血〔sy³⁵〕血 囚 鑽具，火 疝 血 打竹簽卦。

分析：借源字，借用漢字「血」的字形，構成音節文字的新字，僅借用原

漢字的字形，不借用音義。

146. 冘〔sy³¹〕血、肝。

分析：高慧宜認為，此字是指事字，像手指之形，⊃表示指甲。高說存疑。在音節文字中是一個基礎造字元件，例如：冘〔tsø⁵⁵〕，罪（漢語音譯），口弦、琵琶等樂音和諧。此字的含義不包含「手指」之意。將其做「手指」解釋，未免不妥。

此字應為自造字，造字者利用造字元件冘，添加符號構成新字。

147. 儿〔sy³¹〕行走。灻𠂇儿走路。冊儿探親友。冘儿來往，交往。尺儿指甲。

分析：高慧宜認為，此字是象形字。雙足並起，表示「走」之義。

此字是自造字。音節文字中有一字乂〔dʒe³³〕意為「走，去」，字形與字義同儿相近，二字從造字理論來看，應當有所關聯。

148. 亞〔se⁵⁵〕亞廿復活。燊乂亞廿亞儿死了就不能復活。（見《創世紀》）亖厸㠪亞儿彐冘廿讀了書才有知識。

分析：高慧宜認為，此字是會意字。音節文字开中的ㅠ表示「發芽」，繼續發芽即為「活」。高說存疑。對开的解釋不確。

此字應為自造字。

149. 卅〔se³¹〕鬆散，起泡。ㄨ卅白塞（漢語音譯，相當於民國時期保甲制度的甲長）。卅尸冘塞勒俄，血滿草。

分析：高慧宜認為，此字是會意字。符號彡表示蒸汽上升的樣子，ㅄ是帀的省形。高說存疑。卅中並沒有ㅄ形的部件，而且字義與「正氣上升」無關。

此字應為自造字。

150. 厷〔se⁴¹〕力氣，氣力，體力，能力，聲音。㑞厷生命。厷亞冘沒有力氣，沒有精力。君厷百姓。无厷努力，熱心。

分析：高慧宜認為，此字是會意字。⊥意為支柱，乂在支柱上，表示「力氣」。高說存疑。在支柱之上意為力氣，解釋過於牽強。音節文字中有一字乂〔diɛ³¹〕，意為「稍稍一點兒，只是」。從字義來看，與「力氣」無關。

此字應為自造字。

151. 朴〔sa⁵⁵〕丁ll朴游泳。朴岑明天，將來。朴羊侄子，外甥，女婿。朴羽侄女，外甥女。

分析：借源字。借用漢字「人」字與「十」字進行組合，構成音節文字的新字，僅借用原漢字的字形，不借用音義。

152. 炎〔sa³⁵〕炎 物 军 军 刻著木刻。

分析：高慧宜認為，此字為借源字。納西哥巴文中有一字炎〔dy³¹〕，意為「棍、杆子」音節文字借用哥巴文的字形，表示過去雲南少數民族一種特製的農具，一長一短兩杆相連，可用來左右拍打糧食。高說存疑。高慧宜此說的基礎在於字義為「連枷」。李霖燦收錄此字，字源不詳。《字典》中此字並不做「連枷」解，並且傈僳族所用連枷是以一短一長兩根杆子相連，與炎字形不符。張征東《雲南傈僳族及貢山福貢社會調查報告》：「（傈僳族）糧杆繫以以木杆用繩索連於一竹竿上，用於打穀。打穀時手持竹竿，則木杆可以被揮起而動作。」

此字應為自造字。從字形來看，炎似與木刻有關。音節文字中有一字乄〔sa³¹〕，意為「打記號」。傈僳族歷史上沒有文字，木刻是文字出現前的主要記事方式之一，在傈僳族社會中應用極為廣泛。

153. 王〔sa⁴⁴〕三。隹王烏薩，天神，上帝。临隹王兒亙古的時候。（見《識字課本》）加王容易做。王丑棉花。

分析：高慧宜認為此字是借源字，哥巴文有一字王〔lv⁵⁵〕，意為「曾（孫）、（孫女）。」有三代之意。高說存疑。哥巴文王〔o³³〕，意為「玉」，沒有「曾孫女」的含義，其造字理據應是借用漢字「玉」字。〔註16〕此外，從「曾孫（女）」引申「三」，未免太複雜，不符合造字邏輯。

此字應為借源字。借用漢字「王」的形體，構成音節文字的新字，僅借用原漢字的字形，不借用音義。音節文字中沒有單獨的數字，是其特點之一。

154. 火〔sa³¹〕丹火瑣屑。丼火嗩吶，號子，桌子。

分析：借源字，借用漢字「火」字的字形，構成音節文字的新字，僅借用原漢字的字形，不借用音義。

155. 芷〔so³⁵〕饞。芷双（松明，油香。

分析：借用漢字「共」字的形體，稍作變形，構成音節文字的新字，僅借用原漢字的字形，不借用音義。

〔註16〕李小蘭：《哥巴文字源考釋》，華東師範大學 2014 年度碩士畢業論文，第 188 頁。

156. 上〔zi³³〕上 𨆍 𡭐 堅持。結實，牢固。上 𠃊 長壽，壽命長。

分析：高慧宜認為，此字為指事字。丨表示「杆」，丶表示「杆子的支撐點」，杆子插在地上，即為「支柱」。高說存疑。支撐點為何在杆子上端而非底部，難以解釋。

此字應為借源字，借用漢字「丁」字的字形，翻轉後構成音節文字的新字，僅借用原漢字的字形，不借用音義。

157. 禾〔sy³¹〕使用，應用，運用。禾 𣎴 山竹。禾 𠙹 原有的，用過的，舊有的，舊了的。

分析：借源字。借用漢字「禾」字的形體，稍作變形，構成音節文字的新字，僅借用原漢字的字形，不借用音義。

158. 月〔zɛ⁴¹〕𠃊 天月 下雨。𠂉月 降雪。

分析：借源字。借用漢字「月」字的形體，添加符號 ━ 後，構成音節文字的新字，僅借用原漢字的字形，不借用音義。

159. 亓〔za³¹〕男子，兒子。𦫀亓 能幹，勇敢，英雄。亓 𠙝（男）老二。𡊟亓 男子，男子漢。

分析：高慧宜認為，此字是借源字。借用漢字「夫」，對字形稍加改動，表示「男人」。高說存疑。此字字形與漢字「夫」並不相似。

此字應為自造字。

160. 三〔zo³³〕麥子。𠀇 𥝢 三 𡉉 𨨵 太陽出來了。

分析：高慧宜認為，此字是象形字。像麥穗之形。高說存疑。此字從字形來看，高度抽象，很難看出麥穗之形。納西東巴文中的「小麥」寫作 𡳞，像麥穗有芒，象形的意味非常明顯。兩種文字的字形對比十分鮮明。

此字應為借源字。借用漢字「三」的字形，添加符號後，構成音節文字的新字，僅借用原漢字的字形，不借用音義。

161. 坐〔tʃi⁵⁵〕坐 𡉉 槭樹。坐 囚 秤。坐 丁 露水。

分析：高慧宜認為，此字是象形字。像槭樹枝繁葉茂之形。高說存疑。首先，此字高度象形，無法看出樹木的形態。其次，音節文字中有多種樹木，為何只用「枝繁葉茂」之形表示槭樹，難以解釋。

此字應為自造字。

162. 𡆀〔tʃi⁴⁴〕𡆀 𡆀 𡆀 𡆀樹下。𡆀 𡆀樹根。𡆀 𡆀根莖，根源，根。𡆀 𡆀 𡆀岩洞。

分析：高慧宜認為，此字是會意字。埋於地下之物，且上面多有莖鬚，表示根。高說存疑。單從字形來看，此字高度抽象，無法看出「埋於地下之物」之狀。同理，「多有根鬚」也無法解釋字形。音節文字中有一系列文字基於 𡆀 構成字形，例如：𡆀〔po⁵⁵〕，包（量詞）。𡆀〔ni³⁵〕，心。𡆀〔na⁵⁵〕，騙。以上諸字與 𡆀 同樣都是以 𡆀 構字基礎，但沒有「埋於地下」的含義。

此字應為自造字，是造字者利用造字元件 𡆀 創製的新字。

163. 𡆀〔tʃa³¹〕𡆀 𡆀 𡆀 𡆀 𡆀 𡆀你明天真的來。𡆀 𡆀 𡆀真正的，真實的。

分析：借源字。借漢字「不」、「口」和「幾」組合，構成音節文字的新字，僅借用原漢字的字形，不借用音義。

164. 𡆀〔tʃi⁵⁵〕遷移，搬遷，遷徙。𡆀 𡆀撒尿。𡆀 𡆀移栽。𡆀 𡆀石縫，懸岩的臺階。𡆀 𡆀 𡆀雀鳥吸樹汁。

分析：借源字。借用拉丁字母 Z 作為構字元件 𡆀，加 𡆀變形而成新字。

165. 𡆀〔tʃhy³⁵〕𡆀 𡆀乾旱，乾燥。𡆀 𡆀 𡆀 𡆀 𡆀木柴曬乾了。

分析：高慧宜認為，此字是指事字。𡆀 為物體，放在 𡆀 上，表示曬乾了。高說存疑。𡆀 為何表示物體，𡆀 又表示何物，無法解釋。

此字應為自造字，模仿漢字的上下結構而造的新字。

166. 𡆀〔tʃhe⁴⁴〕滑（坡）。𡆀 𡆀 𡆀傈僳族舞蹈名稱。𡆀 𡆀蕎麥餅。

分析：借源字。借漢字「善」字的字形，稍作變化，構成音節文字的新字，僅借用原漢字的字形，不借用音義。

167. 下〔tʃhe³⁵〕下 𡆀 𡆀桑樹。下 𡆀火鐮。下 目肚臍。下 𡆀臍帶。下 𡆀箭囊。

分析：高慧宜認為，此字是借源字，借用哥巴文。哥巴文有一字 下〔sɿ³³〕，意為「箭」。高說存疑。哥巴文 下 當借用漢字「下」。

此字應為借源字。借用漢字「下」字的字形，構成音節文字的新字，僅借用原漢字的字形，不借用音義。

168. 田〔tʃhɛ³¹〕橫砍、橫劈，樹葉（方言）。

分析：高慧宜認為，此字是指事字，以橫豎相劈的刀的運動軌跡分兩次把物體一分為二。高說存疑。此字確有「橫砍」、「橫劈」之意，但字形中所謂的「運動軌跡」是一橫一豎，故在表達「橫」的意義上會產生歧義。如果以刀劈斧砍的運動軌跡表示橫著切開物體，只需要 ━ 即可表意。

此字應為借源字，借用漢字「田」字的字形，構成音節文字的新字，僅借用原漢字的字形，不借用音義。

169. 有〔tʃha⁴⁴〕天子求有一塊地，一片地。即箕有和坊引好像擋著你了；似乎擋住你了。

分析：高慧宜認為此字為會意字，左邊 ━ 和右邊 ━ 表示「眼睛」，冃表示「物體」，中間 丨 遮住左眼，只有右眼可視物體。高說存疑。首先，冃表示「物品」之說沒有實證；其次，丨 表示「擋住左眼」也難以成說。

該字應為借源字。借用漢字「有」的字形，將 ━ 一分為二，稍作變形。這種構字方法是音節文字特有的，音節文字系統中有系列同類型的字，例如：者〔phɛ⁴¹〕，丁𝟙𝟙者 水淋淋的，乩ꝑ者𝟚 飯煮爛了，兂者 門牙。有〔tshy⁴¹〕，小米。

170. 屮〔tʃŋ⁴⁴〕甜。砍。稻穀。麂子。丿类求屮一把刀。求屮屮砍一刀。屮了尼 水田。兂屮 梨。

分析：高慧宜認為，此字是象形字。上部像麂子角之形，下部像麂子細長的身體部分。高說存疑。音節文字中，屮〔phɛ³⁵〕，㕭屮 賽派（鬼神名）。夾〔phi⁴¹〕，剖開，打開，嘔吐。夵〔duɯ³¹〕，打。屮〔dʒŋ³⁵〕，ぬ屮王和 到時間了。以上諸字的字形皆與屮相似，但都沒有「麂子」之意。納西東巴文中，「麂」寫作🐾，「黑麂」寫作🐾，象形意味明顯。

此字應為自造字。

171. 㳠〔tʃhi⁴¹〕抽，吮，吸（奶、煙）。丿㳠花𝟛 蘭花煙。丿㳠 山羊。丁㳠 冷水，開水。羊，羊群。

分析：高慧宜認為，此字是指事字。音節文字中有一字 乙〔thi⁵⁵〕，意為「點燃（煙）」，則㳠表示多次點煙。高說存疑。乙 表示「點燃（煙）」，高慧宜解釋此字為指事字，乙 表示煙鍋，━表示點燃的部位。但是，首先乙不像煙鍋之形；其次，假設乙是煙鍋，但點燃部位應該在煙鍋的下方，而非上部。故對乙 解釋就並不確切，更無法證實對㳠字源的解釋。

　　此字應為自造字。從字形和字義來看，⿰和⼄在造字理據上應有關聯，都是造字者以⼄為構字元件為基礎創製文字。

　　172. ⼑〔dʒi³³〕好，相好。動物的皮。⼭⼑能吃，好吃。⿰⼤⽤⽐⽌⽴⼑桐籽不能吃。⼑⽃好心。

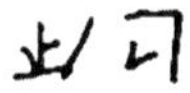

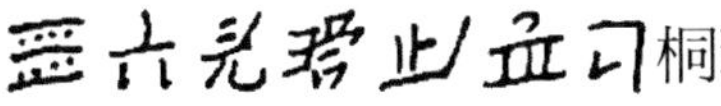

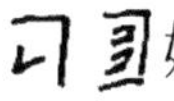

　　分析：高慧宜認為此字為象形字，像包裹著身體的皮。高說存疑，此字從字形來看，難以識別出「包裹著身體的皮」之形。

　　此字應為自造字。此外，音節文字中有一詞：⾜⼑，肉皮。從字形來看，此二字的造字理據應有關聯。

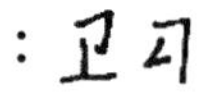

　　173. ⼈〔dʒi³³〕走，行走，步行。走，去，行。飛（方音）。

　　分析：高慧宜認為此字是象形字。用兩隻腳的形狀表示「走」。

　　此字應是自造字，此字的造字方法在音節文字系統中十分罕見，採用了會意的造字方法，兩腿交叉會意「走」「步行」「去」等意義。音節文字中有兩字：⼷〔sy³¹〕，「走，去」，⼈〔ly³¹〕，「在平地上滾」，此二字從字形和字義來看，當與⼈有關。

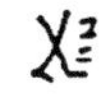

　　174.  ⼐〔dʒe⁴⁴〕冷。⼅⼐水。⽓⽔⼐⽸天氣變化。⼐⽸損壞

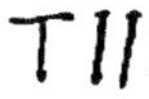

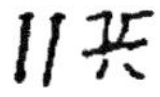

　　分析：高慧宜認為此字是指事字。以冬天屋簷下出現的冰條表示「冷」。高說存疑。此字的字形高度抽象，單從字形來看，無法聯想到「冰條」。

　　此字應是自造字。

　　175. 天〔dʒo³¹〕直（樹子）。⽬天⼞樓下。⽥天⼘報復，報仇，回報。⼭天聽說，據說。

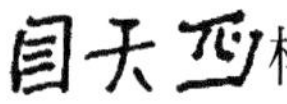

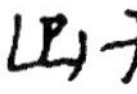

　　分析：借源字。借用漢字「天」的形體，構成音節文字的新字，僅借用原漢字的字形，不借用音義。

　　176.  朋〔dʒua³⁵〕（由高處指）那邊。朋⼭⽌到下邊來。⽣⽑⽦朋長衫。

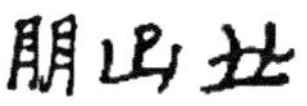

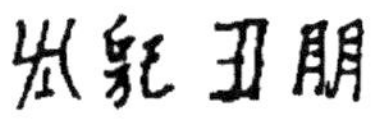

　　分析：高慧宜認為此字是借源字，借用漢字「朋」後再加筆劃，「朋友」之義的引申。

　　此字當為借源字。借用漢字「朋」的形體，添加部件 ⬟，構成音節文字的新字，僅借用原漢字的字形，不借用音義。

　　177. 丁〔dʒua³¹〕�丁⼟⼑⼧想到之處（見《識字課本》）。丁⽊想起，想到，思考。丁⽏賭咒。⽯丁棍棒，思念的方法。丁⼄後悔。

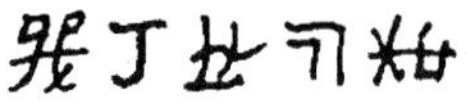

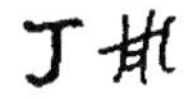

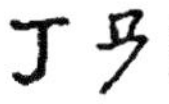

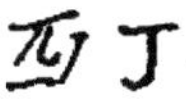

丁𒅗冃反悔的人（見《驅邪經》，反覆無常的人）。西关求丁老生了一窩崽。

分析：借源字。借用拉丁字母 J 的字形。

178. 弓〔dʒi³⁵〕转野弓呈邦到開會時間了。

分析：自造字。音節文字中有兩字：弓₎〔tsi³³〕，「藏」。尺〔lɛ³¹〕，「手」。此二字字形與弓相近，造字理據當有一定關聯。

179. 弓〔dʒi³³〕集市，街子，街道。原因，緣故。弓亞內沒有原因，沒有緣由。卫弓皮子，肉皮子。弓弓㤅知子羅〔註17〕。

分析：借源字。借用漢字「弓」字的字形，稍加變形，構成音節文字的新字，僅借用原漢字的字形，不借用音義。

180. 六〔ʒo³¹〕咱們。六玉舅舅。六光光咱們自己，我們自己。

分析：高慧宜認為此字是指事字，以三豎表示你、我、他，合併為「咱們」之意。高說存疑。

該字應為借源字。借用漢字「六」的形體，構成音節文字的新字，僅借用原漢字的字形，不借用音義。

181. 亞〔ȵi³¹〕二。

分析：高慧宜認為，此字是指事字。兩橫，兩豎，兩斜皆指「二」。

高說存疑。此字還有一個異體字工，與「二」無關。另外，音節文字中有一字亞〔za³³〕（此亞开輕放，慢放；爪亞維西。）該字字形也是兩橫兩豎兩點，但是沒有「二」的含義。

此字似借用漢字「亞」。

182. 殳〔ȵi³¹〕牛。殳囬牛日。殳光牛年。殳而老牛。

分析：高慧宜認為，此字是象形字。口表示牛頭寬大的特徵，ㄨ表示牛角。高說存疑。此字的字形高度抽象，難以看出像牛之形。而且ㄨ在口下，與實際的牛角的位置截然相反。在納西東巴文中，「牛」寫作𐍈，「水牛」寫作𐍈，「犛牛」寫作𐍈，象形意味十分明顯，是對各類牛的描摹象形，與殳的字形截然不同。

此字應為自造字。

〔註17〕地名，原是怒江州碧江縣城所在地，現屬福貢縣。

183. 为〔ȵio³¹〕已为糯米。习为慢性子。

分析：借源字，借用漢字「爲」字的形體，稍作變形，構成音節文字的新字，僅借用原漢字的字形，不借用音義。

184. 牙〔ȵio⁴⁴〕立牙樹梢。

分析：自造字。音節文字中有一字，弖〔tsi³³〕（酸，醋，真的，真實的，藏物品。）本字從造字理據來看，當與弖有一定關聯。

185. 朱〔ȵua³⁵〕（由低處指）上邊。

分析：借源字。借用漢字「朱」字的字形，構成音節文字的新字，僅借用原漢字的字形，不借用音義。

186. 开〔ʃɛ⁵⁵〕閒，休息。开囬明天，星期日，將來。开用害羞。

分析：高慧宜認為，此字是指事字。兩兩相交表示「交叉」。高說存疑。從字音來看，此字沒有「交叉」之義。

此字應是借源字。借用漢字「五」的形體，刪減筆劃一，構成音節文字的新字，僅借用原漢字的字形，不借用音義。

187. 元〔ʃɛ³⁵〕修理，修補。目元蓋房子，修房子，建房屋。罒爪元造紙，造字，編書，出書。元昊明天。元乙牙縣政府。

分析：借源字。借用漢字「元」字的形體，添加符號，構成音節文字的新字，僅借用原漢字的字形，不借用音義。添加構字是音節文字一種常用的構字方法。

188. 飞〔ʃo³⁵〕飞掀松明。ʃ飞情人（文語）。

分析：高慧宜認為此字是象形字。以兩道斜線表示雲南特有的松樹的樹枝狀，用局部代替整體。高說存疑。「雲南特有的松樹」不知作何解。而且單看字形，該字也無法與松樹相聯繫。東巴文中「松樹」寫作，像松針之形，象形意味明顯，不會與其他樹種混淆。

該字應為借源字。借用漢字「飛」的形體，稍作變形，構成音節文字的新字，僅借用原漢字的字形，不借用音義。

189. 囙〔ʃo³⁵〕冊丑囙象聲詞（祭神或娛樂的開頭語）。

分析：借源字。借用漢字「回」的字形，稍加變形，構成音節文字的新字，僅借用原漢字的字形，不借用音義。

190. △〔ʃo⁴⁴〕香火、香柱。△ 燒香。△ 乙 小杜鵑樹。

分析：高慧宜認為此字為借源字。用丨表示香插在燭臺裏。哥巴文中由一字 ，意為「香、香條」和「香爐」。田野調查時見到的汪忍波所用過的燭臺為圓形，但作為文字的「燭臺」已經符號化。由此可知竹書在借用其他文字後進行了一定的文字加工，文字字形趨於符號化。

該字應為自造字。採用象形的造字方法，像香燭插於香臺之形。

另外，張征東在維西地區調查時，「遇一傈僳自稱某次因貧病交迫曾到過陰間，但因路口之陰官謂其壽限未滿，囑其反陽。故彼略識陰間之情形。據謂到陰間之關口時見如圖之黑屋一間。」〔註18〕

該黑屋之圖 與 △ 字形極為相似，不知是否巧合。

191. 又〔ʃo⁴¹〕 又 正經人，老實人。

分析：借源字。借用漢字「又」字的字形，構成音節文字的新字，僅借用原漢字的字形，不借用音義。

192. ✕〔ʃua⁵⁵〕窮苦，困難，困苦，難過。✕ 可憐。✕ 丁 說話，講話。✕ 祭品。✕ 諱忌。✕ 窮苦人，困難戶。✕ 難做。

分析：高慧宜認為，此字是會意字，✕為一人形， 為重擔之形。人挑重擔，會意為「辛苦」之意。高說存疑。首先， 高度抽象化，很難與人形聯繫。再者，當地傈僳族不挑擔，由於處於山區，一般採用背筐載物。張征東《雲南傈僳族及貢山福貢社會調查報告》提到：「傈僳無挑擔者，其負重之法，繫以背負為主。所用器具最簡單時，只需一麻繩。凡柴、炭及不必裝入簍中之物，均以繩縛之背於背部，然後將繩子繞經兩臂上端攬繩頭於手中。至於零碎對象及糧食等，多置於篋簍及皮袋中，照上方背負。」〔註19〕另外，即便是人挑扁擔，擔扁擔的位置也應當位於肩部。單從字形看，✕ 與「挑擔」無關。

此字應為自造字。

193. ⊦〔ʃua⁴⁴〕麥子。⊦ 糖，砂糖。⊦丁 麥芽糖。⊦ 麥麵。⊦ 麥地。⊦ 麥葉公主（又譯為「麥浪公主」，神名，比喻情深義厚的

〔註18〕參見西南民族學院圖書館 1986 年編寫內部材料《雲南傈僳族及貢山福貢社會調查報告》，第 52 頁。

〔註19〕參見西南民族學院圖書館 1986 年編寫內部材料《雲南傈僳族及貢山福貢社會調查報告》，第 126 頁。

美。見《驅邪經》和《種樹經》)。

分析：高慧宜認為此字是象形字。像麥子之形。高說存疑。該字字形高度簡化，與麥子的形象大相徑庭，並非麥子外形的描摹。單看該字，無法與麥子相聯繫。納西東巴文中，「小麥」寫作，像小麥的麥穗有芒，象形程度極高，一眼即可看出「小麥」之意。

該字應為自造字。

194. 〔ʃɿ^{55}〕草，播、散（種），扭，擰。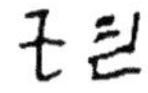播穀種。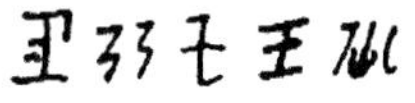腳下三股蓍草。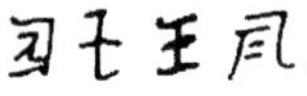三升秈米種（天神為了考驗女婿，交給他三升秈米種子。結果還是種成了。見《繁衍人類的故事》)。

分析：高慧宜認為，此字是指事字。能從地下發芽長出來的即為種子。高說存疑。此字高度抽象，「地下」、「發芽」等狀都無法看出。東巴文中，「草」寫作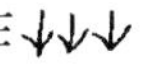，像草之形，又做；「圓莖草」寫作葉細長，溝邊叢生。與東巴文對比之下，更能看出音節文字的抽象程度。

此字應為自造字。

195. 〔ʃɿ^{44}〕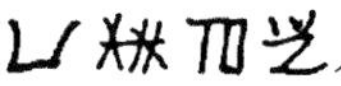人類死傷。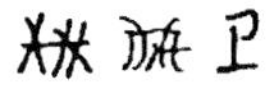獵物的屍體。

分析：高慧宜認為此字是會意字。調查中得知，傈僳族蜂氏族的墳墓用木板遮擋，魚氏族用竹子遮擋成狀，以此指代「死」。木玉璋認為，此字是會意字。傈僳族是土葬，在墳墓上插木條做為標誌，男人插九根，女人則為七根。

此二說存疑。從田野調查來看，傈僳族的喪葬習俗沒有氏族之分。《雲南傈僳族及貢山福貢社會調查報告》有《喪葬》一章，詳細記述了傈僳族的喪葬習俗。在「墳墓情形及掛清情形」一節中記錄：「葬竣，視死者為男為女，分用九塊板砍九刀或七塊板砍七刀蓋墳。」「傈僳之墳多立木杆，將死者生前所用各物裝入竹器中，懸掛其上。也有將木杆立於墳後者。如墳上搭有木架，則將各物放入簗起中，掛於木架上，不再立杆。」〔註 20〕故而「用木板遮擋」或「在墳墓上插木條做為標誌」應為誤傳。「九」和「七」是傈僳族的神聖數字。傈僳族喪葬習俗中多用「九」和「七」兩個數字。成年人去世後，祭師禱告唱道：「請死者保祐生者，生男要生九個，生女要生七個。」出殯時，棺材要置於數

〔註 20〕參見西南民族學院 1986 年編寫內部材料《雲南傈僳族及貢山福貢社會歷史調查》，第 96 頁。

根幹栗木之上，男人為九根，女人為七根。〔註21〕且 **㵘** 的字形只有六畫，若捨去中間一橫，則只有五畫，非九亦非七。

此字應為自造字。

196. **酉**〔ɖo⁵⁵〕凹**酉**安多。人名，汪忍波的舅舅。

分析：借源字。借用漢字「古」字的字形，對部件添加〓後，構成音節文字的新字，僅借用原漢字的字形，不借用音義。

197. **茶**〔tɛ⁵⁵〕立**茶**不成器。

分析：借源字。借用漢字「茶」的字形，稍加變形，構成音節文字的新字，僅借用原漢字的字形，不借用音義。

198. **㓲**〔ka⁵⁵〕下 釆 **㓲**一張弩弓。Ⅴ 半 死 刁 **㓲**用尖刀刺。**㓲**打針。**㓲**ZZ責備。**㓲** 木條，木棍。

分析：高慧宜認為，此字是指事字。編織竹製器物時，逐條總是以交叉形態進行編織。符號1為竹子彎折狀，符號Ⅹ標示「在此處」，1指示穿插的地方。高說存疑。首先，此字字形高度抽象。其次，音節文字中有一字**㓲**〔hu³³〕，意為「生育」。兩字字形高度相似，若以 **㓲**字的解釋去分析**㓲**的造字理據，根本無法說通。

此字應為自造字。

199. **㓲**〔ka⁴⁴〕Ⅴ 殳 **㓲**放牛。

分析：高慧宜認為，此字是借源字。傈僳族等一些民族，夏季將牛羊等牲畜圈養到高山草甸，莊稼收割之後再趕回家去。羊借漢字「羊」來指代牲畜，口借漢 字「口」表示「用嘴吃，」，符號(表示圈養。高說存疑。音節文字中，添加符號(是一種常見的構字方法，例如：**㪍**〔pɛ⁴⁴〕偏（斧刃），黏填，黏補，撲（在地上）；**見**〔phɛ³⁵〕翹棱；**开**〔tie³⁵〕在，存在；**㣙**〔ʃɛ³⁵〕修理，修補，等等。這些字的意義均與「圈養」無關。

此字應為自造字。造字者利用添加符號(構成新字。

200. **乂**〔ku⁵⁵〕九。**乂**目煉鐵爐。**乂**乎九時，很久以前。**乂**田九天。**乂**巻九倍（不定的倍數）。

〔註21〕斯陸益主編：《傈僳族文化大觀》〔M〕，昆明：雲南民族出版社，1999 年，第 82 〜83 頁。

分析：高慧宜認為此字是借源字，借漢字「九」稍加變形。高說存疑。此字形與「九」有較大差異。

此字應是自造字。

201. 早〔kɯa³⁵〕玩耍。早子硬樹皮，痂。

分析：借源字。借用漢字「早」的形體，刪減筆劃 ，構成音節文字的新字，僅借用原漢字的字形，不借用音義。

202. 叉〔kua⁴⁴〕叉琵㹨嘴裏，口裏。叉ﾖﾆ火塘，火炕，灶火。叉毛朋友。�叉人樹杈。‖叉人岔路。己叉Ⅲ�□ㅛ囲肉飯裏有沙子，飯裏有砂石。

分析：高慧宜認為，此字是指事字。以交叉折斷之形表示「分叉」的含義。高說存疑。此字有多重含義，不僅限於「分叉」。

此字應為借源字。借用漢字「又」，添加筆劃 ，構成音節文字的新字，僅借用原漢字的字形，不借用音義。

203. 吳〔kha³⁵〕村子，村寨。吳艷竹籃。

分析：借源字。借用漢字「吳」的字形，構成音節文字的新字，僅借用原漢字的字形，不借用音義。

204. 興〔kho⁴¹〕咬，年，歲，撈（魚）。王興老有三歲，有三年。丁‖興舀水。興ㄈ田天正月，過年月。元麗興興咬牙切齒。興屮咬疼（外傷），寒冷，冰冷。

分析：借源字。借用漢字「興」簡化後的字形，構成音節文字的新字，僅借用原漢字的字形，不借用音義。

205. 丹〔khu⁴⁴〕（我）呼叫，呼喊。ㄇ丹求雪，禱告，祈禱（見《求雪經》）。�往丹能背。圤丹麻皮團，吃苦耐勞。

分析：此字應為自造字。從字形和字義來看，丹與ㄱ（〔ŋa³³〕我）在造字理據上當有一定關聯。

206. 乱〔khɯ³¹〕狗。乱毤獵狗。乱興狗年。禾乱一句，一嘴。乱尤說話，開口。ㄘ乱劈柴，砍柴。ㄚ麗乱鍋邊。亂丁乱江邊。乱班空話。乱牙言語生硬，態度惡劣。元乱晚上。

分析：高慧宜認為此字是借源字。主借漢字「主」，表示「主人」之意，ㄇ

借漢 字「口」表示「嘴」或「口」，符號（表示界限。在界限內用嘴保護主人或主人之物即「狗」。高說存疑。音節文字中，添加（構字是一種常見的構字方法，例如：齒〔pe44〕，偏（斧刃），黏填，黏補，撲（在地上）。兒（〔phɛ35〕，翹棱。开〔tie35〕，在，存在。元（〔ʃɛ35〕，修理，修補。這一系列字的意義均與「界限」無關。

此字應為自造字，造字者利用添加（的造字方法創製文字。

207. 尸尸〔khua55〕尸尸彐簸箕。丘尸尸又木板，木塊，木片。丫彐/尸尸瓜肉。

分析：高慧宜認為此字是指事字。以抖動簸箕的動作來指代簸箕。高說存疑，此字單獨時並不表「簸箕」之意。尸尸彐是簸箕，尸尸的發音與其他音節文字組合，可表不同含義。而且單看字形，並沒有「抖動簸箕」的形象。

此字應為自造字。

208. 丕」〔khua33〕醜惡，醜陋，不美的，不好看的。

分析：高慧宜認為此字為會意字。高說存疑，」是音節文字中常用的構字元件，不表示具體的音義。

此字應為自造字，造字者利用造字元件」創製新字。

209. 弓弓〔ga44〕聶坕弓弓趕路。卫弓弓打獵，狩獵，追趕獵物。斤弓弓逼債（包括各種各樣的雜稅）。㕔弓弓抓壯丁。

分析：高慧宜認為此字是指事字。兩個弓並排，以兩條奔跑的路徑來象徵競爭追逐之意。此說牽強。弓難以看出「奔跑的路徑」之意。

此字應為借源字，借用漢字「弓」的形體加以變形，而後字符疊加，構成音節文字的新字，僅借用原漢字的字形，不借用音義。

210. 示〔go44〕拾、撿（東西）。

分析：借源字。借用漢字「示」的字形，稍加變形，構成音節文字的新字，僅借用原漢字的字形，不借用音義。

211. 彐乂〔go33〕若彐乂毒發作。拖（舌頭）。

分析：高慧宜認為此字是指事字。冖表示「地面」二是「麥子」的省形，乂表示「這裡」。用二和乂表示「這裡的地面上的麥子」。高說存疑。乂表示「這裡」不知何解。冖和二的解釋更缺乏理據。音節文字中，「拾，撿」之意做示。

此字應為自造字。

212. � 〔go³¹〕給，送，贈送，賜予，賞賜。𝄞𝄞空房。𝄞 𝄞𝄞𝄞 𝄞 飯悶熟了。

分析：高慧宜認為此字是會意字。音節文字中有一字𝄞，意為「肚子」，丨是人的身體，𝄞像肚子凸起之形。在𝄞中，左邊的𝄞有物𝄞，右邊的𝄞空肚皮之形。以此來表示「贈送」，這體現了造字人希望人人平等的心理。高說存疑。首先，音節文字中有一系列與𝄞結構類似的字，都以𝄞為基礎字形，例如：𝄞〔po⁵⁵〕，包（量詞）。𝄞〔pv³⁵〕，揉面。𝄞〔by³¹〕，（房屋，樹木）倒塌。𝄞〔na⁵⁵〕，騙。𝄞〔no³³〕，你（方音）。𝄞〔la³¹〕，𝄞 𝄞老虎。𝄞〔tʃi⁴⁴〕，𝄞 𝄞樹下。以上諸字，音義皆與𝄞無關。再者，𝄞與其說像肚皮凸出，不如說更像腹部凹陷，關於𝄞的解釋不免牽強。假如𝄞是腹部凸出，那麼𝄞兩個𝄞疊加，為何表示「空肚皮」，實在無法自圓其說。

此字應為自造字。造字者以𝄞字形創製文字。

213. 𝄞〔gu³¹〕棺材。𝄞𝄞板材。𝄞 𝄞 𝄞 𝄞涉水過來。𝄞 𝄞 𝄞踏雪過來。𝄞 𝄞藤篾。

分析：借源字。借用老傈僳文字母 Z。𝄞也成為音節文字中基礎構字元件之一。

214. 𝄞〔gu⁵⁵〕象聲詞（紡車聲）。𝄞 𝄞 𝄞粗麻布，火麻布。

分析：借源字。借用漢字「九」，添加符號構成新字，構成音節文字的新字，僅借用原漢字的字形，不借用音義。

215. 大〔gua³³〕唱（歌），下（雪）。大𝄞地塌陷下去。𝄞 𝄞 大講道理。𝄞 大 𝄞 大繁衍人類。𝄞 𝄞 𝄞 𝄞 𝄞 𝄞 大 𝄞 𝄞繁衍雌雄鳥（古代下一次大雪的同時，降下一批雌雄鳥。見《求雪經》）。𝄞 大玩耍。

分析：借源字。借漢字「大」的字形，構成音節文字的新字，僅借用原漢字的字形，不借用音義。

216. 米〔gua³¹〕穿（衣），蕎麥，嚼。𝄞 米蕎氏族。𝄞 米裙子。𝄞 米詩，歌。（原指中老年男子坐在火塘邊唱的古歌，現泛指歌曲。）

分析：高慧宜認為，此字是象形字，像蕎麥之形。高說存疑。本字的字形高度抽象，難以看出蕎麥之形。納西東巴文中，「苦蕎」寫作𝄞，像蕎花開滿

枝頭，從▱（苦）聲；「甜蕎」寫作▱甜蕎，從蕎實滿枝，▱（飽）聲。東巴文中這兩個與蕎麥有關的字，象形的意味十分明顯。

217. 凹〔ŋa⁵⁵〕魚。▱▱凹翻書。▱▱▱凹掀開鍋蓋。

分析：高慧宜認為此字是指事字。中間做一凹形，以示撬的地方。高說存疑。此字應為借源字。音節文字中有一字果，讀音為〔gua⁵⁵〕，即汪忍波的「汪」，也就是余（魚）氏族的「余（魚）」。傈僳余（魚）氏族的圖騰為魚，至今圖騰崇拜，惟剩姓氏。〔註22〕凹為圖騰魚，余（魚）氏族之餘（魚）為果，此二字從造字理據來看，當有密切關係。

此字應為借源字。借用漢字「凹」的字形和字音，構成音節文字的新字，不借用字義。另外，汪忍波的姓氏發音，若以漢字記音，頗近似於「凹」的讀音。張征東在《雲南傈僳族及貢山福貢社會調查報告》中，就將汪忍波寫作「凹士波」。汪忍波選擇凹和果來記錄魚（余），或許並非偶然。

218. 丁〔ŋʌ³³〕我。丁▱▱天讓我講說（見《識字課本》）。丁天據說，聽說。

分析：高慧宜認為此字是借源字。哥巴文中有一字▱，音〔gə³¹〕，意為「我」。音節文字當借用哥巴文此字。高說存疑。納西語與傈僳語同為彝語支中的親屬語言，有同源詞並不罕見。但是哥巴文▱與丁形態差異較大，不應視作借源字。

此字應為自造字。音節文字中，有一些字，從字形來看，其造字理據當與丁有關。例如：刁〔ni⁴⁴〕，主語助詞。丑〔si⁵⁵〕，連詞。刁〔hi⁴⁴〕，連詞。引〔mi⁴⁴〕，名字。丂〔na³¹〕，你們。可〔ma⁵⁵〕，母性，雌性。丂〔khu³⁵〕，（我）呼喊。

219. 井〔ŋo³¹〕煎（雞蛋），黏（鍋）。又讀〔n̠io⁵⁵〕，安裝，▱井▱▱▱按上太陽頭（見《造太陽月亮》）。

分析：高慧宜認為此字是借源字，借用哥巴文。哥巴文中有一字井，〔pu³¹〕，意為「釘子」。音節文字借用此字表示「安裝，固定」之意。高說存疑。此字有兩個讀音，多重字義，難以確定「安裝」是此字本義。

〔註22〕參見西南民族學院圖書館 1986 年編寫內部材料《雲南傈僳族及貢山福貢社會調查報告》，第 79 頁。

此字是借源字。借用漢字「井」的字型，構成音節文字的新字，僅借用原漢字的字形，不借用音義。

220. 义〔ŋo³⁵〕扐ㄱ义光 紮著草。

分析：借源字。借用漢字「義」簡化後，草寫體的字形，添加符號 ╲，構成音節文字的新字，僅借用原漢字的字形，不借用音義。

221. 図〔ŋo³³〕兴 方 多 圵 図 我要明天來了。

分析：高慧宜認為此字是指事字，在田裏挖地播種，是一個點字素的實例。以此表示「挖」。高說存疑，此字沒有「挖」的含義。

此字應為借源字。借用漢字「図」字的字形，稍作變形，構成音節文字的新字，僅借用原漢字的字形，不借用音義。

222. 喿〔ŋua⁵⁵〕喿 芖 岚 余氏族。喿 畧 猊ʅ 汪忍波（1900～1965，傈僳族，雲南省維西縣葉枝鎮岩瓦洛村農民，第二十代祭天祖師，音節文字創始人）。

此字是借源字，從造字理據來看，此字當與余（魚）氏族的 凵（〔ŋa⁵⁵〕，魚）有關。另外，汪忍波的姓氏發音，若以漢字記音，則頗近似於「凹」的讀音。張征東在《雲南傈僳族及貢山福貢社會調查報告》中，就將汪忍波寫作「凹士波」。汪忍波選擇 凵 和 喿 來記錄魚（余），此二字間或許有造字理據上的關聯。

223. 中〔xa³⁵〕丁 中 河水支流，分支。乇 猊ʅ 中 松明枝。ㄣ 中 ㄣ 凹 ㄥ 歡歡喜喜。

分析：高慧宜認為此字是指事字，丨 從中間通過 口 表示「吮吸」之意。高說存疑，此字沒有「吮吸」的含義。

此字應為借源字。借用漢字「中」的字形，構成音節文字的新字，僅借用原漢字的字形，不借用音義。

224. 芫〔xo⁵⁵〕芫 丁 丨丨 倒水。

分析：高慧宜認為此字是會意字。以液體從器皿中灑出來表示「倒（出來）」之意。高說存疑。音節文字中，有一字兂。兂〔he³⁵〕，鼠，ㄱ兂 竹鼠，兂 画 飛鼠，兂 发 山 雪山鼠，乇 兂 草鼠。該字與 芫 字形相近，但並沒有「倒出來」之意。

此字應為自造字。

225. 兂〔xɯ³¹〕兂王 漢人（男子）。卫釆兂 一塊肉。兂兂 丗 快快來。卬㴋兂 劃線路，劃線條。

分析：高慧宜認為此字是會意字。兂 意為「老鼠」，細細的兩橫表示頭髮。偏遠山區缺水，在過去衛生條件差，人的頭髮裏容易滋生「蝨子」。高說存疑。「老鼠」與「蝨子」沒有關係。如果以「老鼠」來引申出「蝨子」，再由「蝨子」引申出「人」的含義，未免過於牽強，造字邏輯不通。

此字應為自造字。

226. 祄〔xua⁵⁵〕王祄 三次。双祄 待一會。屯祄 電話。崒祄 化學。

分析：高慧宜認為此字是指事字。在兩屋之間彎曲行進，為「難」。高說存疑，此字沒有「難」的含義。另外，不和㇇也不像房屋之形。

此字應為自造字。

227. ZZ〔xua⁴⁴〕找，尋找。芺㘈 ZZ 娶妻。立 ZZ 砍柴。苂 ZZ 找蜂，尋蜂。

借源字。以老傈僳文字母 Z 為構字元件乙，重疊構成新字。

228. 卫〔xua³¹〕肉，獵物，獸，禽獸。卫勺 肉皮，皮子。卫 ZZ 打獵。卫王 油，肥肉。卫区 瘦肉。卫凹几 獵神。卫兂 肝。

高慧宜認為此字是會意字，獵物的肉放在木樁上晾曬，會意「肉」。

此字應是借源字。借用漢字「卫」的字形，構成音節文字的新字，僅借用原漢字的字形，不借用音義。卫勺，肉皮，皮子。從此詞組來看，卫勺 二字的造字理據應有聯繫。

229. 目〔hi³³〕房子，房屋，家。目坌 房屋。凵目 人戶，人家，戶口。目彐又 家裏，家中。目厸 棚子。亖斤兂目 學校。刀乌目 教堂。几关目 寺廟。川㘉目 溜索。

高慧宜認為此字是象形字。像房屋土牆壁層層夯實之形。

此字是自造字。採用象形造字法，像木楞房側面之形。木楞房用原木層層搭疊而成。該種造字法在音節文字中較為罕見。

230. 兊〔he³⁵〕刁兊 竹鼠。兊区 飛鼠。兊发凵 雪山鼠（洪水滔天後幸存下來的神鼠）。毛兊 草鼠（《洪水滔天》：人坐在皮囊中漂泊了七天七夜，停泊

在光禿禿的黃泥地裏的時候，人聽到了草鼠啃咬皮囊的聲音》）。𠑹𠃜黃鼠狼。𠁐𠑹貪心，貪圖。

分析：高慧宜認為此字是象形字。像老鼠之形。高說存疑。首先，此字字形高度抽象，無法看出老鼠的形態和特徵。納西東巴文中，「老鼠」寫作🐭，是老鼠頭部的描摹。另外，在音節文字中，有一字𠑹〔xo⁵⁵〕，𠑹丁𠀁倒水，與𠑹字形相近，但意義無關。

此字應為自造字。從造字理據來看，應與𠒇〔xɯ³¹〕有關。𠑹鼠，鼠氏族，姓氏寫做恒或楚。音節文字中，分別使用凵和𠁤來記錄魚和（姓氏）余。由此兩組字可以看出，汪忍波在造字時應有意將氏族圖騰與姓氏區分開來。

231. 失〔ha³³〕送，贈送，呼氣。失失𣲖突然的，偶然的。

分析：借源字。借用漢字「失」字的字形，構成音節文字的新字，僅借用原漢字的字形，不借用音義。

232. 天〔ha³³〕靈魂。月。月份。𦾔天月亮。天𡯂月初。天甬月底。天𡯂𣏐囗初一。王𠁥天三月。

分析：高慧宜認為，此字是借源字。疑借漢字「天」的字形，並義借為「昇天」之意。高說存疑。所謂義借，指的是納西東巴文等古文字中的一種造字方法。方國瑜將其稱為「一字數義」：「事物之字，有其本義，惟引申他義，字形相同，而音義有別，各為一字」。〔註23〕王元鹿首先將這種情況稱為「義借」。義借，即「借用一個現成字的形體，來記錄另一個意義與它有關的詞」。〔註24〕例如東巴文中，𒀱為雨字，亦用作夏，夏為雨季也。

在音節文字中，天最常用的意義是「月亮」和「月份」，字形與字義無關，不符合義借的定義。另外，義借只能解釋象形文字，無法用於音節文字。

此字應為借源字。借用漢字「天」的字形，構成音節文字的新字，僅借用原漢字的字形，不借用音義。

233. 畄〔ho³⁵〕𠃜𦫼畄戴氈帽。

分析：高慧宜認為此字是會意字，以田地上有一遮陽物表示「戴帽子」之意。高說存疑。此字字形無法看出「田地」。氈帽是給人戴之物，為何用遮陽

〔註23〕方國瑜：《納西象形文字譜》，2005 年版，昆明：雲南人民出版社，第 66 頁。
〔註24〕王元鹿：《漢古文字與納西東巴文字比較研究》，1988 年版，上海：華東師範大學出版社，第 50 頁。

物在田地之上表示「戴帽子」，於理不通。

此字應為自造字。

234. [図]〔ho³³〕𝖂𝒻⺁/[図]生小孩。

分析：高慧宜認為此字為會意字。以女陰孕物表示「生育、養」之意。高說存疑。音節文字中有一字，𝖂〔ka⁵⁵〕，下采𝖂一張弩弓。Ⅴ 业孔刀 𝖂用尖刀刺。𝖂𝖂打針。𝖂ZZ責備。𝖂木條，木棍。兩字字形相同，但字義卻無關聯。

此字應為自造字。

235. 珏〔ʁa⁵⁵〕懸岩，石頭。珏洲𝒻山石甌子。（見《造日造月》）珏凹觜石槽。（見《尋水》）仝𝒻8珏多眼的積石頭。（見《射日射月》）

分析：高慧宜認為此字是象形字。以石頭的需多層次來表示大岩石。高說存疑。音節文字中有一些字形相近的字，例如：琹〔ŋua³¹〕，五，棲息，（飛機）降落。琹〔dʒɛ⁴⁴〕，琹凹路，道路。以上二字均沒有「多層次石頭」之意。

此字應為自造字。

236. 歹〔ʁa⁴⁴〕歹氏公雞，白雞。歹𠂤孔雞蛋卜。歹兴雞年。

分析：高慧宜認為此字是借源字。符號𠃌像雞頸之形，廾像雞冠之形。雞冠在雞頸之上，以此指代雞。哥巴文有字形歹〔kua⁵⁵〕，意為「卜卦」，即雞骨卜。高說存疑。首先，「雞冠在雞頸之上，指代雞」，是會意的造字方法。但本字形難以看出「雞」之形。其次，哥巴文的歹是「卜卦」之意。納西族有多種占卜的方法，並不僅僅侷限於雞骨卜。納西族最常見的占卜方法是羊骨卜。東巴經《白蝙蝠取經記》：「婆姿薩美女佛……給了納西族占卜工具共三百六十種。」〔註25〕傈僳族也有多種占卜方法。陶雲逵在《碧羅雪山之傈僳族》中記述，傈僳族有竹簽卦、割枝卦、石頭卦等八種占卜方式。張征東在《雲南傈僳族及貢山福貢社會調查報告》中，記錄維西傈僳族有海貝卜、雞蛋卜、白紙卜、手卜等數種占卜方法。〔註26〕

此字應為自造字。

〔註25〕傅懋勣著：納西族圖畫文字《白蝙蝠取經記》研究，北京：商務印書館，2012 年版，第 196 頁。

〔註26〕參見西南民族學院圖書館 1986 年編寫內部資料《雲南傈僳族及貢山福貢社會調查報告》，第 55 頁。

237. 〔ɤɯ³³〕背子。天 靈魂。 命運，幸運，福氣，護身符。 兊 精靈，靈魂。今 糧神。

分析：高慧宜認為此字是指事字。兩個 緊挨中線表示「附」。高說存疑，此字沒有「附」的含義。

此字應為自造字。

238. 兵〔vu⁵⁵〕兵先，首先，先前，從前，前頭。兵 起頭，開頭，開始。兵 頭。兵天 代表，代替。兵 為了，由於，因為。兵（祭神時）新煮的肉。

分析：借源字。借漢字「兵」字的字形，構成音節文字的新字，僅借用原漢字的字形，不借用音義。

239. 〔vu³³〕花。 開花。 土罐。

分析：高慧宜認為是象形字，植物花的側面。高說存疑。此字字形高度抽象，看不出像花之形。

此字應為自造字。

240. 〔vu⁴¹〕螞蟥。牛黃。

分析：借源字。借用藏文字母 ༠。

241. 亞/〔wa³⁵〕那樣做，那麼做（指有人處）。

分析：高慧宜認為此字是會意字。符號 表示一個地方，亞 表示搭在此處的用竹木編織的網格物，會意「陷阱」。高說存疑。音節文字中用 奘（〔wa⁴⁴〕）表示「絆扣」、「陷阱」之意。

此字應為自造字。

242. 〔wa³¹〕雪。 山崗。 蝙蝠。 雪雀，雪鳥，候鳥。 瓦刷。（傈僳語音譯，一種原始的互助勞作形式。） 《求雪》（《祭天古歌》的重要組成部分）。

分析：高慧宜認為此字是指事字。一橫表示天，竹書符號 表示「冷」，表示「雪」之意。高說存疑。符號 為何表示「冷」，無理據可循。

此字應為自造字。

243. 凹〔wa⁴¹〕雪。 平地，平壩，坪。 白楊樹葉。

分析：高慧宜認為此字是借源字，借用哥巴文字形後，再增加筆劃構成音節文字的新字。高說存疑。此字有一個異體字 凹，應為借源字，借漢字「凹」

的字形再加變化構成新字。推測因為凹容易與凹相混淆，故進一步變化字形而成為凹字。

此字應為借源字。借用漢字「凹」的字形，稍加變化，構成音節文字的新字，僅借用原漢字的字形，不借用音義。

244. 回〔wu³³〕買，採購。腸子。岀回太陽的腸子。（見《造日造月》）丁回罐子。

分析：借源字，借用漢字「回」字的字形，構成音節文字的新字，僅借用原漢字的字形，不借用音義。

245. 白〔wu³¹〕大，賣，出售，售予。白尔勞累。Ч白习白大人，人士，知名人士。

分析：借源字。借漢字「白」字的字形，刪減筆劃 ，構成音節文字的新字，僅借用原漢字的字形，不借用音義。

246. 乙〔ʒe⁴⁴〕做（活），種（地）。

分析：借源字。借用老傈僳文 Z 的字母作為基礎構字元件 Z，添加 構成新字。

247. 女〔y⁵⁵〕舀、打（水、飯）。

分析：借源字。借用漢字「女」字的字形，構成音節文字的新字，僅借用原漢字的字形，不借用音義。

248. 业〔ε⁵⁵〕詞頭。

分析：自造字。從字音來看，此字的造字理據應該與 γ（〔a⁵⁵〕詞頭）有關。二字的字音相近，添加符號構成新字。

249. 米〔ε⁴¹〕歎詞（喝水的聲音），哎呀！

分析：借源字。借用漢字「米」字的字形，稍加變化，構成音節文字的新字，僅借用原漢字的字形，不借用音義。

250. γ〔a⁵⁵〕詞頭。

分析：高慧宜認為此字是象形字，像雞嘴之形，意為雞張嘴打鳴。高說存疑。此字字形高度抽象，難以看出「雞嘴」之形。

此字應為借源字，借用老傈僳文字母 V 的字形。添加符號後構成 业（〔ε⁵⁵〕，詞頭）。

251. Ω〔o⁵⁵〕Ω 乳頭。

分析：高慧宜認為，此字是象形字。用一原型置於一橫線上表示人頭。

此字應為借源字。此字的借用方法非常罕見，借用老傈僳文 O 的字形和字音，添加符號 ━ 構成新字。

第三節　傈僳族音節文字字源再研究

對《傈僳族音節文字字典》中 251 個字形進行字源的探索後，我們可以初步對音節文字的造字方法進行初步的歸納和總結。

一、探索字源應從音節文字的性質出發。

在本章第一部分，回顧之前對音節文字字源的考釋時，我們注意到，木玉璋和高慧宜都借鑒並使用了漢字的「六書」理論來解釋音節文字的字源。但是，隨著對字源的考釋，不難發現，利用「六書」理論很難解釋音節文字字形的字形來源和造字理據。同樣，我們也很難借鑒方國瑜對納西東巴文的分類去為音節文字進行分類。這主要是由於音節文字的性質造成的。

（一）音節文字的字形高度抽象。

以納西東巴文字和傈僳族音節文字進行對比，可以看出兩種文字的字形有著極大的不同之處。

字　　義	傈僳族音節文字	納西東巴文
樹葉		
滿，溢		
獐子		
麥子		
麂子		
牛		
松		
草		
蕎麥		
老鼠		

從列表可見，在表達同樣意義的情況下，納西東巴文具有典型的象形文字的特性，字形複雜，具有明顯的寫實象形。即便沒有學習過東巴文，只看字形，也可以大致猜出字義。但傈僳族音節文字則不同，字形線條高度抽象，單看字形，無法猜測出其意義。

所以，在絕大多數情況下，無法只憑藉借字形來探求音節文字的字源，這正是由於音節文字高度抽象的字形所決定的。

（二）音節文字是一種表音文字

在傈僳族音節文字中，幾乎每個字形都具有兩個或兩個以上多個含義。這也是由音節文字的特性決定的，而並非所謂的「假借」之法。音節文字是一種表音文字，每個字形代表的是字音。只要是同字音的詞，皆可以用該字表示。即便該字單獨使用時具有實詞的詞性，但也可以組成詞組和句子，表達與實詞完全無關的含義。

例如：

υ〔pu⁵⁵〕蒸餾，Π υ Ξ灌木樹。$\overline{F}$ υ箭囊。Λ υ憋氣。υ Ξ捎去，帶去，捎帶。

$\mathcal{Z}$〔tʃi⁵⁵〕遷移，搬遷，遷徙。$\mathcal{Z}$撒尿。$\mathcal{Z}$移栽。$\mathcal{Z}$石縫，懸岩的臺階。雀鳥吸樹汁。

$\overline{F}$〔tʃhe³⁵〕$\overline{F}$桑樹。$\overline{F}$火鐮。$\overline{F}$目肚臍。$\overline{F}$臍帶。$\overline{F}$箭囊。

$\mathcal{ZZ}$〔xua⁴⁴〕找，尋找。$\mathcal{ZZ}$娶妻。$\mathcal{ZZ}$砍柴。$\mathcal{ZZ}$找蜂，尋蜂。

$\square$〔ŋa⁵⁵〕魚。$\square$翻書。$\square$掀開鍋蓋。

以上的例子，在音節文字中比比皆是。傈僳族音節文字中的每個字形代表的最主要是字音，而非字義。雖然也有極個別的字形採用了象形等造字法，但絕大多數音節文字以表音為主，其字義隨文字的使用情況而定。這樣一來，如何確定某一個字形的本義幾乎則不可能。我們無法獲悉造字者汪忍波在創造某個字時，是先使用其實詞的含義，還是作為詞組或句子的一部分使用。汪忍波在最初創製文字時，也是寫了三句話，而非單個的詞。

所以，在探尋音節文字的字源時，絕不能簡單地使用字義來套用字形，因為我們不知道該字形的本義，亦或者字形根本就沒有所謂的本義。

二、音節文字中存在部分構字元件

所謂構字元件，指的是在傈僳族音節文字中比較常見的基礎符號。這些符號具有高度的抽象性，以它們為基礎，構成了一系列字形。例如：

（一）⅃

以⅃為構字元件的音節文字有：⅃〔ta^{55}〕，（搭）箭。⚡⅃放著。▥⅃坐著。屮〔$tsh\eta^{35}$〕，鹿、斷氣。〔to^{35}〕，堅持。〔lv^{44}〕，自動，又讀〔lv^{33}〕，炒菜。〔dza^{31}〕，吃飯，收采禮。〔$khua^{31}$〕，醜惡，醜陋，不美的，不好看的。〔ηo^{31}〕，話，語，語言，方法，方式，篩子。〔v^{31}〕，瘋，蜜蜂聚集，圍攏。彐〔$\int i^{33}$〕，長，黃，金，剝皮。

（二）コ

以コ為構字元件的音節文字有：〔ni^{31}〕，九心，喜歡，願意。〔po^{55}〕，包（量詞）。〔pv^{35}〕，揉面。〔by^{31}〕，（房屋，樹木）倒塌。〔na^{55}〕，騙。〔no^{33}〕，你（方音）。〔la^{31}〕，老虎。〔$t\int i^{44}$〕，樹下。〔go^{31}〕，給，送，贈與，賜予。

（三）爪或爪

以爪或爪為構字元件的音節文字有：〔phy^{41}〕開（水口子），嘔吐，挑開（口子）。〔phi^{31}〕，升。〔phv^{35}〕，堆（量），東西很多。〔ba^{55}〕，語尾助詞。〔$ts\eta^{35}$〕，鷓鴣。〔$t\int hua^{35}$〕，「下邊，下面。」

（四）匚

以匚為構字元件的音節文字有：〔bi^{41}〕，芋頭，再生芋頭，黴菌，黴爛。〔thy^{31}〕，打（結扣），結（疙瘩），〔$tshi^{55}$〕，號脈，摸脈。〔$\int o^{35}$〕象聲詞。

（五）乙

以乙為構字元件的音節文字有：〔$m\epsilon^{33}$〕，背、負擔、肩負、背誦。〔$m\epsilon^{35}$〕，瘋，杜鵑樹，山茶樹。乙〔$t\int i^{55}$〕，遷移，搬遷，遷徙。〔$t\int hi^{41}$〕，抽，吮，吸（奶、煙）。〔$\math3 e^{44}$〕，做（活），種（地）。

從以上的構字元件構成的字形可以看出，造字者以構字元件為基礎造字，能夠便利地造出一批字形。但是，利用同樣的構字元件創製出的文字，在字音

和字義上卻沒有明顯的聯繫。所以構字元件只是一種字形的構件，不涉及到字音和字義。造字者使用構字元件為基礎造字，使得造字更為快捷和方便，但不能因為字形中具有某個同樣的構字元件就附會其字義相關。

三、音節文字的字音和字形有一定的聯繫

傈僳族音節文字是一種表音文字。以語音為切入點來研究字形，會獲得新的發現。在音節文字中，有一些字的字音與字形可以進行系聯。

（一）字音接近，A 字形添加或刪減符號後構成 B 字形

例如：𛀁〔mi³³〕和𛀁〔mɛ⁴¹〕：二字字音接近，𛀁 添加符號 ʟ 後構成 𛀁。

類似的字組還有：

（1）𛀁〔tshi⁵⁵〕𛀁〔tshi⁴¹〕

（2）𛀁〔tshɛ⁴⁴〕𛀁〔tshɛ³³〕

（3）𛀁〔ŋua⁵⁵〕𛀁〔ŋa⁵⁵〕𛀁 𛀁〔wa⁴¹〕

（4）𛀁〔wa⁴⁴〕𛀁〔wa³¹〕

（5）𛀁〔py⁴⁴〕𛀁〔pa⁴⁴〕

（6）𛀁〔dzi⁴¹〕𛀁〔dzi³³〕

（7）𛀁〔ma³³〕𛀁〔mʊ³¹〕

（8）𛀁〔mɯ³¹〕𛀁〔miɛ⁴⁴〕𛀁〔mɯ⁴¹〕

（9）𛀁〔ʃi⁵⁵〕𛀁〔ʃɛ³⁵〕

（10）𛀁〔khɯ³¹〕𛀁〔khɯ⁴¹〕

（11）𛀁〔po⁵⁵〕𛀁〔pu³⁵〕𛀁〔pʊ³⁵〕

（12）𛀁〔tʃɿ³⁵〕𛀁〔tʃu⁵⁵〕

（13）𛀁〔si³⁵〕𛀁〔sy³⁵〕

（14）𛀁 𛀁〔dzo⁴⁴〕𛀁 𛀁〔dzu³³〕

（15）𛀁〔tʃɿ⁴⁴〕𛀁〔dʒɿ³⁵〕

（16）𛀁 𛀁〔ʒua³³〕𛀁 𛀁〔dʒua³³〕

（17）𛀁〔li³¹〕𛀁〔lo⁴⁴〕

以上 17 組字，字組內諸字皆為添加或刪減部分符號後構字，但字形相似，

字音相似，部分字的字義也有關係。這絕非偶然，在造字時，造字者應當有意為之。

（二）字音相似，則 A 字形與 B 字形有共同的字形基礎，字形相似

例如：眞〔to⁴⁴〕和全〔to⁴²〕：此二字只有聲調不同，字音相近。字形都是以△為基礎，字形相似。

類似的字組還有：

（1）埀〔ta⁴⁴〕興〔ta³¹〕

（2）壵〔lo⁴¹〕孫〔la⁴¹〕乱〔ly⁴¹〕叅〔ly⁴²〕荅〔li³¹〕

（3）今〔lu⁵⁵〕拿〔lɛ⁵⁵〕

（4）丌〔pu⁴⁴〕丌〔po⁴⁴〕

（5）共〔li⁵³〕光〔li⁴¹〕

（6）岩〔do⁴¹〕呂〔du⁵⁵〕

（7）耕〔bɛ⁴⁴〕飛〔bɛ⁴¹〕

（8）半〔phɯ³¹〕半〔phɛ³⁵〕

（9）山〔phɯ³¹〕王〔pha³¹〕

（10）尹〔fa⁴⁴〕羊〔fu⁴⁴〕

（11）九〔ko⁵⁵〕川〔ku⁵⁵〕

（12）氚〔kua³⁵〕氚氚〔kua⁴¹〕刊〔kɯa³〕刊刊〔ka⁴¹〕

以上 12 組字，組內諸字皆有一基礎字形，因此字形相似，而字音也相近，在造字時，造字者應當是有意識地採用了這種造字方法。

（三）字音接近，A 字形重複構成 B 字形

例如：乂〔sa³¹〕和爻〔sa³⁵〕：這組字聲韻相同，只有聲調不同，乂疊加後構成爻。

類型的字組還有：

（1）弓〔thu³¹〕弓弓〔thiɛ³³〕

（2）主〔tshu³¹〕主〔tshi³³〕珏〔tʃhi³⁵〕

（3）乂〔diɛ³¹〕飞〔da³⁵〕

（四）字音接近，A 字形進行翻轉後構成 B 字形

例如：匝〔nɛ⁴¹〕和司〔na⁵⁵〕：二字字音相近，字形互為鏡象翻轉。

類似的字組還有：

（1）ヱ〔ɣɯ⁵⁵〕ㄢ〔lɯ³³〕

（2）ㄣ〔ȵi⁵⁵〕ㄈ〔nɛ⁵⁵〕

（3）ㄐ〔ʃɲ³³〕ㄩ〔tshi⁵⁵〕

（4）乑〔tha³⁵〕半〔thɛ⁴¹〕

（五）處於同一詞組中的字形有可能在造字理據上關聯

在音節文字中，有一些詞組，其中的兩個字形在造字理據上可能有所關聯，也就是木玉璋歸納的「連綿造字法」。

例如：

（1）己 止 吃飯。

（2）冥 ㄉ（捕獸用的）絆扣。

（3）畐 畠 撬槓（祭天時撬動新太陽的工具）。

（4）卫 刁 肉皮。

（5）盆 目 樓房，木楞房。

（6）共 其 獨木船。

（7）屮 彐 放下。

汪忍波在造字初期，首先寫下了三句話。為了便於教授音節文字，他寫成了《識字課本》。在編寫《識字課本》的過程中，因為課本內容為歌謠，所以就有可能一組詞一組詞地造字，由此，處於同一詞組中的字形有可能在造字理據上有所關聯，也就不足為奇了。

四、音節文字中還存在少量的象形字和會意字

雖然傈僳族音節文字是一種表音文字，但分析造字理據時可以發現，音節文字中仍然存在極少量的象形、會意等造字法。這是由於造字者汪忍波沒有一個明確的造字標準造成的。

例如：

乐〔miɛ³¹〕多。茅。箭簇。

字形象傈僳族常用弩箭俯視之形。

目〔hi³³〕房子，房屋，家。

字形象傈僳族木楞房木料層層堆疊之形。

血〔tsho³¹〕**血目** 樓房、木楞房。

像傈僳族木楞房側面之形象。

音節文字中，還有有一組會意字：

乂〔dʒi³³〕走，行走，步行。走，去，行。**儿**〔sy³¹〕走，去。**乂ᴣ**〔ly³¹〕在平地上滾。其中，**乂ᴣ**是在**乂**基礎上加符號ᴣ構成，但是目前沒有證據證明該符號表音。

雖然在傈僳族音節文字中存在著象形字和會意字，但數量極少，並不足以改變音節文字整體的表音性質。

五、詞性與字形具有某些聯繫

在音節文字中，有一組象聲詞，各字字形相近：

（1）**若**〔py⁴¹〕象聲詞（敲擊聲）。（蚯蚓的）蠕動。

（2）**碧**〔tie⁴¹〕，象聲詞，吁，使牛停下來。

（3）**碧**〔te⁴²〕，象聲詞，吁，使牛停下來。

（4）**旡**〔tu³¹〕，象聲詞。

（5）**旡**〔tɯ⁴²〕象聲詞。

（6）**姕**〔ʃua³¹〕，象聲詞，（雨）刷刷的。

（7）**若**〔py⁴¹〕，象聲詞，敲擊聲。

（8）**飛**〔hɛ³³〕，象聲詞。

（9）**𦀞**〔tʃha⁵⁵〕，象聲詞，蟬的鳴叫聲。

（10）**孔**〔tʃhŋ³⁵〕，象聲詞。

（11）**𣴎**〔vu³⁵〕，象聲詞，嗚嗚的哭聲。

（12）**𠂔**〔dʒɛ⁵⁵〕，象聲詞，婦女的喧嘩聲。

以上 12 個字形，都是象聲詞，字形相似，均以漢字「若」為基礎，加以變形。這或許說明，造字者汪忍波雖然沒有受過學校教育，但在長期的造字實踐中，他或許可能意識到了詞性的問題，甚至某些更為本質的語法現象。

又如：

（1）**기**〔ni⁴⁴〕主語助詞。

（2）**끄**〔si⁵⁵〕連詞。

（3）**기**〔hi⁴⁴〕連詞。

（4）⃗　〔na³¹〕（人稱代詞）你們。

以上 4 字都與⃗　（〔ŋa³³〕我）在字形上有所聯繫。其中，⃗　（我）和⃗
（你們）都是人稱代詞。⃗　常做主語，而主語助詞為⃗｜。⃗｜⃗｜⃗｜均屬於
虛詞。

綜上所述，對傈僳族音節文字進行字源探究，要遵循音節文字本身的性
質。由於音節文字表音的性質，一字代表一個音節，字形又高度抽象，不易
從字形入手分析。以字音的角度看待字形，或許會有新的發現。由於造字者
汪忍波缺乏明確的造字標準，作為表音文字，音節文字中還是存在少量象形
字和會意字。

第四節　本章小結

本章首先回顧了木玉璋和高慧宜對音節文字字形的研究。然後，梳理了木
玉璋的《傈僳族音節文字字典》。《字典》中共有 1225 個字形，其中重複字形
78 個。所以《字典》中，實際共有音節文字字形 1147 個。以這 1147 個字形為
基本材料，結合木玉璋、高慧宜等前人研究的成果，本章對音節文字的字源進
行了初步的分析，共分析字形 251 個。

傈僳族音節文字中，包括自造字和借源字。借源字就是借用其他文字體系
的字（詳見第三章）。自造字就是造字者沒有借用其他文字體系的字形，而是自
己確立造字標準造出的字。音節文字具有明顯的特徵：首先是字形高度抽象，
與納西東巴文的象形特質不同，其次，每個音節文字代表一個字音，但字義卻
有多個，很難確定其本義，或者可以說，音節文字的字形沒有本義。所以，對
音節文字的字形進行考釋，不能機械地套用漢古文字的「六書」理論，而是要
結合音節文字的性質。在音節文字中，出現了部分構字元件。這些構字元件類
似漢字的部首，但只是作為構成字形的基礎，不具備語音和語義上的關聯。

由於音節文字是一種個人創製型的民族文字，創製人汪忍波沒有受過專
業的語音學、文字學等學科的教育，所以缺乏一個明確的造字標準。在對字
形進行探源時，很容易發現其造字理據的自由性、多變性。但是，汪忍波所
創製的大部分音節文字的字形都保持了高度的抽象程度，難能可貴。從字音
入手，則可以發現有一部分音節的字形存在音形系聯，構成某些詞的字形也
有聯繫，這些造字方法可以說是一種創舉。此外，汪忍波似乎已經意識到了

象聲詞、連詞、助詞等虛詞的詞性，這說明他開始對語言的深層結構產生了初步認識。

　　目前為止，由於條件所限，尚未能考據出全部音節文字的字源，在接下來的研究中需要重點關注和進一步分析研究。

第三章　傈僳族音節文字借源字研究

在比較文字學中，文字系統之間的關係是一項重要的研究內容。一個文字系統可能受到其他文字系統的影響，也就是產生了文字傳播或接觸。對於文字傳播和文字接觸，學者提出了不同的看法。

王元鹿認為，「所謂文字傳播，就是某一文字體系由其原創集團傳播到另一集團之中。」[註1]

朱建軍認為，「文字接觸」與「文字傳播」既有聯繫又有區別。「文字接觸」是「語言接觸」的一個方面。「文字接觸」主要是指不同文種之間由於接觸而導致文字的性質、結構、形體等方面的變化。「文字接觸」是廣泛意義上的「文字傳播」的一種具體表現形式。為了區別這兩個概念，朱建軍做了定義：「『文字傳播』指的是通過民族間的互相接觸，甲民族的文字被傳到乙民族（乙民族往往本來沒有文字）；而『文字接觸』主要是通過民族間的相互接觸，甲民族的文字對乙民族的已有文字的性質、結構、形體能方面產生影響（也有可能是相互影響，這取決於接觸過程中甲乙民族在政治、經濟、文化等方面的孰強孰弱）。」[註2]

鄧章應認為，在文字發展過程中，每種文字或多或少都會受到其他文字系

〔註1〕王元鹿：《普通文字學概論》〔M〕，貴陽：貴州人民出版社，1996 年版，第 175 頁。
〔註2〕朱建軍：《從文字接觸視角看漢字對水文的影響》〔J〕，貴州民族研究，2006 年第三期。

統的影響。所謂「文字接觸」，指不同文種之間由於接觸而導致文字的性質、結構、形體等方面發生變化的文字現象。「文字傳播」則指有文字民族文字流向無民族，原無文字的民族接受文字的文字現象。文字接觸和傳播的方式大致分為文字滲透、文字兼用、文字轉用和混合文字四種。〔註3〕

我們認為，文字接觸和文字傳播在本質上是同一概念。傳播學中的傳播概念，指的是社會信息的傳遞或社會信息系統的運行〔註4〕。社會傳播是一種信息共享活動。也就是說，將單個人或少數人所獨有的信息化為兩個人或更多人所共有的過程。〔註5〕共享意味著社會傳播具有交流、交換和擴散的性質。信息傳播建立在信息交流的基礎之上。就是說，無論受眾是否持有信息，只要交流、交換和擴散信息，就可視為傳播。傳播的概念拓展至文字系統，傳播中的傳遞的信息就是文字。從傳播的概念來看，無論是本無文字的民族接觸到文字系統，還是既有文字系統之間的接觸，都是一種傳播。文字接觸就是文字傳播。

在文字接觸和傳播的諸多形式中，字符的借用是最明顯的表現之一。借用其他文字系統的字符可以稱為借源字。借源字在文字系統的接觸和傳播中較為常見，例如，水文中大量借用了漢字字符，其借源字和拼合字占到水文總字形的 50%左右。〔註6〕又如瑪麗瑪莎文，絕大部分字符源自東巴文而略加變化，還有少數字形源自漢字和藏文。〔註7〕

傈僳族音節文字中同樣包含了借源字。木玉璋認為，傈僳族音節文字借用其他民族文字的成分，主要是為了充實字形。我們在對傈僳族音節文字的字源進行考察中，可以發現音節文字接觸到了其他文字系統的字符，主要借用對象為漢字、藏文和老傈僳文。

〔註3〕鄧章應：《西南少數民族原始文字的產生與發展》〔J〕，北京：人民出版社，2012年版，第 246 頁。

〔註4〕胡易容：《傳媒符號學——後麥克盧漢的理論轉向》，蘇州，蘇州大學出版社，2012年版，第 45 頁。

〔註5〕〔美〕威爾伯·施拉姆著，何道寬譯：《傳播學概論》，北京：中國人民大學出版社，2010年版，第 61 頁。

〔註6〕朱建軍：《從文字接觸視角看漢字對水文的影響》〔J〕，《貴州民族研究》，2006 年第三期。

〔註7〕王元鹿：《瑪麗瑪莎文字源與結構考》〔J〕，《華東師範大學學報》（哲學社會科學版），2004 年第二期。

本章將從音節文字接觸的不同文字系統入手，對傈僳音節文字中的借源字做一些初步的分析。

第一節　音節文字借用漢字

漢字對於音節文字的影響最為深刻。在音節文字中，直接借用漢字字符的情況並不鮮見，而在漢字字形的基礎上加以改動——利用添加符號，增添、刪減筆劃等形式，更豐富了傈僳音節文字的字形。

傈僳音節文字在借用漢字時，主要有直接借用、增加符號、增加筆劃、刪減筆劃、一字數寫等方式。

一、直接借用

所謂直接借用，指的是音節文字直接將漢字字形納入文字系統，而幾乎沒有對字形進行改動。在音節文字中，直接借用漢字的字形有：

1. 〔pi^{33}〕筆，（漢語音譯）。

   借用漢字「省」的字形，借用後的音義與原字音義無關。

2. 〔pɛ^{35}〕劈（松明）。共有，共有的，合夥的。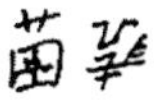共有的山地。

   借用漢字「菌」的字形，借用後的音義與原字音義無關。

3. 〔pɛ^{33}〕掉（在地上），貼（在板上）。

   借用漢字「善」的字形，借用後的音義與原字音義無關。

4. 〔pa^{31}〕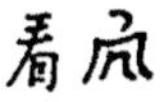八字（漢語音譯）。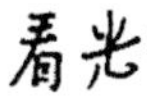彎刀，鐮刀。擬聲詞（抽煙的聲音）。

   借用漢字「看」的字形，借用後的音義與原字音義無關。

5. 〔phu^{44}〕白、銀、錢。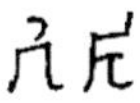粉紅色的，淺紅色的。喜歡，開朗。開（門鎖），開（口）。洗（乾淨）。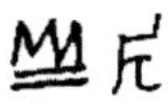白石。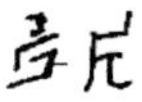白木。（白石、白木不要放在家中，不吉利。見《占卜書》）

   借用漢字「片」的字形，借用後的音義與原字音義無關。

6. 〔phu^{31}〕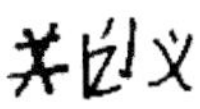采禮。

   借用漢字「乂」的字形，借用後的音義與原字音義無關。

7. 〔phiɛ^{55}〕片、塊（量詞）。

   借用漢字「行」的字形，借用後的音義與原字音義無關。

8. 名〔phiɛ35〕拆、拆掉。目名拆房子。名叉拆，騙，欺騙。

借用漢字「各」的字形，借用後的音義與原字音義無關。

9. 又〔buɯ31〕又㕕破裂。丁又水鷹。八又死鬼。別又白族，外族。
又冏蟲，昆蟲。

借用漢字「又」的字形，借用後的音義與原字音義無關。

10. 又的異體字弓

借用漢字「弓」的字形，借用後的音義與原字音義無關。

11. 元〔muɯ31〕山藥。萬。凵玊凵㿞元巫師神不靈。元𡇙晚上。

借用漢字「元」的字形，借用後的音義與原字音義無關。

12. 元〔tɛ35〕抬，扛，帶。坡。

借用漢字「元」的字形，借用後的音義與原字音義無關。

13. 兴〔tɛ44〕比，對比，比較。

借用漢字「兴」的字形，借用後的音義與原字音義無關。

14. 民〔thy33〕民民㹸矮胖的身體。刁𡳿民氶一筒竹子，一截竹子。

借用漢字「民」的字形，借用後的音義與原字音義無關。

15. 丞〔the31〕（深）淺。丞冗表面，表層，上面。丼丞皮面，表層。
元丞冗眼前，當前，前面，前頭。

借用漢字「丞」的字形，借用後的音義與原字音義無關。

16. 弓〔thu31〕枞弓木桶。本弓箭筒。

借用漢字「弓」的字形，借用後的音義與原字音義無關。

17. 國〔do55〕（怠）工，賴，象聲詞（打擊木頭聲）。

借用漢字「國」的字形，借用後的音義與原字音義無關。

18. 囚〔do44〕出。

借用漢字「囚」的字形，借用後的音義與原字音義無關。

19. 若〔do41〕毒，蠱，草烏。

借用漢字「若」的字形，借用後的音義與原字音義無關。

20. 目〔du31〕井。

借用漢字「目」的字形，借用後的音義與原字音義無關。

21. 吉〔ni31〕扞吉剝麻皮。幺吉紅的，潮濕的。

借用漢字「吉」的字形，借用後的音義與原字音義無關。

22. 几〔ni³¹〕鬼。几𰃌傈僳族巫師。几刁巫婆。几双双的要祭天神。

　　借用漢字「几」的字形，借用後的音義與原字音義無關。

23. 奉〔nu³¹〕嫩，軟，溫和，潮濕。新枝（在老樹上長出來的）。

　　借用漢字「奉」的字形，借用後的音義與原字音義無關。

24. 光〔li⁴⁴〕卷，繞，纏繞。光片傈僳。光王山區。𰃌光二牛抬槓。
　　光辰麗江。夒光大理。

　　借用漢字「光」的字形，借用後的音義與原字音義無關。

25. 丟〔le⁴²〕，又讀〔lɛ³¹〕手。丟屮手。丟曰手指。丟刁大拇指。

　　借用漢字「丟」的字形，借用後的音義與原字音義無關。

26. 茅〔la⁵⁵〕ㄚ茅啊喲！（表示疼痛聲）茅型腳鐐，枷鎖。

　　借用漢字「茅」的字形，借用後的音義與原字音義無關。

27. 米〔tsʅ⁴⁴〕指使，唆使，教唆。

　　借用漢字「米」的字形，借用後的音義與原字音義無關。

28. 丑〔tsʅ⁴⁴〕干九冘丁丑䒾叉江河匯合處。

　　借用漢字「丑」的字形，借用後的音義與原字音義無關。

29. 人〔tsø⁴⁴〕剁齊，垂槐樹、聚合、結合。

　　借用漢字「人」的字形，借用後的音義與原字音義無關。

30. 古〔tshɛ³⁵〕（刀、匕首、弩箭針尖）快、鋒利。

　　借用漢字「古」的字形，借用後的音義與原字音義無關。

31. 文〔dzo³¹〕對，正確，和好，講和。

　　借用漢字「文」的字形，借用後的音義與原字音義無關。

32. 凶〔dzu³³〕刁凶群眾，人群。九凶刁藏族姑娘，藏族公主。
　　凶凶刁尖尖的，鼓鼓的。

　　借用漢字「凶」的字形，借用後的音義與原字音義無關。

33. 王〔sa⁴⁴〕三。

　　借用漢字「王」的字形，借用後的音義與原字音義無關。

34. 火〔sa³¹〕囟火瑣屑。屮火嗩吶，號子，桌子。

　　借用漢字「火」的字形，借用後的音義與原字音義無關。

35. 下〔tʃhɛ³⁵〕下彡珏桑樹。下瑟火鐮。下目肚臍。

　　借用漢字「下」的字形，借用後的音義與原字音義無關。

36. 田〔tʃhɛ³¹〕橫砍、橫劈，樹葉（方言）。

　　借用漢字「行」的字形，借用後的音義與原字音義無關。

37. 天〔dʒo³¹〕直（樹子）。目天凸樓下。Ⅲ天F報復，報仇，回報。

　　借用漢字「天」的字形，借用後的音義與原字音義無關。

38. 弓〔dʒi³³〕集市，街子，街道。原因，緣故。

　　借用漢字「弓」的字形，借用後的音義與原字音義無關。

39. 六〔ʒo³¹〕咱們。

　　借用漢字「六」的字形，借用後的音義與原字音義無關。

40. 考〔n̠io³¹〕己考糯米。习考慢性子。

　　借用漢字「為」的字形，借用後的音義與原字音義無關。

41. 吳〔kha³⁵〕村子，村寨。

　　借用漢字「吳」的字形，借用後的音義與原字音義無關。

42. 兴〔kho⁴¹〕咬，年，歲，撈（魚）。

　　借用漢字「兴」的字形，借用後的音義與原字音義無關。

43. 凵〔ŋa⁵⁵〕魚。

　　借用漢字「凹」的字形，借用後的音義與原字音義無關。

44. 井〔ŋo³¹〕煎（雞蛋），黏（鍋）。

　　借用漢字「井」的字形，借用後的音義與原字音義無關。

45. 大〔gua³³〕唱（歌），下（雪）。

　　借用漢字「大」的字形，借用後的音義與原字音義無關。

46. 中〔xa³⁵〕支流，分支。

　　借用漢字「中」的字形，借用後的音義與原字音義無關。

47. 卫〔xua³¹〕肉，獵物，獸，禽獸。

　　借用漢字「卫」的字形，借用後的音義與原字音義無關。

48. 失〔ha³³〕送，贈送，呼氣。

　　借用漢字「失」的字形，借用後的音義與原字音義無關。

49. 天〔ha³³〕靈魂。月。月份。

　　借用漢字「天」的字形，借用後的音義與原字音義無關。

50. 兵〔vu⁵⁵〕女兵先，首先，先前，從前，前頭。兵丕丕起頭，開

頭，開始。**兵囚**頭。

借用漢字「兵」的字形，借用後的音義與原字音義無關。

51. **回**〔wu³³〕買，採購。腸子。

借用漢字「回」的字形，借用後的音義與原字音義無關。

52. **女**〔y⁵⁵〕舀、打（水、飯）。

借用漢字「女」的字形，借用後的音義與原字音義無關。

在考釋出字源的 251 個音節文字字形中，直接借用漢字字形的字符共有 52 個，約占 20.7%。有兩個問題應當注意：第一，在直接借用漢字字符時，音節文字雖然借用了漢字的字形，但卻沒有借用漢字本身的發音和意義。音節文字只是單純地借入漢字字符的字形，對此字形賦予該音節文字的傈僳語發音和含義，也可以視為構成新字。第二，在借用漢字時，即便是直接借用漢字字符的字形，音節文字借用後所呈現出的字形，仍可能與借用的漢字有細微的不同之處。這是由於造字人汪忍波本身沒有受過正規的學校教育，不會書寫漢字，在記憶——重構——書寫過程中出現的正常偏差。

二、添加符號

所謂添加符號，指的是在漢字字符原有的字形基礎上，添加符號構成新字。添加的符號主要有以下幾種：

1. 在漢字原有的字符基礎上添加(

（1）**皮**(〔pɛ⁴⁴〕偏（斧刃）。黏填，黏補。撲（在地上）。

在漢字「皮」的字形上添加(，構成新字，新字的音義與原字音義無關。

（2）**若**(〔pa⁴⁴〕換，交換，更換，調換。**立凰若**(報復**若**(**兆**葦鼠。**若**(**毛**葦竹鳥。**若**(**金**蘆葦。

在漢字「若」的字形上添加(，構成新字，新字的音義與原字音義無關。

（3）**見**(〔phe³⁵〕翹棱。

在漢字「見」的字形上添加(，構成新字，新字的音義與原字音義無關。

（4）和〔bɛ³⁵〕潤槽（熬酒時接酒用的器具）。

在漢字「和」的字形上添加ι，構成新字，新字的音義與原字音義無關。

（5）**艸艸**〔bɛ³¹〕**珓 艸艸**阿爸。**𡇼 艸艸**力氣薄弱。**刁亣艸艸**削口弦。**艸艸 艸艸税**斜坡地，坡地。**亞 艸艸**野外，曠野。

在漢字「冊」的字形上添加ι，構成新字，新字的音義與原字音義無關。

（6）**扐**〔muɯ³³〕**关扐**妻子。**乚扐**啞巴。

在漢字「甘」的字形上添加ι，構成新字，新字的音義與原字音義無關。

（7）**禾**〔tiɛ³⁵〕在，存在。

在漢字「干」的字形上添加ι，構成新字，新字的音義與原字音義無關。

（8）**片**〔tsʅ⁴⁴〕**丿逐片**生火。**丿囬片九**姐妹。

在漢字「片」的字形上添加ι，構成新字，新字的音義與原字音義無關。

（9）**止丿**〔dza³¹〕吃，收（采禮）。

在漢字「止」的字形上添加ι，構成新字，新字的音義與原字音義無關。

（10）**元(**〔ʃɛ³⁵〕修理，修補。

在漢字「元」的字形上添加ι，構成新字，新字的音義與原字音義無關。

2. 在漢字原有的基礎上添加口和ι

（1）**知(**〔tiɛ⁵⁵〕結構助詞。

（2）**祀(**〔tiɛ⁵⁵〕結構助詞。

以上二字，都是在漢字「文」的基礎上，添加口和ι，構成新字，新字的音義與原字音義無關。這兩個字對漢字「文」的字形處理也有些許不同。

3. 在漢字原有的基礎上添加乀

（1）**乖**〔lo³³〕輕，輕鬆。

在漢字「死」的字形上添加╰，構成新字，新字的音義與原字音義無關。

（2）下〔tsø³⁵〕還（債務）。約定（相會或幽夜的時間、地點）。

在漢字「下」的字形上添加╰，構成新字，新字的音義與原字音義無關。

（3）示〔dzɛ⁴⁴〕（液體）滴，滴落。

在漢字「示」的字形上添加╰，構成新字，新字的音義與原字音義無關。

（4）月〔zɛ⁴¹〕丕天月下雨。冚月降雪。

在漢字「月」的字形上添加╰，構成新字，新字的音義與原字音義無關。

（5）朋〔dʒua³⁵〕（由高處指）那邊。

在漢字「朋」的字形上添加╰，構成新字，新字的音義與原字音義無關。

（6）㐀〔ɖo⁵⁵〕凹㐀安多。人名，汪忍波的舅舅。

在漢字「古」的字形上添加兩個╰，構成新字，新字的音義與原字音義無關。

以上可以看出，音節文字中多採用在漢字基礎上添加(、口和(、╰等符號構成新字，這樣一來，一個漢字可以構成多個音節文字的新字。但需要注意的是，採用此方法構成的音節文字，字的音義往往與原漢字無關。

三、刪減符號

所謂刪減符號，指的是在借用的漢字字形原有的基礎上，刪減筆劃，構成音節文字的新字形，新字形的音義與原字音義無關。最常見的是刪減一或╰。

（1）青〔phie³¹〕㐬青樹葉。青囜㐭吹樹葉。青㐬太陽鳥。亖斥青紙張，（一）篇文章，（一）封信。女子。

借用漢字「青」的字形，刪減一構成新字，新字的音義與原字音義無關。

（2）甬〔mo³¹〕老。

借用漢字「再」的字形，刪減一構成新字，新字的音義與原字音義

無關。

（3）𫝼〔ʃɛ⁵⁵〕閒，休息。

借用漢字「五」的字形，刪減一構成新字，新字的音義與原字音義無關。

（4）茶〔ʈɛ⁵⁵〕立茶不成器。

借用漢字「茶」的字形，刪減一構成新字，新字的音義與原字音義無關。

（5）白〔wu³¹〕大，賣，出售，售予。

借用漢字「白」的字形，刪減一構成新字，新字的音義與原字音義無關。

（6）求〔bɛ⁴¹〕犁架上的升降器。做語尾助詞。瘰病。蛔蟲。油燈。

借用漢字「求」的字形，刪減丶構成新字，新字的音義與原字音義無關。

四、改動字符

所謂改動字符，指的是將漢字字形原有的筆劃進行改動，構成新字。新字的音義與原字音義無關。改動的主要方式有以下兩種：

1. 將一改動為一一

（1）者〔phɛ⁴¹〕丁川者水淋淋的，昆艹者卫飯煮爛了。兄者門牙。

借用漢字「者」的字形，將一改動為一一，新字的音義與原字音義無關。

（2）有〔tshy⁴¹〕小米。

借用漢字「有」的字形，將一改動為一一，新字的音義與原字音義無關。

（3）有〔tʃha⁴⁴〕天子求有一塊地，一片地。叺覓有羽拈彐好像擋著你了；似乎擋住你了。

借用漢字「有」的字形，將一改動為一一，新字的音義與原字音義無關。

2. 將丶改動為丶

（1）朱〔ȵua³⁵〕（由低處指）上邊。

借用漢字「朱」的字形，將丶改動為丿，新字的音義與原字音義無關。

（2）又〔ʃo⁴¹〕 又 正經人，老實人。

借用漢字「又」的字形，將丶改動為丿，新字的音義與原字音義無關。

（3）米〔ɛ⁴¹〕歎詞（喝水的聲音），哎呀！

借用漢字「米」的字形，將丶改動為丿，新字的音義與原字音義無關。

五、一字多借現象

傈僳音節文字在借用漢字時，有一個特別的現象：一字多借現象。所謂一字多借，指的是音節文字在借用漢字字形時，將同一個漢字字形加以多種變化，以構成不同的新字。在這種情況下，該漢字成為了構成音節文字新字的基礎構件。所構成的音節文字新字的音義與原漢字音義無關。

音節文字中一字多借現象中借用的漢字字形大致有以下幾種：

1. 漢字「丹」的一字多借〔註8〕

（1）丼〔py⁴⁴〕（火塘的）灰堆。

（2）丹〔pa⁴⁴〕祖父，爺爺。

（3）朋〔bv⁴⁴〕

（4）舟〔tho³³〕

（5）那〔zi⁴⁴〕譏笑，鎮住，壓住，抑制住。

（6）邪〔za⁴¹〕

（7）丼〔tʃho³⁵〕

2. 漢字「茅」的一字多借

（1）幸〔tho³³〕

（2）茅〔la⁵⁵〕

〔註8〕此處一字多借後形成的新字，由於字數眾多，除實詞意義之外一概不再標注音節含義。

（3）𠀆〔tʃɿ³³〕

3. 漢字「丞」的一字多借

（1）丞〔thɛ³¹〕

（2）丞〔go³³〕

4. 漢字「若」的一字多借

（1）君〔pa⁴⁴〕換，交換。

（2）若〔py⁴¹〕象聲詞，敲擊聲，（蚯蚓的）蠕動。

（3）若菩〔do⁴¹〕毒，蠱，草烏。

（4）若〔go³³〕

（5）碣〔tɛ⁴²〕

5. 漢字「光」的一字多借

（1）兊光〔pa⁵⁵〕

（2）党〔pa⁴¹〕雄性。

（3）屶〔ti⁵⁵〕堆。打，砸，敲，帶（家畜脖子上的繩）。單個，單數，
單獨的。

（4）光〔li⁴⁴〕卷，繞，纏繞。

（5）洸〔tʃhi⁴⁴〕

（6）㫕〔ŋa³⁵〕

（7）兊〔biɛ⁴〕

6. 漢字「元」的一字多借

（1）元〔pɯ⁴¹〕

（2）元〔tɛ³⁵〕抬，扛，帶。坡。

（3）元〔mɯ³¹〕山藥。萬。

（4）㘙〔mɯ⁴¹〕女，婦女。

（5）悅〔dɛ³¹〕

（6）元〔ʃɛ³⁵〕修理，修補。

7. 漢字「弓」的一字多借

（1）𠆫〔pv³⁵〕

（2）彡〔bv³¹〕

（3）弓〔thu³¹〕

（4）𣥂〔dʒi³¹〕集市，街子，街道。原因，緣故。

（5）𢑛〔ga⁴²〕

8. 漢字「古」的一字多借

（1）𠮷〔do⁵⁵〕多（安多），人名。

（2）𠮷〔dzy³³〕鷹。

（3）𠮷〔do⁵⁵〕

9. 漢字「九」的一字多借

（1）𠃬〔pɯa³¹〕

（2）丸〔ma³³〕飽滿。（一）粒，只，個。

（3）𠁁〔mv³¹〕大地，地方，場地。

（4）𠁁〔la³⁵〕爛（漢語音譯）。

（5）�屷兏〔dzo⁴⁴〕

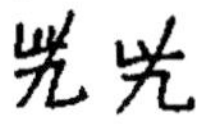

（6）兏〔dzu⁴⁴〕

（7）𠁁〔tʃhua⁵⁵〕

（8）兏〔gɯ⁵⁵〕象聲詞（紡車聲）。

（9）𠁁〔ɣɯ⁴¹〕

10. 漢字「下」的一字多借

（1）下〔tsø³⁵〕

（2）下〔tʃhɛ³⁵〕箭。

11. 漢字「片」的一字多借

（1）斤〔phu⁴⁴〕白、銀、錢。

（2）胤〔tsɿ⁴⁴〕

（3）𠂢〔khɯ⁵⁵〕

（4）片〔ha⁵⁵〕

12. 漢字「示」的一字多借

（1）示〔phv³⁵〕

（2）示〔dzε⁴⁴〕

（3）禾〔zy³¹〕

（4）示〔ʒua³¹〕

（5）示〔go⁴⁴〕拾、撿（東西）

13. 漢字「又」的一字多借

（1）又〔phy⁵⁵〕

（2）交〔phy³³〕球形的。

（3）又〔bɯ³¹〕

（4）安〔tø⁴⁴〕收縮，縮回。

（5）咒〔na³⁵〕

（6）双〔lo³¹〕

（7）忩〔tsʅ⁴⁴〕占卜。

（8）叠〔tsa⁵⁵〕

（9）区/〔tshε³³〕

（10）哭〔tʃhε⁴¹〕凶神。

（11）又〔ʃo⁴¹〕老實。

（12）叉〔kua⁴⁴〕

（13）囡〔ŋo³³〕

（14）平〔pa³⁵〕劈（松明）。

14. 漢字「人」的一字多借

（1）彸〔pv³⁵〕

（2）伙〔pɯ³⁵〕

（3）人〔tsø⁴⁴〕剁齊；垂槐樹；聚合、結合。

（4）佘〔mo⁴⁴〕高。

15. 借用漢字「再」的字形：

（1）甬〔mo³¹〕老。

（2）甬〔thy³⁵〕包東西。

（3）开〔tsʅ³⁵〕絆扣。

（4）瓦〔hɛ³¹〕

16. 漢字「飛」的一字多借

（1）〔pu³⁵〕塑造。

（2）〔mɛ³³〕背、負責、負擔。

（3）〔da³⁵〕

（4）〔da³³〕

（5）〔da³¹〕接。

17. 漢字「凹」的一字多借

（1）凸〔wa⁴¹〕雪。

（2）凹〔ŋa⁵⁵〕魚。

（3）果〔gua⁵⁵〕，傈僳族的余姓。

18. 漢字「目」的一字多借

（1）〔di³³〕結（土豆、芋頭、紅薯等）果。

（2）目〔du³¹〕井。

19. 漢字「善」的一字多借

（1）〔tʃhɛ⁴⁴〕滑（坡）。

（2）〔pɛ³³〕掉（在地上），貼（在板上）。

與直接借用漢字字形的情況相似，音節文字在對於漢字字符進行改動時，有兩點需要注意：第一，音節文字借用漢字字形後無論進行添加符號、刪減符號還是一字多借，所構成的新字，只是對於漢字字符字形的改造和使用，其音義是傈僳語的音義，與借用的漢字的音義無關。第二，音節文字對漢字字形的改動，其基礎的漢字字形有可能與漢字的標準字形出現細微偏差，並非完全一致的描摹。這是由於造字者汪忍波沒有受過正規漢字教育所造成的。

在音節文字對漢字的借用中，有一個字十分特殊：

丮〔fa⁴⁴〕造（反），漢語音譯。冒出。

此字借用漢字「反」的字形和字音。將字形翻轉後構成新字，不但造字方法較為罕見，而且保留了漢字原本的讀音和含義。

第二節　音節文字借用藏文

傈僳族音節文字中，還借用了一部分藏文字母。

1. 𐊡〔tɯ³⁵〕跳。跑。

   借用藏文字母 ᢛ。

2. 𐊡〔dy⁴¹〕𐊡𐊡𐊡𐊡結許多果。

   借用藏文字母 ᢛ。

3. 𐊡〔lɯ³³〕𐊡𐊡櫻桃樹。𐊡𐊡旋轉。

   借用藏文字母 ᢛ。

4. 𐊡〔ɣɯ⁵⁵〕搖動，甩。

   借用藏文字母 ᢛ。𐊡和𐊡讀音相近，字形相似，該字應當是將𐊡上下顛倒構成的新字。

5. 𐊡〔vʋ⁴¹〕螞蟥。𐊡𐊡𐊡牛黃。

   借用藏文字母 ᢛ。

與借用漢字類似，音節文字借用藏文字母時，對藏文字母也進行了細微的改動。此外，藏文的印刷體和手寫體也有不同。借用而來的藏文被賦予了傈僳語的音義，與原字音無關。

第三節　音節文字借用老傈僳文

在傈僳音節文字中，還借用了老傈僳文的拉丁字母。其中，最為典型的是𐊡〔o⁵⁵〕𐊡𐊡頭。此字借用了老傈僳文字母 O 的字形和字音，添加符號 — 構成新字。

其他疑似借用老傈僳文拉丁字母構成新字的有：

1. 𐊡〔pɛ⁵⁵〕歎詞（表示可惜）。變化。

   疑似借用老傈僳文中拉丁字母 B 的形體，添加筆劃丿構成新字。僅借用字形，不借用發音。

2. 𐊡〔po⁴²〕保障。𐊡𐊡𐊡𐊡劈裏啪啦（爆炸聲，火星迸發聲）。

   仿照漢字的半包圍結構造字，字中包含疑似拉丁字母符號 X 和 Z。

3. 𐊡〔bi⁴¹〕芋頭。𐊡𐊡再生芋頭。𐊡𐊡黴菌，黴爛。𐊡𐊡迸裂。

   𐊡𐊡𐊡金龜子。𐊡𐊡樓下，廟子。

仿照漢字的半包圍結構造字，字中包含疑似拉丁字母符號 Z。

4. 石〔me³⁵〕瘋。石丑杜鵑樹，山茶樹。石女丹嫩杜鵑樹。石米光古杜鵑樹，老杜鵑樹。

疑似借用拉丁字母 Z 和 O 的符號，加以組合構成新字。

5. ヲ〔tʃi⁵⁵〕遷移，搬遷，遷徙。ヲ◯撒尿。ヲ◯移栽。珏ヲ石縫，懸岩的臺階。毛ヲ◯雀鳥吸樹汁。

疑似借用拉丁字母 Z，加一變形而成新字。

6. Zt〔me³³〕背、負擔、肩負、背誦。

此字應為借源字。借用老傈僳文 Z 和 C 的字形，加以組合，構成新字。

7. Z〔gu³¹〕棺材。Z羿板材。丁‖Z廿涉水過來。卅Z廿踏雪過來。Z彐藤篾。

疑似借用老傈僳文字母 Z。

8. ZZ〔xua⁴⁴〕找，尋找。关坐ZZ娶妻。立ZZ砍柴。死ZZ找蜂，尋蜂。

疑似借用老傈僳文字母 Z，將字符重疊構成新字。

9. 丁〔dʒua³¹〕丁朴想起，想到，思考。丁弓賭咒。西丁棍棒，思念的方法。丁Z後悔。女关采丁老生了一窩崽。

疑似借用拉丁字母 J 的字形。

10. Ɣ〔a⁵⁵〕詞頭。

疑似借用老傈僳文字母 V 的字形。

其中，Z已經成為音節文字中一個較為常見的構字元件。

第四節　音節文字與東巴文、哥巴文和彝文的有關問題

一、音節文字與東巴文、哥巴文

高慧宜認為，傈僳族音節文字中借用了納西東巴文和哥巴文。她採用的方法是，將音節文字與東巴文、哥巴文中形義相近的字列表比較，然後加以分析。通過這種考釋方法，高慧宜得出結論：第一，納西東巴文不是音節文字借源字的主要來源，這是由納西東巴文原始圖畫文字的性質所決定的。第二，音節文字中借用了一部分哥巴文的字形，因為哥巴文同樣作為一字一音的音節文字，

可供造字者汪忍波參考。

但是，根據對音節文字字形的梳理，很難看出音節文字借用了東巴文或哥巴文。其次，從維西的歷史和汪忍波本人的經歷來看，也無法得出該結論。

首先，汪忍波是否學習過納西東巴教，缺乏直接證據。東巴是納西族原始宗教東巴教中的巫師，傈僳族原始宗教的巫師則稱為「尼扒」。雖然《汪忍波自傳》中提到，「跟東巴學念經。」但在維西當地，人們一般習慣性地把各民族從事原始宗教活動的巫師統稱為「東巴」，將巫師迷信活動稱為「做東巴」。在田野調查中，汪忍波故居村落岩瓦洛的傈僳族村民也持同樣說法，他們告知筆者，「東巴」只是針對類似於筆者這樣的外來者的一種解釋，以「東巴」來解釋傈僳族原始宗教的祭祀，更能為外來者所理解。

此外，葉枝當地的傈僳族並不信仰納西族的東巴教，米俄巴的村民至今仍然信仰傈僳族原始宗教。汪忍波是葉枝傈僳族祭天儀式的傳承人，而非納西族的東巴。根據田野調查，當地的納西族在做儀式時沒有其他民族加入，傈僳族則信仰自己的原始宗教，二者沒有相互傳承的關係。由於葉枝當地有納西族分布，汪忍波可能在日常生活中見過零星東巴文。但納西族的東巴屬於內部傳承關係，因此教授汪忍波東巴文的可能性不大。

其次，維西的納西族使用何種文字，仍待研究。維西當地的納西族確實有東巴存在。納西族東巴有父子傳承、祖孫傳承的，亦有拜師收徒者。以通曉經典的程度而分高低，學識特別精深的稱為「大東巴」。大東巴主要集中於六大村、攀天閣、拖枝等地，經常主持一些大型宗教活動。維西縣境內曾出現過一些有名的大東巴，東巴經籍、圖卷等收藏也較為豐富。不過，維西境內的東巴經籍用何種文字寫就，卻有不同的說法。和力民提到，「格巴文（即哥巴文）注重字音，以音表意，所以稱為表音文字。這種文字主要流傳在麗江市古城區……塔城和與之毗鄰的維西縣境。」〔註9〕也就是說，認為維西縣內的東巴教使用的文字是哥巴文。

但是，清代余慶遠在《維西見聞紀》中對葉枝納西族的描述中提道：「麼些，即《唐書》所載麼些兵是也。原籍麗江……有字，跡專象形，人則圖人，

〔註9〕李國文：《雲南少數民族古籍文獻調查與研究》〔M〕，北京：民族出版社，2010年版，第315頁。

物則圖物，以為書契。」〔註10〕「人則圖人，物則圖物」，很明顯是指「見木畫木，見石畫石」的東巴文。《雲南維西縣地志全編‧種類》：「麼些種，均土著，稱本地人。語言與麗江同，無文字。住永安、化普、康普、葉枝等村。風俗尚古，領有門戶、地丁、錢糧、土地，以農牧為業，雖無巨富，而日用飲食尚能自足。種內有巫教，象形為字，不能成文，惟業斯術者知之，普通人皆不識也。」也指出維西境內的納西族使用象形文字。又法國的亨利‧奧爾良記錄他在雲南的見聞：「準確地說，麼些人沒有文字。麼些祭師保存和使用一種有象形文字的冊子，每頁從左到右分為平均的小格子。在每一個格子裏面，都有一個或幾個比較粗糙的圖案，像是獸頭、人物、房子，比如用約定俗成的圖案代表天或者雷等。我有幸帶回了好幾本這樣的冊子，有兩本是帝得神甫送我的，還有一本是葉枝土司送我的。」〔註11〕根據他的描述，葉枝土司贈與他的東巴經是象形文字書寫，「獸頭、人物、房子」明顯是東巴文的特徵而非哥巴文。此外，陶雲逵於 1932 年曾在維西縣舉辦東巴經典研習班，邀請維西、中甸、麗江等地的東巴二十餘人參加。1989 年 3 月，拖枝行政村隴士村大東巴和常理的後人和振春向維西縣文化部門捐獻經籍 358 冊，畫卷、畫帖等 143 幅。〔註12〕在永春、美洛村曾有大量東巴經發現。〔註13〕攀天閣鄉的東巴和家祥，屬祖傳東巴，家中藏於東巴經書三百冊左右，還有東巴畫卷《神路圖》和其他神畫。〔註14〕直到 1990 年的普查，維西仍有兩位東巴健在。最後，從《維西傈僳族自治縣志》的附圖來看，維西境內的東巴經書當是東巴文所書寫。維西縣的東巴經書上交給迪慶州有關部門。迪慶藏族自治州博物館中展出的也是東巴文書寫的經書，而非哥巴文。

　　綜上所述，汪忍波知道納西人使用文字，但有機會學習到東巴文的可能性

〔註10〕鄧章應，白小麗：《〈維西見聞紀〉研究》〔M〕，成都：四川大學出版社，2012 年版，第 60 頁。

〔註11〕〔法〕亨利‧奧爾良著，龍雲譯：《雲南遊記——從東京灣到印度》〔M〕，昆明：雲南人民出版社，2001 年版，第 195 頁。

〔註12〕《迪慶民族文化概覽》編委會編：《迪慶民族文化概覽——維西卷》〔M〕，昆明：雲南民族出版社，2008 年版，第 25～26 頁。

〔註13〕《維西傈僳族自治縣概況》編寫組，維西傈僳族自治縣概況（修訂本），北京：民族出版社，2008 年版，第 29 頁。

〔註14〕李國文：《雲南少數民族古籍文獻調查與研究》〔M〕，北京：民族出版社，2010 年版，第 479 頁。

較小。當地納西族使用東巴文的可能性更大。

二、音節文字與彝文

彝文是彝族使用的文字，又稱爨文、保保文、畢摩文等。傳統彝文別稱老彝文，與 1974 年後四川涼山州使用的規範彝文相對應。老彝文流傳於雲南、四川、貴州等彝族地區。木玉璋分析認為，傈僳族音節文字中借用老彝文的字形約有 28 個。〔註15〕高慧宜則認為，音節文字中沒有借用彝文，主要原因在於彝文沒有在葉枝當地流傳。

根據統計，維西縣境內生活著彝族。但彝族最早進入維西境內的時間在民國十二年（公元 1923 年），此時汪忍波已經開始創製音節文字。進入維西的彝族，在 1961 年之前，只有極少數青少年讀書識字。〔註16〕也就是說，進入維西地區的這批彝族不使用彝文。與此可印證的是，在維西地區流傳著一個彝族民間故事《牛皮聖旨狗拉掉》，對於當地彝族沒有文字的原因解釋與傈僳族相似，文字失落，是因為被狗吃了：

> 回家路上，（彝族阿庚）他想，這個老庚〔註17〕有點不像話，我對你那麼好，你卻只給這一小塊牛皮，還說見官大一節，這不是明明在哄我，說是繩子，卻是牛皮，熱鬧地方不准在，卻要我住高山，幸虧給我這匹馬還不賴，要不然，天天爬山怎麼爬得起？原來，他是沒有聽清楚，直把聖旨聽成「繩子」，把高官聽成「高山」，把「見官大一級」聽成「見官大一截」，這都怪內侍沒有給他講清楚。
>
> 他心裏有氣，也就不注意天氣在變，要到家時，遇上了一陣大雨，渾身都濕透了，那牛皮聖旨呢，也給淋濕了。一到家，他把那濕牛皮隨手掛在籬笆上。第二天，村裏的鄉親們聽到他回來了，都跑來看望他，向他打聽這段時間的經過。他把經過一說，其中知道的就問：「你把聖旨放哪兒了？那可是皇帝的命令呢！」
>
> 「啊，那是皇帝的命令？我把它掛在籬笆上了！」「快去找回

〔註15〕木玉璋：《傈僳族語言文字及文獻研究（一）》〔M〕，北京：知識產權出版社，2006 年版，第 21 頁。

〔註16〕雲南省維西傈僳族自治縣志編纂委員會編：《維西傈僳族自治縣志》〔M〕，昆明：雲南民族出版社，2002 年版，第 182 頁。

〔註17〕此處「老庚」指的是故事中的皇帝。

來，不然就要命的！」他跑出去一看，哪裏還有聖旨的蹤影。回來一說，大家都忙著出去找，正在這時，最後來的一位老鄉問道，「那聖旨是什麼樣子？」他忙把形狀講給他聽。只聽他說道：「還找什麼喲！我來時在前面村邊上正有幾隻狗爭搶廝打呢，我看了看是一小塊爛牛皮，也沒在意，想必是被狗拉去撕搶吃了。」

　　從此，彝族人民很多時候就住在了高山上，又因為牛皮聖旨被狗吃掉，不僅不能「見官大一級」，相反還要受到歧視，直到解放後，彝族才和其他兄弟民族得到了平等待遇。〔註18〕

因此，可以認為，維西境內沒有彝文流傳，因此汪忍波在造字時，不可能吸取彝文的字符。音節文字中彝文相似的字符當屬巧合。

第五節　音節文字借源字原因探析

　　傈僳族音節文字借用了漢字、藏文和老傈僳文的成分，這與維西當地特殊的地理歷史環境、複雜的民族和宗教構成，以及造字者汪忍波的個人經歷有著密不可分的關係。在傈僳族遷徙的過程中，由於維西特殊的地理和人文環境影響，使得維西成為傈僳族大規模遷徙的最大中轉站和文化要衝。〔註19〕

一、特殊的地理環境與歷史發展

　　維西傈僳族自治縣，位於雲南省西北部，迪慶藏族自治州西南部，分別與麗江市雲龍縣，怒江傈僳族自治州蘭坪、福貢、貢山縣和本州香格里拉、德欽縣相鄰，處於「三江並流」核心區域，自古以來就是滇西北邊防要地，是通往印、緬、康藏的重要驛運孔道，也是「茶馬互市」的重要物資集散地。〔註20〕

　　維西有臨西、為西、為習等舊稱。早在七千年前，維西地區就有人類活動的痕跡。漢朝初期設置越嶲郡，縣境即為越嶲徼外地。唐代初年，吐蕃勢力東漸，在金沙江上鋪建神川鐵橋，今縣境的大部分地區屬於吐蕃鐵橋節度地，

〔註18〕 維西傈僳族自治縣民間文學集成資料辦公室編，維西傈僳族自治縣民間文學集成資料（第一集），1988 年，第 77～80 頁。

〔註19〕 《維西傈僳族自治縣概況》修訂本編寫組：《維西傈僳族自治縣概況》（修訂本）〔M〕，北京：民族出版社，2008 年版，第 21 頁。

〔註20〕 《維西傈僳族自治縣概況》修訂本編寫組：《維西傈僳族自治縣概況》（修訂本）〔M〕，北京：民族出版社，2008 年版，第 1 頁。

《維西見聞紀》等文獻將之稱為「吐蕃東封地」。唐貞元十七年（公元 801 年），南詔與吐蕃交戰，南詔「夜絕瀘，破虜屯」。吐蕃屯兵於聿齎，聿齎即是葉枝。宋理宗寶祐二年（公元 1254 年），元世祖忽必烈麾下大將兀良合臺領兵進入旦當（今中甸），乘革囊渡金沙江，縣境其宗即為渡口之一。

維西在元至元十四年（公元 1277 年）首度建制：元以「羅裒間」置臨西縣，隸屬巨津州，隸屬茶罕章宣慰司管轄。明英宗正統二年（公元 1437 年），吐蕃再度以武力佔據臨西縣境。明憲宗成化四年（公元 1468 年），麗江木氏土司開始與吐蕃爭奪縣境的爭戰。上知府木嶔領兵攻佔你那的母來各、岩甸等寨。此後，木氏土司不斷用兵，歷經數十年，完全攻佔縣境，並向西北拓展。木氏土司與吐蕃的戰爭一直延續到萬曆以後。明嘉靖三年（公元 1524 年），雲南設瀾滄兵備道，分署洱海衛，轄 11 府、17 州、11 縣、7 衛、4 守衛所，臨西即其轄縣之一。清康熙七年（公元 1668 年），雲南總管吳三桂將金沙江外照可、你那、香羅、鼠羅、中甸等五大地方割送吐蕃。清康熙五十九年（公元 1720 年），準噶爾策妄阿拉布坦遣策凌敦多布襲取西藏，清政府命都統五哥、副都統吳納哈等領兵進討，各路大軍四千名，經維西進藏。[註21]

在清雍正年間，維西地區的行政歸屬因改土歸流而發生了一系列變化。雍正元年（公元 1723 年），雲貴總督高其倬奏准麗江府改土歸流，設立流官知府，而將土知府降為土通判。維西地處滇藏交界，位置險要，不但是「通藏咽喉」[註22]，而且「為雲南西面藩籬[註23]」。雍正五年（公元 1728 年）雲貴總督鄂爾泰在《請添設維西營制疏》中寫道：「維西……內接鶴麗鎮……外通西藏，實屬緊要之區。」雍正朱批：「維西一區乃通藏之路，甚屬緊要。」[註24]雲南提督潘紹周在乾隆十二年（公元 1747 年）進一步點明：「鶴麗鎮屬維西營，密爾中甸，控扼爐藏，制馭蒙番，洵為極邊要地。」[註25]

由此可見，由於維西特殊和緊要的地理位置，在歷史上曾被吐蕃、南詔、

〔註21〕雲南省維西傈僳族自治縣志編纂委員會編：《維西傈僳族自治縣志》〔M〕，昆明：雲南民族出版社，2002 年版，第 8～15 頁。

〔註22〕張允隨：《為請留熟悉夷情之員以收督標之事效摺》，乾隆八年十二月二十四日。

〔註23〕《雍正朱批上諭‧高其倬卷》第 85 冊，雍正元年十二月二十五日。

〔註24〕秦樹才著：《清代綠營兵研究——以汛塘為中心》〔M〕，昆明：雲南教育出版社，2004 年版，第 27 頁。

〔註25〕《維西傈僳族自治縣概況》修訂本編寫組：《維西傈僳族自治縣概況》（修訂本）〔M〕，北京：民族出版社，2008 年版，第 44 頁。

大理等多個地方政權佔領。宋元已降，維西一直作為戰略要衝，是歷代王朝和各地方勢力防禦吐蕃與蒙古勢力向西南擴張的壁壘。正因如此，維西境內多種民族文化交流並存的情況便不難想像了。

二、多民族文化交匯融合

由於特殊的地理位置和歷史發展，維西縣境內居住著傈僳、漢、藏、納西族等九個民族。至近代，「維西民族，可別為漢人、民家、傈僳、拉媽、俅俅、怒子、曲子、西番、巴苴、麼說、古宗、喇嘛之十二種，語言且多至十四類。」〔註26〕多民族共同生活，相互影響，構成了維西獨特絢爛的文化。

早在公元前 8 至公元 7 世紀，位於青藏高原的象雄王朝，其勢力便曾經進入維西一帶。唐朝初年，吐蕃在維西境內設置神川都督府，隨著吐蕃高級官員和軍隊的入駐，帶來了大量下級官吏、苯教師和生活服務人員，形成了藏族的大規模流入。至今，維西縣塔城鎮的神川熱巴，仍因其保留著原始部落祭祀儀式而在全國藏區熱巴中獨樹一幟。〔註27〕

藏文傳入維西的確切時間尚缺乏準確資料，但至少在清朝初年，禾娘等土司所書寫的文書，就多用「番、漢兩種文字」寫成。《禾娘給年苴的永遠執照》：「猶想年深日久，強詞相侵，彼此爭奪，特此對眾均勻分給，寫給番、漢執照親手圖記，交付本人收執以為憑據。」〔註 28〕其中「番字」即指的是藏文。此外用藏文刻成的印章也曾在縣內藏族、納西族、普米族、白族等各族頭人和百姓中流傳使用。有些藏族的訴訟文書也用藏文寫成，直接呈遞官府。〔註 29〕《維西見聞紀》「古宗」條：「喇嘛家以藏佛經為富，皆古宗字，來自西藏，曰『番藏部』，二百餘函，多藏至三四部，皆繒帙錦緘，鬃櫝金飾。其學即習佛經，字如鳥跡篆，自左至右橫書之。」也說明了維西當地藏文之盛。

由於維西的特殊地理位置，當地傈僳族在過去有去西藏學習的風氣。如

〔註26〕《回憶李書俠二三事》，參見中國人民政治協商會議雲南省維西傈僳族自治縣委員會文史資料研究委員會1989編寫《維西文史資料》第一輯，第38頁。

〔註27〕《迪慶民族文化概覽》編委會編：《迪慶民族文化概覽——維西卷》〔M〕，昆明：雲南民族出版社，2008 年版，第 7 頁。

〔註28〕參見中國人民政治協商會議雲南省維西傈僳族自治縣委員會文史資料研究委員會1989 編寫《維西文史資料》第一輯，第 28 頁。

〔註29〕雲南省維西傈僳族自治縣志編纂委員會編：《維西傈僳族自治縣志》〔M〕，昆明：雲南民族出版社，2002 年版，第 873 頁。

恒乍繃的傳說中：「綿羊古一帶屬於康普女千總的勢力範圍。每年的插秧收割季節，女千總都要對她轄區內的窮人派工，不給工錢，不管飯。恒乍繃長到十五歲那年，也被派了幾次工，但只要派了恒乍繃的工，他就不好好地做，並且還搞些玩意讓大家也不好好做。時間一長，女千總惱他，但又把他無法。而村裏的人間恒乍繃敢和女千總作對，不論老少，更看重他了。村裏的老人商討說，『我們傈僳族能出這麼一個人才，就有希望了。不過，還是要讓他讀點書，學點知識才行。』於是，在老人的主持下，全村家家戶戶設法拼湊了一些錢，給恒乍繃做路費，準備送他到西藏去讀書。」去西藏讀書，學習的自然便是藏文。

漢族移民的湧入與清政府在維西地區駐軍有關。清雍正三年（公元 1725 年），滇、川兩省奉旨派員勘劃疆界。雲南提督郝玉麟與四川提督周瑛分別擔任兩省劃界大員，共同確定了「近滇歸滇，近川歸川」的劃界原則。雲南提督郝玉麟奏請將阿墩子、為西、奔子欄、其宗、喇普劃歸雲南。雍正四年（公元 1726 年）四月，川陝總督岳鍾琪奏准將奔子欄、為西、其宗、喇普、阿墩子由四川劃歸雲南。雍正五年（公元 1727 年）四月，雲貴總督鄂爾泰奏准設置維西營，設參將一員，守備一員，千總兩員，把總四員，兵丁一千名，分防中甸、奔子欄、阿墩子、其宗、喇普、魯甸等處。雍正皇帝就添設維西營一事降旨：「維西一區，乃通藏之路，甚屬緊要。今兵丁移駐，邊遠地方，搬移家屬等項不可節省錢糧，必須豐裕足用，施恩前往。」〔註30〕

鄂爾泰在維西推行改土歸流政策，目的是加強中央王朝對邊境地區的管控，促進內地與邊疆在經濟、文化等方面的交流。維西有史以來第一次設置流官政府，新建制的維西廳由鶴慶府通判擔任行政長官。維西廳的首任通判陳權，到維西後進行了一系列開闢性的工作，選定保和鎮作為治所。中央王朝為加強對西藏的控制，維西廳曾一度升為維西撫夷府，而維西作為迪慶地區的軍事機關所在地，乾隆十二年（公元 1747 年），雲南提督潘紹周奏准改維西營為協營，設副將一員，都司一員，千總兩員，把總四員，後增設守備一員，外委八員，額外外委八員，戰守兵增至一千三百多名。軍政機關設置後，官吏、兵丁應詔而來，商人和工匠也日益增多，絕大多數都是漢族。乾

〔註30〕《迪慶民族文化概覽》編委會編：《迪慶民族文化概覽——維西卷》〔M〕，昆明：雲南民族出版社，2008 年版，第 16 頁。

隆年間，經商的江西人進入最多。漢族移民的大量湧入，帶來了先進的生產力和中原地區的文化習俗，輻射至縣境各地。首任通判陳權開設義學，不斷傳播儒家的思想文化和倫理道德觀念，使本地的少數民族也深受影響。乾隆三十五年（公元 1770 年），余慶遠在《維西見聞紀》自序中寫道，「（維西）瀾衣之儔，衣冠蹌濟，皆有中華風。」〔註31〕

三、多種宗教和諧並存

維西境內有藏傳佛教、東巴教、各民族原始宗教、天主教、道教等多種宗教同時並存，和諧共處。

明朝中葉後，麗江納西族木氏土司與藏傳佛教的中噶舉派建立了密切關係，邀請高僧大德到麗江一帶弘揚佛法。因此，維西境內的口頭傳說中，藏傳佛教在明代就進入縣境。根據文獻記載，維西縣內的藏傳佛教寺院都建立在清雍正、乾隆年間及之後。在白濟汛鄉，曾有一藏傳佛教寺院太平院，其後此處形成一個自然村，就叫「喇嘛寺」。

天主教在清咸豐末年即進入維西地區。最先進入維西境內的是法國傳教士顧爾德、丁德良、任安收等人，後來又來了彭茂德兄弟等一批傳教士。其中，杜仲賢曾在永春鄉花洛壩舉辦過拉丁文學校。距離葉枝不遠的白濟汛鄉小維西天主教堂，又稱「聖心堂」，清光緒六年（1880 年）開始興建，至今仍是維西天主教的活動中心，也是滇西北最著名的天主教教堂之一。

基督教最初於民國二年（1913）傳入維西地區。滇藏基督教會的莫爾斯於1931 年來到葉枝，與當地土司搞好關係，在葉枝一帶設置傳教點，並創辦小學。莫爾斯精通傈僳語，曾參與過老傈僳文《舊約全書》的翻譯工作。〔註32〕維西縣城保和鎮中的基督教堂建於 1915 年，目前仍在使用。伴隨著基督教的傳播，老傈僳文進入了維西。

四、汪忍波的個人經歷

汪忍波一生中絕大多數時間生活在葉枝。葉枝位置險要，陶雲逵指出，「葉

〔註31〕《迪慶民族文化概覽》編委會編：《迪慶民族文化概覽——維西卷》〔M〕，昆明：雲南民族出版社，2008 年版，第 16～17 頁。

〔註32〕《迪慶民族文化概覽》編委會編：《迪慶民族文化概覽——維西卷》〔M〕，昆明：雲南民族出版社，2008 年版，第 52 頁。

枝為雲南西北入藏必經之道，也是滇西北漢化的終點。」〔註33〕19 世紀末至
20 世紀上半葉，不少西方探險家都曾到過葉枝，如約瑟夫‧洛克、亨利‧奧
爾良。陶雲逵在前往怒江流域途中，也曾在葉枝停留。據他描述，葉枝的納
西族土司王家瑞曾在麗江中學就讀，是個「文雅書生」。漢文化對葉枝的影響
可見一斑。

　　汪忍波生活的岩瓦洛村，距離葉枝不遠。他全家都經常去幫葉枝的納西族
土司做工，以換取微薄的報酬。《汪忍波自傳》中記錄道，「六歲那年過火把節
的時候，從葉枝土司家得到一片肉。」〔註34〕「官曆蛇年三月，遠處東竹林那
邊發生戰鬥，土司徵召，父親去服役。」〔註35〕「（我）為了討碗飯吃，大年初
二就去幫葉枝土司家挖洋芋地，接連挖了三天。」〔註36〕「去幫土司家煮酒，
兩個人勞動一天，只能得到舂三碓窩的穀子。」〔註37〕由於經常去葉枝，使得
他可以頻繁地接觸到漢字，自然也有機會接觸到老傈僳文。

　　因為家貧，汪忍波曾前往藏族聚居區，並生活過一段時間。「豬年、鼠年都
是豐收年景，可惜我家沒有糧食了。到了牛年，我家新開墾了一塊山地……辛
苦勞累了一年，結果只收著了十四升糧食。這樣，全家人無法在家裏待下去
了。……我到設通拉去討生活。……我想，在我們地方沒法過生活，不如到藏
族地方去。我們一家人去過三次。」〔註38〕汪忍波在藏族地區生活的經歷，使
得他對藏文也有了一定的瞭解。

〔註33〕陶雲逵：《陶雲逵民族研究文集》〔M〕，北京：民族出版社，2012 年版，第 58 頁。

〔註34〕參見《哇忍波自傳》，汪忍波著，木玉璋翻譯，李汝春整理，中國人民政治協商會
　　　議雲南省維西傈僳族自治縣委員會文史資料研究委員會編寫：《維西文史資料》第
　　　一輯，1989 年，第 3 頁。

〔註35〕參見《哇忍波自傳》，汪忍波著，木玉璋翻譯，李汝春整理，中國人民政治協商會
　　　議雲南省維西傈僳族自治縣委員會文史資料研究委員會編寫《維西文史資料》第
　　　一輯，1989 年，第 3 頁。

〔註36〕參見《哇忍波自傳》，汪忍波著，木玉璋翻譯，李汝春整理，中國人民政治協商會
　　　議雲南省維西傈僳族自治縣委員會文史資料研究委員會編寫：《維西文史資料》第
　　　一輯，1989 年，第 6 頁。

〔註37〕參見《哇忍波自傳》，汪忍波著，木玉璋翻譯，李汝春整理，中國人民政治協商會
　　　議雲南省維西傈僳族自治縣委員會文史資料研究委員會編寫：《維西文史資料》第
　　　一輯，1989 年，第 8 頁。

〔註38〕參見《哇忍波自傳》，汪忍波著，木玉璋翻譯，李汝春整理，中國人民政治協商會
　　　議雲南省維西傈僳族自治縣委員會文史資料研究委員會編寫：《維西文史資料》第
　　　一輯，1989 年，第 7 頁。

正因為有以上的個人經歷，汪忍波在創製傈僳族音節文字的過程中吸收漢字、藏文乃至老傈僳文的成分也就不足為奇了。

第六節　本章小結

本章主要討論的是傈僳族音節文字中的借源字。所謂借源字，指的是借用其他文字體系的文字。借源字的存在是文字體系互相接觸和傳播的結果，是文字發展史中的一種常見現象。

音節文字中借用了漢字。借用漢字時，有直接借用和改造字形兩種主要方式。直接借用漢字字形，將其吸收至音節文字中，但不借用此漢字字形的音義。改造字形，分為添加符號，刪減符號，一字數用等方式。與直接借用相似，改造字形後借入至音節文字的字形，也與該漢字字形的原本的音義無關。

除了漢字，音節文字中還借用了藏文和老傈僳文的一些成分。

音節文字借用其他文字體系的成分，與維西當地特殊的地理位置、歷史發展、民族與宗教構成有著密切的關係。維西地處雲南西北部，歷史上曾被吐蕃、南詔、大理等多個地方政權佔領。維西受西藏影響頗深。清代改土歸流後，漢族移民大量湧入維西，帶來了漢文化。十九世紀末開始，西方傳教士進入，老傈僳文進入維西地區。正因為如此，汪忍波在日常生活中才可能接觸到多個文字系統，並將其成分吸收進音節文字之中。

第四章　傈僳族音節文字異體字研究

　　學者們很早便注意到文字系統中存在的異體字現象。早在東漢時期，許慎的《說文解字》中，就在有些詞頭的解釋後收錄了「重文」，很多學者認為這就是異體字。異體字還有不同的稱謂，如「俗體」，等等。王力認為，「兩個（或兩個以上）字的意義完全相同，在任何情況下都可以相互代替的字互為異體字。」裘錫圭認為，「異體字就是彼此意義相同而外形不同的字。嚴格地說，只有用法完全相同的字，也就是一字的異體，才能稱為異體字。但是一般所說的異體字，往往包括只有部分用法相同的字。嚴格意義的異體字可以稱為狹義異體字，部分用法相同的字可以稱為部分異體字，二者合在一起就是廣義的異體字。」王元鹿認為，「異體字，就是讀音、意義完全相同而形體不同的兩個或幾個字。」〔註1〕周斌在研究納西東巴文異體字時，曾將學術界對異體字的定義進行考察，劃為狹義派和廣義派。狹義的異體字指的是意義完全相同，但字形不同的一組字。廣義的異體字包含狹義的異體字，並且認為，意義部分相同的字也可以稱為異體字。〔註2〕

　　前人對漢古文字和納西東巴文異體字的定義值得參考。高慧宜認為，傈僳族音節文字在創製之初，可能就出現了異體字。汪忍波最初造出的一批字，有87個字形，其中相同的字形54個，不同的字形為33個。她認為，這些相同的

〔註 1〕王元鹿：《異體字的辨識和查檢》，《中文自學指導》〔J〕，1988 年第 12 期
〔註 2〕周斌：《東巴文異體字研究》，華東師範大學 2004 年度博士學位論文，第 10 頁。

字形中，可能存在一定數目的異體字。我們發現，在《汪忍波自述》的另一個版本中，汪忍波最初創製的文字共 21 字，12 個字形，沒有異體字。[註3] 這可能是由於傳抄版本不同造成的差異，但音節文字在創製的十年左右時間中，確實出現了數量眾多的異體字，卻是不爭的事實。

高慧宜認為，音節文字中，記錄傈僳語同一音節且字形形體有別的字就是異體字。[註4] 我們認為，在傈僳族音節文字中，同一個讀音下收錄不同字形，即可以視為音節文字的異體字。

第一節　音節文字中的異體字統計

木玉璋的《傈僳族音節文字字典》（以下簡稱《字典》）中，共收字 876 組，除去重複的字形外，共 1147 個字形。下面以《字典》為基礎，對音節文字中的異體字進行了初步的研究與分析。

根據收集和整理，《字典》中共收錄異體字 241 組。

現將音節文字異體字列表如下：

pi^{55}	pi^{35}	pi^{44}
pi^{41}	pa^{55}	pa^{55}
pa^{44}	pa^{31}	pa^{41}
po^{44}	po^{42}	$pɯ^{55}$
$pɯ^{35}$	$pɯ^{44}$	pie^{55}
phy^{55}	phe^{55}	$phie^{31}$
bi^{44}	bi^{33}	be^{55}
$bɛ^{33}$	$bɛ^{41}$	$bɛ^{41}$
ba^{33}	ba^{31}	ba^{55}
bo^{44}	bo^{41}	bu^{33}
$bʊ^{55}$	$bʊ^{44}$	$bɯ^{31}$

〔註3〕參見中國人民政治協商會議雲南省維西傈僳族自治縣委員會文史資料研究委員會編：《維西文史資料》第一輯，1989 年，第 10 頁。

〔註4〕高慧宜：《傈僳族竹書文字研究》〔M〕，上海：華東師範大學出版社，2006 年版，第 111 頁。

bie³¹	𠃌𠃌	mi³⁵	𡿨𡿨	mi⁴⁴	𣳈𣳈𣳈𣳈
me³³	𠂇𠂇	ma⁵⁵	𠂤𠂤𠃉	mo⁵⁵	𦰩𦰩
mo³³	𡨄𡨄	fɛ³⁵	𢃇𢃇𢃈	fa³³	𦊆𦊆
fa³¹	𡘜𡘜	fu³¹	𦫀𦫀	tu³⁵	𨸐𨸑
tu⁴²	𠘧𠘧	tie³⁵	𠁡𠁡	ti³⁵	𣱱𣱲𣱳
tø³⁵	𡆧𡆨	tø⁴⁴	𠈎𠈎	tø⁴⁴	𢆶𢆶
te³⁵	𠃬𠃭	te⁴⁴	𠂶𠂵	ta³⁵	𠔼𠔽
to³⁵	𠄢𠄣𠄤	tu⁴⁴	𠄟𠄟𦐇𣏟𣏠	tɯ⁵⁵	𣫵𣫶
tɯ⁵⁵	𠬝𠬝𠬞	tɯ³⁵	𦒠𦒡	tɯ⁴²	𠘧𠘧
tie³⁵	𠁡𠁡	thi⁵⁵	𣻒𣻓𣻔	thi³¹	𣱱𣳀
thy³⁵	𢀖𢀗	the³⁵	𦐈𦐉	tha³³	𠘨𠘨
tha³¹	𠇑𠇒	tho⁴¹	𤼱𤼲𤼳𤼴	thy⁵⁵	𥤢𥤣
thʊ⁴¹	𢀜𢀜𢀝	thɯ³⁵	𦩅𦩅	dɛ⁴⁴	𥝰𥝱𥝲𥝳𥝴𥝵
dy³⁵	𠔼𠔽	da³⁵	𣇳𣇴	do³³	𠃌𠃌𠃌
do⁴¹	𣉆𣉆	dʊ³³	𣳈𣳈𣳈𣳈	dɯ⁵⁵	𨥦𨥧𨥨
dɯ³¹	𡘜𡘜	na³⁵	𥷋𥷋𥷋𥷋𥷋	ni³¹	𡉘𡉘
ny³³	𠊊𠊊	nʊ³³	𩛐𠄠	nʊ³¹	𡘆𡘆
nɯ³³	𠈎𠈎	ly⁴¹	𠇑𠇒	le³⁵	𥤢𥤣
le³³	𣇳𣇴	lɛ³³	𢄽𢄽	le⁴¹	𡘆𡘆𡉘
la⁵⁵	𦰩𦰩𦰩	la³³	𠀚𠀚	la³¹	𡨄𡨄
la⁴¹	𠃬𠃭	lo³⁵	𤰀𤰀	lo⁴⁴	𧆖𧆗𧆘
lo³³	𦊆𦊆	lo⁴¹	𡘆𡘆	lu⁵⁵	𤲃𤲃
lɛ⁴¹	𡘆𡘆	tsɿ³³	𢄽𢄽	tsɛ⁵⁵	𣏟𣏠𣏡
tsɛ⁴⁴	𣫵𣫶	tsu⁵⁵	𠕟𠕠𠕡𨺷	tso³¹	𤰀𤰀
tshi³⁵	𠔼𠔽	tshi⁴⁴	𤰀𤰀𤰀	tshi⁴⁴	𡘆𡘆
tshi³¹	𣱱𣱲𣱳	tshy³¹	𤼱𤼲	tshy⁴¹	𠬝𤼱𠬝
tshy⁴¹	𠕟𠕠	tshe³³	𦰩𦰩	tshe⁴⁴	𡆧𡆨

tsha⁴⁴	tsha³¹	tsha³¹
tsho⁵⁵	tsho³⁵	tshɯ³¹
dzi⁴⁴	dzi⁴¹	dzy⁴¹
dza³³	dzo⁴⁴	dzu³³
dzu³³	si³⁵	si³¹
sy⁴⁴	sɛ⁴⁴	sy³³
sa⁵⁵	sa³¹	zi⁵⁵
zi³¹	za³³	tʃi³⁵
tʃi⁴⁴	tʃɛ⁴⁴	tʃɿ³³
tʃɛ⁴¹	tʃɛ⁴¹	tʃo³⁵
tʃua⁴⁴	tʃua³¹	
tʃɿ³⁵		tʃhi⁵⁵
tʃhi³¹	tʃhua³⁵	tʃhɿ⁴⁴
dʒi³³	dʒɛ³¹	dʒɛ⁴¹
dʒua³⁵	dʒua³⁵	dʒua³³
dʒua⁴¹	dʒɿ³¹	dʒu³³
ʒɿ³⁵	ʒua³³	ʒua³¹
ȵi³³	ȵi³¹	ȵi³¹
ȵɛ⁴¹	ȵua³⁵	ʃi³⁵
ʃa³⁵	ʃa³⁵	ʃo³⁵
ʃo⁴⁴	ʃo³¹	ʃɿ³⁵
ʃɿ³³	ʃɿ⁴²	ʃu⁵⁵
ɖa³³	ta³¹	ka⁴⁴
ka⁴⁴	ka⁴¹	ko⁵⁵
ko⁴⁴	ko⁴⁴	kua³¹
kɯ³⁵	kɯ⁴⁴	kua⁵⁵
kua³⁵	kua⁴¹	kua⁴¹

kha³⁵　　　　kha³³　　　　kha³³

kha³¹

kho³³　　　　kho³¹　　　　kho⁵⁵

kɯ³⁵　　　　khɯ³³　　　　khua³³

gua⁴⁴　　　　gua⁴⁴　　　　go⁴⁴

gu⁵⁵　　　　gu³³　　　　go³³

gu⁴⁴　　　　gɯ⁵⁵　　　　gɯ⁵⁵

gɯ³³　　　　gua³⁵　　　　ŋa³³

ŋu³⁵　　　　gua⁴⁴　　　　xa⁴¹

xɯ⁵⁵　　　　　　　　　　xɯ⁴⁴

xua⁵⁵　　　　　　　　　　hi³³

he³⁵　　　　hɛ³¹　　　　ha⁵⁵

ho³⁵　　　　ɤɯ³⁵　　　　ɤɯ³¹

e⁴⁴　　　　vʊ³³　　　　vʊ³³

vʊ³¹　　　　wa⁴⁴　　　　wa⁴¹

wu³³　　　　y⁴¹　　　　ɛ⁴¹

第二節　音節文字異體字分類

根據《字典》中異體字組所包含字形的數目，現分類收錄如下。

一、兩字異體字

所謂兩字異體字，即音節文字中同一讀音下包含有兩個不同字形的字組。

音節文字中，兩字異體字共有 171 組，342 個字形。

pi⁵⁵　　　　pi³⁵　　　　pi⁴⁴

pi⁴¹　　　　py⁵⁵　　　　pa⁵⁵

pa⁴⁴　　　　pa³¹　　　　pa⁴¹

po⁴⁴　　　　po⁴²　　　　pɯ³⁵

piɛ⁵⁵　　　　phy⁵⁵　　　　pho⁵⁵

phɯ³³	bi⁴⁴	bɛ⁵⁵
bɛ³³	bɛ⁴¹	ba⁵⁵
ba³¹	bo⁴⁴	bo⁴¹
bʋ⁵⁵	bʋ⁴⁴	bɯ³¹
bie³¹	mi³⁵	mɛ³³
mo⁵⁵	mo³³	fa³³
fa³¹	fu³¹	tɯ³⁵
tɯ⁴²	tie³⁵	tø³⁵
tø⁴⁴	tø⁴⁴	te³⁵
tɛ⁴⁴	ta³⁵	tʋ⁵⁵
tɯ³⁵	tɯ⁴²	tie³⁵
thi³¹	thy³⁵	thɛ³⁵
tha³³	tha³¹	thy⁵⁵
thɯ³⁵	dy³⁵	da³⁵
do⁴¹	dɯ³¹	ni³¹
ny³³	nʋ³³	nʋ³¹
nɯ³³	ly⁴¹	lɛ³⁵
lɛ³³	lɛ³³	la³³
la³¹	la⁴¹	lo³⁵
lo³³	lo⁴¹	lɯ⁵⁵
lɛ⁴¹	tsʅ³³	tsɛ⁴⁴
tso³¹	tshi³⁵	tshi⁴⁴
tshy³¹	tshy⁴¹	tshɛ³³
tshɛ⁴⁴	tsho⁵⁵	tsho³⁵
tshɯ³¹	dzi⁴⁴	dzy⁴¹
dza³³	dzo⁴⁴	dzu³³
si³⁵	sy⁴⁴	sa⁵⁵
sa³¹	zi⁵⁵	ʃi³⁵

tʃi⁴⁴	tʃɛ⁴¹	tʃɛ⁴¹
tʃua³¹	tʃhi⁵⁵	tʃhŋ⁴⁴
dʒɛ⁴¹	dʒua³⁵	dʒua³⁵
dʒua³³	dʒua⁴¹	dʒɿ³¹
dʒu³³	ʒɿ³⁵	ʒua³³
ʒua³¹	ɲi³³	ɲi³¹
ɲi³¹	ɲɛ⁴¹	ɲua³⁵
ʃi³⁵	ʃa³⁵	ʃo³⁵
ʃo³¹	ʃɿ³³	ka⁴⁴
ka⁴¹	ko⁵⁵	ko⁴⁴
kua³¹	kɯ³⁵	kua⁵⁵
kua⁴¹	kua⁴¹	kha³⁵
kha³³	kha³³	kho⁵⁵
kho³¹	khu⁵⁵	kɯ³⁵
khua³³	guua⁴⁴	go⁴⁴
gu⁵⁵	gu³³	gu⁴⁴
gɯ⁵⁵	gɯ⁵⁵	gɯ³³
ŋa³³	guua⁴⁴	xa⁴¹
xɯ⁵⁵	xɯ⁴⁴	hi³³
hɛ³⁵	hɛ³¹	ha⁵⁵
ho³⁵	ɣɯ³⁵	ɣɯ³¹
e⁴⁴	vʊ³³	vʊ³³
vu³¹	wa⁴⁴	wa⁴¹
wu³³	y⁴¹	ɛ⁴¹

二、三字異體字

所謂三字異體字，即音節文字中同一讀音下包含有三個不同字形的字組。三字異體字共有 46 組，138 個字形。

pu⁴⁴	phɛ⁵⁵	pho⁴⁴

pho^{31}	$phi\varepsilon^{31}$	$b\varepsilon^{41}$
ba^{33}	bu^{33}	ma^{55}
fe^{35}	ti^{35}	to^{35}
tu^{55}	thi^{55}	$th\upsilon^{41}$
do^{33}	du^{55}	le^{41}
la^{55}	lo^{44}	$ts\varepsilon^{55}$
$tshi^{44}$	$tshi^{31}$	$tshy^{41}$
$tsha^{44}$	$tsha^{31}$	dzi^{41}
dzu^{33}	si^{31}	se^{44}
$t\int\varepsilon^{44}$	$t\int o^{35}$	$t\int ua^{44}$
$t\int hi^{31}$	$t\int hua^{35}$	$d\math3\varepsilon^{31}$
$\int a^{35}$	$\int \matheng^{35}$	$\int \matheng^{42}$
da^{33}	ta^{31}	kua^{35}
kho^{33}	khu^{33}	gua^{44}
gua^{35}		

三、四字異體字

所謂四字異體字，即音節文字中同一讀音下包含有四個不同字形的字組。四字異體字共有 14 組，56 個字形。

bi^{33}	mi^{44}	tho^{41}
$d\upsilon^{33}$	tsu^{55}	$tsha^{31}$
$t\int\matheng^{33}$	zi^{31}	$d\math3 i^{33}$
$\int o^{44}$	$\int u^{55}$	ka^{44}
ku^{44}	go^{33}	

四、五字異體字

音節文字中，即同一讀音下包含有五個不同字形的字組。五字異體字共有

7 組，35 個字形。

puɯ⁵⁵	屍屍斋斎宋	tu⁴⁴	坣坣琟乑冇
na³⁵	架架柴笶各	sy³³	飛厜罞牙砘
ko⁴⁴	㸃㸃㸃霾㹴	kha³¹	㛼㛼㘷甸阢
ŋu³⁵	棐炎棐螿峇		

五、六字異體字

所謂六字異體字，即音節文字中同一讀音下包含有六個不同字形的字組。六字異體字共有 1 組，6 個字形。

dɛ⁴⁴	禾禿禾佮麦麦

六、七字異體字

音節文字中，即同一讀音下包含有七個不同字形的字組。七字異體字共有 2 組，14 個字形。

tʃʅ³⁵	鼡鼡鳳娚鼡鼡厜	xua⁵⁵	哥哥哥呀晃哥吇

根據上表進行統計，在《字典》中，異體字共 241 組，約占全部音節文字組的 27.5%；共 590 字，約占全部音節文字字形的 51.4%。其中，兩字異體字，即同一讀音下包含兩個不同字形的情況最多，共 171 組，約占全部異體字組的 70.9%；共 342 個字形，約占全部異體字形的 58%。三字異體字，即同一讀音下包含三個不同字形的異體字組共 46 組，約占全部異體字組的 19.1%；共 138 個字形，約占全部異體字字形的 23.4%。四字異體字，即同一讀音下包含四個不同字形的異體字組共 14 組，約占全部異體字組的 5.8%；共 56 字，約占全部異體字字形的 9.5%。五字異體字，即一音五字異體字組共 7 組，約占全部異體字組的 2.9%；共 35 字，約占全部異體字的 5.9%。六字異體字，即一音六字異體字組共 1 組，約占全部異體字組的 4%；共 6 字，約占全部異體字的 1%。七字異體字，即一音七字異體字組共 2 組，約占全部異體字組的 8%；共 14 字，約占全部異體字的 2.4%。

從統計中可以得出，兩字異體字占音節文字異體字的絕對多數。

第三節　音節文字異體字的類型

根據字形來進行分析，音節文字的異體字大致可分為以下幾種：

一、整體與部分

這類異體字中，一個（或多個）異體字的字形是另一個異體字的部分構件。例如：pi^{55} 〔字形〕〔字形〕 這一組異體字中，〔字形〕 是 〔字形〕 的部分。

又如：pi^{35} 〔字形〕〔字形〕，po^{42} 〔字形〕〔字形〕，ti^{35} 〔字形〕〔字形〕〔字形〕，ta^{35} 〔字形〕〔字形〕，ko^{44} 〔字形〕〔字形〕，$h\varepsilon^{3}$ 〔字形〕〔字形〕，等等，字組中異體字均為整體與部分的關係。

二、部件替換

在部件替換類型的異體字中，一個字將另一字的某個部件用其他部件進行替換，改變字形，而不改變字的音義，構成異體字。例如：pi^{44} 〔字形〕〔字形〕 這組異體字中，用一和口相互替換，構成異體字。在 $\int i^{33}$ 〔字形〕〔字形〕 這組異體字中，用口和匚相互替換，從而構成異體字。

又如：fa^{31} 〔字形〕〔字形〕，tu^{42} 〔字形〕〔字形〕，$t\emptyset^{35}$ 〔字形〕〔字形〕，$\int o^{35}$ 〔字形〕〔字形〕，lu^{55} 〔字形〕〔字形〕，$l\varepsilon^{33}$ 〔字形〕〔字形〕，du^{55} 〔字形〕〔字形〕〔字形〕，等等。

三、增添或刪減筆劃

此類異體字，是在一個（或多個個）字在原有部件的基礎構成上增添或刪減筆劃，構成新字，但不改變字的音義，構成異體字。例如，在 tu^{41} 〔字形〕〔字形〕 這組異體字中，〔字形〕 在原有字形的基礎上增加了一，從而構成了 〔字形〕；同時也可以說，〔字形〕 在原本的字形基礎上刪減了筆劃一，從而構成了異體字〔字形〕。

又如：dzi^{44} 〔字形〕〔字形〕，dzy^{41} 〔字形〕〔字形〕，pho^{44} 〔字形〕〔字形〕〔字形〕，nv^{31} 〔字形〕〔字形〕，$d\textcitzua^{33}$ 〔字形〕〔字形〕，thy^{55} 〔字形〕〔字形〕，hi^{33} 〔字形〕〔字形〕，gua^{44} 〔字形〕〔字形〕，等等。

四、鏡象對轉

這一類異體字中，兩個異體字互為鏡象對轉，構成新字，但不改變原字的音義。例如，$ti\varepsilon^{35}$ 〔字形〕〔字形〕 這一組異體字中，〔字形〕和〔字形〕互為鏡象翻轉，從而構成了異體字。

又如：tho^{41} 〔字形〕〔字形〕，do^{33} 〔字形〕〔字形〕，$l\varepsilon^{33}$ 〔字形〕〔字形〕，sa^{55} 〔字形〕〔字形〕，均為鏡象翻轉。

五、字形完全不同的異體字組

在異體字中，也存在著一些字形完全不同，但音義相同，可以相互替換的異體字。例如，bu^{31} 又彐，le^{41} 丢卫，te^{35} 元旰，la^{31} 冗翔，xa^{41} 氺丕等異體字組中，互為異體字的兩個字形完全不同，但音義相同，在使用中可以相互替換。

在音節文字的異體字中，兩字以上的多字形異體字中，可能會出現多種異體字類型並存的情況，也就是說，在同一組異體字中，可能同時出現上述幾種類型某幾種，甚至是全部類型。

例如，在 zi^{31} 豐邶卫亚這一組異體字中，豐與其他三字的字形完全不同；邶是卫亚字形增添筆劃後出現的異體字；而卫又是由亚的一個部分構成的異體字。

又如，在 xua^{55} 呙呌呙呍晃呁呞這一組異體字中，呙和呌是部件替換形成的異體字；呌和晃則是整體與部分形成的異體字；呍晃呁呞四字則是增添或刪減筆劃後出現的。

又如，lo^{44} 虎赁弎一組異體字中，虎和弎互為鏡象翻轉；而 lo^{44} 虎和赁則是進行部件替換，用几替換贝（當然，也可以說是以贝替換几）之後，再刪減筆劃一構成的異體字。

第四節　音節文字中出現異體字的原因

在音節文字中，存在著數量眾多的異體字。在 846 組字中，出現了 214 組異體字，約占全部音節文字組的 27.4%。也就是說，在全部的音節文字中，有超過四分之一的字音下包含有不同的字形。在音節文字的異體字組中，一音兩字異體字較為常見，異體字字形最多的字組中，甚至出現了一音七字異體字。

高慧宜在分析音節文字中的異體字產生的機制時，認為音節文字產生異體字主要有四點原因：首先，「汪忍波在造字之初並沒有一個明確的造字標準，缺乏一個字形僅僅只能代表一個音節的概念，而是在漢字、納西東巴文和哥巴文的影響下創造滿足傈僳語音節的字形，滿足記錄語言的需要。」[註5] 第

〔註 5〕高慧宜：《傈僳族竹書文字研究》〔M〕，上海：華東師範大學出版社，2006 年版，
　　　　第 117 頁。

二，「從共時共地的角度看，造成竹書（音節文字）異體字的根本原因在於：竹書造字取象的多樣性。記錄同一音節，可以採用不同的竹書字形，但是，這些字的取象各不相同，造字者雖想讓字形保持特徵，同時又想讓竹書完成準確記錄所有傈僳語音節的功能。也就是說，這些表示同一音節的不同字形互為異體字。」〔註6〕第三，「竹書始終沒有經歷過一個科學規範的過程。」〔註7〕第四，「造字者為了區別同一音節在不同的語言環境中所包含的特殊意義而有意識地造出了不同的字形，從而產生了異體字。」〔註8〕

傈僳族音節文字中存在異體字的原因，根據分析，主要有以下幾點。

一、異體字是文字系統中的普遍現象

異體字在文字系統中出現並非罕見，而是一種廣泛存在的普遍現象。漢字中存在著大量的異體字，例如，在《說文解字》中，許慎收錄重文1163個。異體字不僅出現於漢古文字，一直到近代，漢字系統中仍存在著數量較多的異體字。在民族古文字中，納西東巴文、哥巴文、彝文等文字系統內也存在著數量眾多的異體字。比如，在《納西象形文字譜》中，納西東巴文異體字共有505組，1208個字形，異體字最多的一組達到七個字。〔註9〕又如哥巴文，《納西標音文字簡譜》中，收錄的251個哥巴文音節具有688個字形；《麼些標音文字字典》中，收錄的241個哥巴文音節具有2425個字形；而《納西語英語漢語語彙》中，收錄的223個哥巴文音節共有789個字形。〔註10〕這都反映出哥巴文中存在一定數量的異體字。由此可以看出，異體字在文字系統中具有普遍性，並非傈僳族音節文字的特殊現象。

二、傈僳族音節文字個人創製的特點所決定

漢古文字、納西東巴文、哥巴文等文字系統中的異體字現象，有一個重要

〔註6〕高慧宜：《傈僳族竹書文字研究》〔M〕，上海：華東師範大學出版社，2006年版，第117頁。

〔註7〕高慧宜：《傈僳族竹書文字研究》〔M〕，上海：華東師範大學出版社，2006年版，第118頁。

〔註8〕高慧宜：《傈僳族竹書文字研究》〔M〕，上海：華東師範大學出版社，2006年版，第116頁。

〔註9〕周斌：《納西東巴文異體字研究》，華東師範大學2004年度博士學位論文，第2頁。

〔註10〕李小蘭：《哥巴文字源考釋》，華東師範大學2014年度碩士學位論文，第55頁。

原因，那就是長期累積的結果。傈僳音節文字創製至今只有九十五年，造字人汪忍波創製文字的時間大約在十年左右，比之漢字、納西東巴文、哥巴文等文字的歷史，堪稱短暫，為何文字系統內也存在數目超過四分之一的異體字字形，個中緣由，應當與其個人創製的文字性質有著密切的關係。

1. 個人創製文字的實踐必然充滿反覆和艱辛

傈僳族音節文字的創製人汪忍波，是維西縣一位傈僳族的普通農民。由於家庭貧困，他從未接受過正規的學校教育，更非專業的文字學家。這就造成了汪忍波對於文字的本質缺乏深入的理解，在造字過程中，沒有一個明確的造字標準，需要不斷的探索和反覆的實驗。汪忍波最初只是憑藉一腔熱情造字，而個人創製文字的實踐必然充滿艱辛、挫折與失敗。在艱難的嘗試中，自造字的舊字符添加新的符號，乃至於被新字符取代自然屬於常態。如此一來，出現眾多的異體字也就不難理解了。

2. 多種借源字的引入

汪忍波在創製音節文字的過程中，借用了漢字、老傈僳文、藏文等文字系統的字符。尤其是漢字字形，對音節文字的文字系統產生了最為深刻的影響。從音節文字的借源字中，可以清晰地看出漢字對音節文字的淘染。但汪忍波沒有上過學，對漢字、老傈僳文、藏文等文字系統只是粗略地知曉，「漢人、藏人、納西人都有文字。」但並沒有深入學習過。所以，[註11] 在引入其他文字系統的字符時，基本是單純地進行描摹，自然不能對借源字做到百分之百的精確書寫。在反覆的造字實踐中，其借源字必然會產生細微的差別，故而造成了異體字。

三、創製文字是一個長期的過程

從 1920 年左右開始，到創製出一套完整的文字系統，汪忍波音節文字的創製時間花費了十年左右的時間。雖然與漢古文字、納西東巴文、哥巴文、彝文等古老的文字系統相比，十年可謂短暫。但就音節文字本身而言，十年也是一個較長的時間。十年中所創製的字形必然存在先與後的差異，一千多個音節文

〔註11〕 參見《哇忍波自傳》，汪忍波原著，木玉璋翻譯，李汝春整理，中國人民政治協商會議雲南省維西傈僳族縣志委員會文史資料研究委員會編，《維西文史資料》（第一輯），1989 年，第 1 頁。

字不是一蹴而就，同時出現的。在造字過程中，從創製字形到最終確立字形，必然有一個挑選的過程。經過多年積累，自然會造成異體字的出現。

四、傳播過程中產生了異體字

汪忍波在創製音節文字後，向周圍的傈僳族群進行教學。汪忍波教授給弟子，再由弟子向再傳弟子傳播。在二十世紀三四十年代，音節文字就已經在葉枝、巴迪兩地傳播開來，並有向更遠地區擴散的趨勢。在教學過程中，汪忍波用音節文字書寫文獻。由於學習者的增多，音節文字文獻也出現了各種手抄本。文獻經由不同的人手寫傳抄，也不免在字符的字形上出現不同的差別。例如，《汪忍波自傳》就有三個本子，由不同的弟子傳抄，在細節上稍有出入。在文字的教授、傳播、再傳播中，由於是手寫體，字形極有可能出現細微差別，如添加筆劃或部件、刪減筆劃或部件乃至於對字形鏡象翻轉。這些差別都可能造成新的異體字。

汪忍波可能已經意識到了音節文字中異體字的存在。他曾經將《識字課本》全部字形都刻在木板上，形成「雕版」。如此一來，音節文字的字形便固定下來。音節文字雕版，事實上就是一種對於音節文字字形的整理。在學習和傳播的過程中，學習者根據雕版上的字形摹寫，就會大大減少異體字的出現。

值得注意的是，高慧宜曾指出，有一些異體字是造字者對字義有意識地加以區分所造成的。〔註 12〕但是在查閱文獻時，目前尚未發現此類情況。在文獻中，字音相同的異體字相互替換的情況時有發生。但因為音節文字文獻並非全部整理完畢，所以此類現象還需進一步研究。

第五節　音節文字中一字多音現象

傈僳族音節文字中，除了異體字之外，還有一種一字多音現象。所謂一字多音，就是同一個字形對應多個語音。語音不同，語義也不同。根據統計，音節文字中具有一字多音現象的字符共有 127 個。列表如下：

党　$pa^{41} pai^{41}$　　　　　　　|||| 　$po^{31} pu^{35}$　　　　　　　|伏 　$pu^{35} bo^{35}$

〔註12〕高慧宜：《傈僳族竹書文字研究》〔M〕，上海：華東師範大學出版社，2006 年版，第 116 頁。

字	讀音	字	讀音	字	讀音
□	puɑ^{42}pɑ^{42}puɯ^{42}	□	piɛ^{42} biɛ^{42}	□	pʰi^{35} pʰei^{35}
□	pʰi^{31} pʰei^{31}	□	pʰi^{41} pʰei^{41}	□	pʰe^{55}pʰei^{4} pʰi^{42}
□	pʰɑ^{31} pʰɑ^{41}	□	bi^{44} bei^{33}	□	bi^{33} biy^{33}
□	bi^{44} bi^{42}	□	bɛ^{41} tʂi^{41}	□	buɯ^{44} bə^{44}
□	buɯ^{35} puɯ^{35}	□	mi^{55} me^{35}	□	mi^{35} me^{35}
□	mi^{35} me^{35}	□	mi^{33} miy^{33}	□	mi^{41}me^{41}
□	my^{41} mi^{41}	□	mɛ^{55} mua^{55}	□	mo^{55} mo^{35}
□	mv^{31} mu^{31}	□	fv^{55} fu^{55}	□	tiɛ^{55} tɛ^{55} tia^{55}
□	tiɛ^{41} ti^{35}	□	ti^{35} tø^{35}	□	tɛ^{31} tɛ^{31}
□	tv^{35} tu^{35}	□	tʰy^{35} ty^{33}	□	tʰy^{35} tʰuɯ^{35} tʰi^{35}
□	tʰy^{35} wa^{33}	□	tʰy^{31}tʰy^{41}tʰe^{41}tʰi^{41}	□	tʰe^{35} tai^{33}
□	tʰa^{35} tʰy^{33}	□	tʰv^{33} tʰu^{33}	□	di^{33} duɯ^{44}
□	di^{31}dy^{31}	□	dy^{31} duɯ^{31} di^{31}	□	dɛ^{44} diɛ^{44}
□	diɛ^{31} dɛ^{31}	□	do^{41} do^{31}	□	du^{35} du^{55}
□	no^{33} nu^{33}	□	nv^{35} nv^{35}	□	lo^{31} li^{31} li^{35}
□	lu^{55} lv^{55}	□	lu^{44} lu^{33}	□	tsø^{55} tsi^{55}
□	tsʰi^{35}tsʰuɯ^{35}	□	tsʰi^{35} tsʰuɯ^{35}	□	tsʰy^{35}tsʰi^{35}tsʰuɯ^{35}
□	tsʰy^{41} tsʰuɯ^{41}	□	tsʰy^{41} tsʰuɯ^{41}	□	tsʰɛ^{44}tsʰa^{44}tsʰi^{35}
□	tsʰe^{44}tʂʰa^{44}	□	tsʰu^{44} tsʰi^{44} tsʰuɯ^{44}	□	tsʰuɯ^{44} tsʰi^{44}
□	tsʰuɯ^{31} tsʰy^{31}	□	dzi^{33} dzi^{33} dzuɯ^{44}	□	dzi^{33} zi^{33}
□	dzy^{33} dzuɯ^{33}	□	dzo^{31} dzuɯ^{31} dzv^{31} dzi^{31}	□	dzv^{35} dzi^{35}
□	dzuɯ^{31} dzi^{31}	□	si^{33} suɯ^{33}	□	sy^{44} suɯ^{44}
□	sɛ^{35} tʂʰo^{31}	□	so^{41} so^{31}	□	su^{44} so^{44}
□	zi^{33} zuɯ^{33}	□	zo^{33} zu^{33}	□	zo^{31} zo^{41} dzo^{41} sa^{41} dza^{41}
□	duɯ^{55} zi^{55}	□	tʃi^{35} tʃuɯ^{35}	□	tʃi^{41} tʃuɯ^{41}
□	tʃɛ^{41} tʃɛ^{31}	□	tʃo^{35} tʃy^{35}	□	tʃo^{44} tʂo^{44}
□	tʃua^{35} dʒua^{35} tʃua^{55}	□	tʃua^{35} dʒua^{35}	□	tʃʰi^{55} tʂʰi^{55}
□	tʃʰi^{31}tʃʰuɯ^{31}tʃʰy^{31}	□	tʃʰi^{41} tʃʰy^{41}	□	tʃʰua^{35} tʂʰua^{35}

字	讀音	字	讀音	字	讀音
〔字〕	$d\textʒi^{33}$ $d\textʒ\textɯ^{33}$	〔字〕	$d\textʒua^{33}$ $d\textʒa^{33}$	〔字〕	$d\textʒu^{31}$ $d\textʒo^{31}$ $t\textʂo^{31}$
〔字〕	$\textʒua^{33}$ $t\textʂhua^{33}$	〔字〕	$\textɲio^{44}$ $\textɲ\textɯ^{33}$	〔字〕	$\textɲio^{55}$ $\textŋo^{35}$
〔字〕	$\textʃi^{55}$ $\textʃ\textɯ^{55}$	〔字〕	$\textʃi^{33}$ $\textʃ\textɯ^{33}$	〔字〕	$\textʃ\textɛ^{44}$ $\textʃ\textɛ^{41}$ $\textʃa^{44}$
〔字〕	$\textʃ\textɲ^{35}$ $\textʃy^{35}$	〔字〕	$\textɖo^{33}$ $\textɖo^{41}$	〔字〕	$\textʈia^{31}$ $\textʈi\textɛ^{35}$
〔字〕	to^{44} $t\textʂho^{44}$	〔字〕	$\textʈh\textɯ^{31}$ $\textʈha^{31}$	〔字〕	ko^{55} ku^{55}
〔字〕	ku^{55} kv^{55}	〔字〕	kua^{35} ka^{35}	〔字〕	kha^{35} $khua^{35}$
〔字〕	kha^{31} $khua^{31}$	〔字〕	$khua^{41}$ $khua^{31}$	〔字〕	gua^{55} $g\textɯ^{55}$
〔字〕	gu^{55} go^{55}	〔字〕	gu^{31} gu^{41}	〔字〕	$g\textɯ^{31}$ $g\textɯ^{41}$
〔字〕	gua^{31} $\textɲio^{55}$	〔字〕	go^{55} $\textɲio^{55}$	〔字〕	$\textŋo^{35}$ $\textŋo^{33}$
〔字〕	$\textŋu^{35}$ $\textŋu^{33}$	〔字〕	$\textŋua^{44}$ $\textŋu^{33}$	〔字〕	xua^{41} xa^{31}
〔字〕	hi^{31} $h\textɯ^{31}$	〔字〕	hy^{55} $hø^{55}$	〔字〕	hy^{33} hv^{33}
〔字〕	hy^{31} $h\textɯ^{41}$	〔字〕	he^{31} $h\textɛ^{41}$	〔字〕	ha^{31} hua^{31}
〔字〕	hu^{31} $h\textɯ^{33}$	〔字〕	$\textɣa^{44}$ $\textɣa^{33}$	〔字〕	wa^{35} wa^{41}
〔字〕	wa^{41} wa^{31}				

一、一字多音現象的分類

一字多音現象，根據語音分析，大致可分為以下四類：

1. 聲母不同

一字多音現象中，同一字形下韻母和調值相同，但聲母不同的字。

例如：〔字〕 $b\textɛ^{41}$ $t\textʂi^{41}$，〔字〕 $\textʒua^{33}$ $t\textʂhua^{33}$，等等。

2. 韻母不同

一字多音現象中，同一字形下聲母和調至相同，但調值不同的字。

例如：〔字〕 pa^{41} pai^{41}，〔字〕 $t\textʃo^{35}$ $t\textʃy^{35}$，〔字〕 ko^{55} ku^{55}，〔字〕 $t\textʂhu^{44}$ $t\textʂhi^{44}$ $t\textʂh\textɯ^{44}$，〔字〕 ku^{55} kv^{55}，〔字〕 gua^{55} $g\textɯ^{55}$，〔字〕 dzo^{31} dzu^{31} dzv^{31} dzi^{3}，[1] 〔字〕 $\textʃi^{55}$ $\textʃ\textɯ^{55}$，等等。

3. 調值不同

一字多音現象中，同一字形下聲母和韻母相同，但調值不同的字。

例如：〔字〕 he^{31} he^{41}，〔字〕 $\textŋo^{35}$ $\textŋo^{33}$，〔字〕 $t\textʃua^{35}$ $d\textʒua^{35}$，〔字〕 $t\textʃ\textɛ^{41}$ $t\textʃ\textɛ^{31}$，〔字〕 lu^{44} lu^{33}，〔字〕 $d\textʒi^{33}$ $d\textʒ\textɯ^{33}$，等等。

4. 複合型

多出現於三個字音以上的情況。

例如，**𥾝** dʒu³¹ dʒo³¹ tʂo³¹ 一組中，三個字音調值相同，但 dʒu³¹ 和 dʒo³¹ 韻母不同，dʒo³¹ 和 tʂo³¹ 聲母不同。又如，**㳕** tʃua³⁵ dʒua³⁵ tʃua⁵⁵ 一組中，三個字音韻母相同，但 tʃua³⁵ 和 dʒua³⁵ 聲母不同，tʃua³⁵ 和 tʃua⁵⁵ 聲調不同。再如，**𠁁** zo³¹ zo⁴¹ dzo⁴¹ sa⁴¹ dza⁴¹ 一組，zo⁴¹ dzo⁴¹ sa⁴¹ dza⁴¹ 調值相同，但 zo⁴¹ 和 dzo⁴¹ 聲母不同，dzo⁴¹ 和 dza⁴¹ 韻母不同，sa⁴¹ 和 dza⁴¹ 聲母不同，而 zo³¹ 和 zo⁴¹ 則聲韻相同但調值不同。

二、出現一字多音現象的原因

傈僳族音節文字中一字多音現象出現的原因，主要是由造字者無法精密區分聲韻調所造成。音節文字是一種個人創製文字。造字者汪忍波不是專業的語言學家，只能單純憑藉「聽」，通過多次實踐來區分傈僳語音節的聲韻調。對於一些發音類似的字音，他可能做不到精密地區分，所以便造成了同一字形下多個讀音的情況。

此外，學習者在學習音節文字的過程中也可能產生語音的混淆。音節文字不是字母型文字，需要學習者通過記憶，將全部音節記住後才能使用。在沒有音標，也沒有學習過現代語音學知識的情況下，僅憑聽覺便很容易將相似的發音混淆，從而出現一字多音現象。

三、一字多音現象也是音節文字異體字產生的原因之一

例如，**𤢪** mi⁴¹me⁴¹ 和 **𭴎** my⁴¹ mi⁴¹ 兩組中，各有相同的字音 mi⁴¹，所以，在字音 mi⁴¹ 時，**𤢪** 和 **𭴎** 便互為異體字。又如，**𤴓** tʃua³⁵dʒua³⁵ 和 **㳕** tʃua³⁵dʒua³⁵tʃua⁵⁵ 兩組中，各有相同的字音 dʒua³⁵，所以在字音 dʒua³⁵ 時，**𤴓** 和 **㳕** 互為異體字。同理，**亚**/ wa³⁵ wa⁴¹ 和 **凹** wa⁴¹ wa³¹ 兩組中，各有共同的讀音 wa⁴¹，所以在字音 wa⁴¹ 時，**亚**/ 和 **凹** 互為異體字。

在《字典》中，並沒有將一字多音情況下同音字視為異體字。但在文字實踐中發音相同時，這兩個發音相同的字形，即可以視作互為異體字。

第六節　本章小結

本章主要是對傈僳族音節文字中異體字的研究。

異體字並非音節文字獨有的現象。在漢古文字、納西東巴文、哥巴文、彝文等古文字中，異體字都十分常見。甚至於到了近代，漢字中仍然存在異體字。

所謂傈僳族音節文字的異體字，指的是傈僳族音節文字中，同一個讀音下收錄不同字形，即可以視為異體字。

根據統計，《字典》共收字 876 組，1272 個字形。異體字共 241 組，約占全部音節文字組的 27.5%；共 590 字，約占全部音節文字字形的 46.3%。根據字形的數量，可以將音節文字異體字分為兩字異體字、三字異體字、四字異體字、五字異體字、六字異體字和七字異體字。其中，兩字異體字，即同一讀音下包含兩個不同字形的數目最多，共 171 組，約占全部異體字組的 70.9%；共 342 個字形，約占全部異體字形的 58%。

音節文字的異體字，根據字形來進行分析，音節文字的異體字大致可分為幾種：整體與部分，即一個（或多個）異體字的字形是另一個異體字的部分構件。部件替換，即在部件替換類型的異體字中，一個字將另一字的某個部件用其他部件進行替換，改變字形，而不改變字的音義，從而構成異體字。增添或刪減筆劃，即在一個（或多個個）字在原有部件的基礎構成上增添或刪減筆劃，構成新字，但不改變字的音義，構成異體字。鏡象對轉，即兩個異體字互為鏡象對轉，構成新字，但不改變原字的音義。此外還有一類異體字，字形完全不同，但音義相同，可以相互替換的異體字。在音節文字的異體字中，兩字以上的多字形異體字中，可能會出現多種異體字類型並存的情況，也就是說，在同一組異體字中，可能同時出現上述幾種類型某幾種，甚至是全部類型。

音節文字中異體字的形成，大致有幾種原因：首先，異體字並非音節文字特有的現象，而是具有普遍性。其次，傈僳族音節文字個人創製的特點所決定：個人創製文字的實踐必然充滿反覆和艱辛；多種借源字的引入，在反覆的造字實踐中，其借源字必然會產生細微的差別，故而造成了異體字；創製文字是一個長期的過程，經過多年積累，也會造成異體字的出現；傳播過程中產生了異體字。汪忍波可能已經意識到了音節文字中異體字的存在，製作了音節文字雕版，供學習者學習。

　　此外，傈僳族音節文字中，除了異體字之外，還有一種一字多音現象。所
謂一字多音，就是同一個字形對應多個語音。語音不同，語義也不同。一字多
音現象也可能產生異體字。

第五章　傈僳族音節文字文獻研究

自從 1924 年起，汪忍波創製音節文字迄今已走過近百年時光。他不但創製了音節文字，還與授業弟子曾用音節文字書寫、記錄過一批文獻材料。

第一節　音節文字文獻的發現、調查與收集

自二十世紀四十年代起，傈僳音節文字便已走入學界視野，但最初的調查著重於文字本身，例如文字性質、字形等方面的內容。張征東、木玉璋、木順江等人雖見過汪忍波並與之交談，但對於這種文字記錄了什麼內容，是否具有文獻等內容卻未多加關注。

「文革」結束後，在對於音節文字的新的調查中，研究人員將調查的重點由音節文字本身開始轉向文獻。1982 年，中國社會科學院民族研究所語言室的木玉璋親自前往維西，對傈僳族音節文字進行考察。維西縣政府抽調蔡武成、余勝祥和余友德等人組成聯合調查組，前往汪忍波生前所在地葉枝鎮進行廣泛調查。在調查中發現，汪忍波造字初期刻字的石板已經遺失，刻在木板上的和寫在白棉紙上的也所剩不多。文獻於 1949 年曾因失火燒了一些，1958年和「文化大革命」中兩度被查抄，損失較大。所幸音節文字在當地群眾中具有一定影響力，有人悄悄地把一些資料、木刻、寫本藏在蜂箱裏，總算保留下來一部分。

1982 年的調查歷時一個多月，調查組走訪了維西地區的汪忍波近親屬、授業弟子及當地群眾，搜集到了一批音節文字所書寫的文獻。這是對音節文字文獻的首次收集和記錄。調查組回到維西縣城後，對搜集到的文獻資料進行整理，發現其內容十分豐富，涉及到了到傈僳族傳統文化的各個方面。調查中最重要的發現是傈僳族的《祭天古歌》，尋訪中共搜集到《造日造月》《求雪》《曬鹽》《造紙》《射日射月》《播樹》《尋水》等九部古歌的文獻。這些文獻表明，汪忍波在創造音節文字後，用其撰寫了近三十部各種文體的書。這批文獻的存在，實踐地證明了音節文字確實能夠書寫、表達當地的傈僳語的全部音節。〔註1〕調查組意識到了音節文字文獻的重要性，將下一步的工作重點應該放到搜集、整理和研究音節文字文獻上。

1983 年，木玉璋、蔡武成和余勝祥再次前往葉枝一帶進行調查。在這次調查中，調查組重點搜集二十四部《祭天古歌》中餘下的十五部，最後尋訪到十二塊薄木板，記錄了二十四部古歌的提綱，即每部古歌開頭的兩個字。據知情人講，當年汪忍波就是手持這些模板吟唱祭天古歌。調查人員請汪忍波的親傳弟子魚親龍等幾位老人按照「提綱」逐一吟唱《祭天古歌》，當場做了錄音，然後帶回維西縣後進行記錄、整理和翻譯工作。〔註2〕

1992 年起，中國社會科學院民族研究所和維西傈僳族自治縣人民政府開始了「收集整理汪忍波音節文字文獻項目」。在木玉璋的帶領下，項目組完成了二十四部祭天古歌的翻譯整理及出版工作。此後，維西縣的工作人員漢剛多次下鄉進行調查研究，繼續搜集和掌握了一些音節文字的文獻資料與傈僳族祭天儀式的實物，同時掌握了音節文字的讀音、書寫和使用。在此期間，為核實古歌裏的一些詞彙，漢剛先後深入到葉枝鎮新洛村的霞它洛、米俄巴、幾比幾和普洛村、同樂村，巴迪鄉阿尺當嘎村、康普鄉岔枝村白哈底等鄉村，在汪忍波的孫子阿雙雙協助下又收集到了一批文獻。〔註3〕

根據《維西傈僳族自治縣縣志》記錄，1982～1993 年間所收集到的音節文字文獻有：

〔註1〕 木玉璋：《傈僳族語言文字及文獻研究》（一）〔M〕，北京：知識產權出版社，2006年版，第 54 頁。

〔註2〕 參見維西傈僳研究會選編的內部材料《祭天古歌》第 878～880 頁。

〔註3〕 維西傈僳族自治縣人民政府編著，漢剛、漢維傑注譯：《傈僳族音節文字古籍文獻譯注》〔M〕，潞西，德宏民族出版社，2013 年版，第 309 頁。

《識字課本》，共 32 頁。

《故事集》，共 52 頁。

《創世傳說》，共 20 頁。

《種樹經》，共 12 頁。

《關於打仗的傳說》，共 10 頁。

《射殺九個黑太陽》，詩歌體，敘述洪荒時代人類戰勝自然威力的神話傳說。

《曬鹽》，詩歌體，吟唱傈僳族先民如何尋找鹽礦，將鹽水在場子上曬乾成食鹽。

《造太陽月亮》，詩歌體，這是一個敢於以人的意志與神抗衡的神話傳說，極富浪漫色彩。講述天神將太陽、月亮緊鎖在石室，人們邊用身邊的各種材料來製造，最後造出太陽、月亮冉冉升上天，迎來勞動生產的好年景。

《骰子書》，用於占卜術數。

《造紙》，詩歌體，鋪敘製造土紙的過程。

《求雪》，詩歌體，祈求天降瑞雪，以保五穀豐登、六畜興旺。其中吟唱從山腳到山頂長著的許多樹木。

《養畜》，詩歌體，敘述飼養各種牲畜。

《占卜書》，2 本 54 頁，內容涉及傈僳族古代天文、曆法等方面。

《一年天氣情況測算》，涉及傈僳族古代使用過的曆法。

《卜卦雜記》，共 15 頁。

《哇忍波自傳》，有數本，共計 80 頁。其中有哇忍波的原稿，還有他的授業弟子和再傳弟子的轉抄本。大約寫於 1947 年。

《二十四部祭天歌謠提綱》，寫在 24 塊薄木板上。

《祝頌吉祥平安》，祝詞刻於 3 塊木板上，為哇忍波親手雕刻而成。〔註 4〕

此後，由於調查工作的停滯，在書面記錄中再也沒有見到新的文獻問世。2013 年，維西縣葉枝鎮的余明仙與燕正林、阿雙雙共同發現了三塊傈僳音節文字石碑，這是最近一次對於音節文字文獻的重要發現。

〔註 4〕 雲南省維西傈僳族自治縣志編纂委員會編：《維西傈僳族自治縣志》〔M〕，昆明：雲南民族出版社，1999 年版，第 715 頁。

第二節　傈僳音節文字文獻

　　音節文字文獻，經過二十世紀八十年代後的幾次收集和整理，目前可考者約有十餘種，大體有白棉紙、木版和石碑等材質。現根據材質對音節文字文獻進行分類。

一、白棉紙文獻

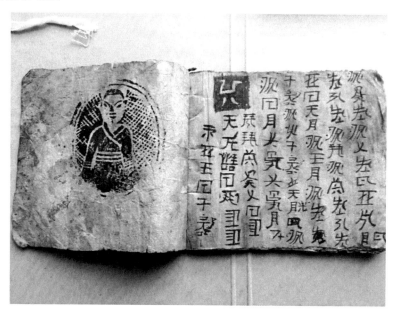

音節文字白棉紙文，2015 年攝於維西縣檔案館。

　　白棉紙是用維西當地傈僳族傳統方法製作出來的紙張。在過去，傈僳族的原始宗教中，認為疾病等不祥之事是由於鬼神作祟，若要治病祛邪，則需要祭鬼，而祭鬼儀式中，白棉紙是一項必需品。因為傈僳族認為，白棉紙易為鬼神接納。〔註5〕《祭天古歌》中有一篇《拓俄尚》，就是記述了傈僳族先民的造紙方法和過程。

　　白棉紙文獻即寫於白棉紙上的傈僳族音節文字經書，一般長約 13 釐米，寬約 14 釐米。文字以竹筆或毛筆沾墨書寫，順序為從左往右，不分段，無標點符號。

1.《創世紀》

　　《創世紀》，又名《洪水滔天》《創世傳說》。《創世紀》是一則人類起源

〔註5〕斯陸益主編：《傈僳族文化大觀》〔M〕，昆明：雲南民族出版社，1999 年版，第 380頁。

的神話，流傳於維西傈僳族自治縣葉枝、巴迪、白濟汛、康普和德欽縣霞若、拖頂等傈僳族地區。《創世紀》講述了洪水滔天之後，人類的祖先與天神女兒經歷磨難後終於結為夫妻，生活在天上。但人類祖先的聰明才智超過天界神仙，因此惹怒天神。天神將女兒和人類祖先趕回人間。為了生存，人類祖先尋找物種，最終過上新生活。在《創世紀》的故事中，地面上的人類原本與鬼神和諧相處，互不侵犯，然而隨著人口逐漸增多，不講忌諱，侵犯鬼神而得病，最後只能靠許鬼、祭鬼來擺脫鬼神。

《創世紀》原由維西傈僳族自治縣工作人員漢剛私人收藏，2017 年調查中，漢剛稱已捐贈給維西縣檔案館。

2.《養畜經》

《養畜經》又稱《養畜》，記述了雞、狗、羊、豬、牛、馬等畜種的來歷和馴養歷史，主要分為六個部分：第一部分敘述各物種的起源，祈求天神保祐；第二部分記述剪下羊毛做成氈子，以用來製造牲畜和清洗牲畜；第三部分記述如何為牲畜創製五官內臟；第四部分記述尋找白水，因為只有潔淨的水源才能胎膜洗淨，生出牲畜，所以人們艱辛尋找，一直找尋到山頂的雪線處才獲得潔淨的水源；第五部分是洗淨牲畜；第六部分是為採礦煉礦而製造工具。〔註6〕

《養畜經》原件已佚，此為汪忍波弟子抄寫件。原由維西傈僳族自治縣政府工作人員漢剛私人收藏，2017 年的調查中，漢剛稱已捐贈給維西傈僳族自治縣檔案館。

3.《製鹽經》

《製鹽經》又稱為《製鹽》，全文共分為兩部分：前半部分記述先民們尋找鹽水的經過以及製鹽的技巧，後半部分講述在天神的幫助下，傈僳族先民製造太陽（女性）和月亮（男性）的過程。

現收藏於維西傈僳族自治縣檔案館。

4.《呼喚太陽》

《呼喚太陽》是祭祀山神的祭詞，記述了人在掠奪財物的過程中侵犯了山神大哥和水神妹妹，祈禱天神能夠協調衝突。《呼喚太陽》主要分為兩部分，第

〔註6〕木玉璋編著：《傈僳族語言文字及文獻研究（一）》〔M〕，北京：知識產權出版社，2013 年版，第 116 頁。

一部分記述人們向天神訴說人間正在經受著旱災、蟲災、瘟疫等各種災難，第二部分祈求各路神靈普降甘霖，解救人類。

現收藏於維西傈僳族自治縣葉枝鎮同樂村。

5. 《神瓜經》

《神瓜經》記述了一個人類起源的神話故事。在遙遠的古代，大地上生活著一對老夫婦，沒有子女，孤苦無依。忽然有一天，箭囊裏跳出一顆南瓜子，老夫婦驚訝之下，把南瓜子種在地裏。很快，瓜藤便爬滿大地，並結出一個房子大的南瓜。後來南瓜破開，從裏面走出來操著漢、藏、傈僳等不同語言的人類，成為了漢、藏、傈僳等民族的祖先。

現收藏於維西傈僳族自治縣檔案館。

6. 《播種樹經》

《播種樹經》又稱《種樹經》，記述了樹木的起源與神樹的來歷。

現收藏於維西傈僳族自治縣檔案館。

7. 《造紙經》

《造紙經》記述了傈僳族先民製造祭祀用紙的歷史，記錄了尋找造紙樹及剝樹皮、晾樹皮、舂樹皮、熬紙漿等造紙的過程。

現收藏於維西傈僳族自治縣檔案館。

8. 《八卦書》

《八卦書》共有三部：第一部記載了一年中十二個月的不同稱謂，節令以及曆算方法。第二部記載了八個不同方位的鬼神居所以及趨吉避凶的方法。第三部記載了八方十二獸所居方位，介紹了婚姻、喪葬、祭祀、出行、狩獵、勞作等事項的擇吉方法。書中畫了兩個魚類動物，然後指明了東、西、南、北等四個方位。

此文獻收集於葉枝鎮新洛村〔註7〕，現收藏於維西傈僳族自治縣檔案館。

9. 《測算晴雨書》

又稱《一年天氣情況測算結果》。記載一年有十二個月，用十二地支標月份，以鼠月開頭，豬月結尾。測算某月某日的天氣，是晴、是陰還是下雨。

〔註7〕新洛村即汪忍波所在的岩瓦洛村所屬的行政大村。

該書中的曆法表明，傈僳族古代以建子之月為歲首，與中國古代曆法中的「周正建子」相同，而「闊時節」的時間在夏曆冬月，兩者印證，都說明新年開始的時間與「夏正建寅」的夏曆不同。至於每個月的天書，小冊子中牛月（只記十四天），蛇月（只記十五天）已無法辨知其天數；鼠月、虎月各記 29 天，其餘月份均記三十天，也都與現行的夏曆有所不同。

此文獻收集於葉枝鎮新洛村，現收藏於維西傈僳族自治縣檔案館。

10. 《汪忍波自傳》

《汪忍波自傳》又名《獐皮文字》《獐皮文書》，是最著名的音節文字文獻之一。《汪忍波自傳》主要記述了汪忍波的生平與其創製傈僳音節文字的經歷。汪忍波出生於葉枝岩瓦洛一個傈僳族農民家庭，自幼聰慧，但家庭極度貧困。十一歲那年，汪忍波就開始跟隨當地的尼扒學習念經，十二歲時已經可以獨立念經和祭祀鬼神。汪忍波父親去世後，由於家貧無力舉辦喪事，只好把家中較好的田地典當給某村民，並刻木為證。後來此村民反悔，而刻木不能作為證據，因此汪忍波失去了這塊田地。此事給了汪忍波極大的觸動，令他認識到了文字的重要性。在二十五歲時，他在內心的苦悶驅使下開始創製文字，最初的文字刻在石板上。後來為了傳播和教學方便，他還編寫了一個識字本子。

《汪忍波自傳》共有三個手寫本，文字稍有出入，可能是由於汪忍波的弟子相互傳抄造成的。汪忍波的二兒子余向仁提供了其中一個版本，現收藏於維西傈僳族自治縣檔案館。

11. 《識字課本》

《識字課本》，又名《傈僳語文課本》或《音節文字識字歌謠》，即《汪忍波自傳》中提到的為傳播和教學方便而編寫的識字本子。《識字課本》由一些簡單的短語和句子組成，朗朗上口。開頭為：「啊，烏薩〔註8〕，祈禱，四、五、六、七、八、九、十、一，兩隻腳……」高慧宜認為，《識字課本》的體裁併非「歌謠體」，而是音節文字記錄傈僳族語言的書面文字詞彙表，僅是汪忍波為便於群眾識字所作。〔註9〕

現收藏於維西傈僳族自治縣檔案館。

〔註8〕烏薩，即傈僳語中的天神。《祭天古歌》即以「啊，烏薩」起始。
〔註9〕高慧宜，《傈僳族竹書文字研究》〔M〕，上海：華東師範大學出版社，2006 年版，第 5 頁。

12. 《易經》

音節文字《易經》包括預示和取名兩部分內容，主要講述太極方位的不同變化，根據人的屬相預測婚配等情況。

現收藏於雲南省民族博物館。

13. 《接聖嬰經書》

《接聖嬰經書》記述了清朝政府鎮壓了起義的傈僳族男子，剩下的女人無法生活，請祭天法師做法之事。

現收藏於雲南省民族博物館。

14. 《種水經》

《種水經》標題有誤，根據內容來看，應為《種樹經》。《種樹經》又稱《播種樹經》，記述了栽樹、種植水草等內容。

現收藏於雲南省民族博物館。

15. 《倫理道德書》

內容不詳。根據標題來看，應是敘述傈僳族傳統倫理道德的書籍。

現收藏於維西傈僳族自治縣的余友德家中。

值得注意的是，在余友德家，筆者還見到了一本他自己用音節文字書寫的《傈僳故事書》，以鋼筆書寫於白紙（非白棉紙）上，根據落款，可知此書寫於 1989 年。

余友德親手書寫的《傈僳故事書》，2015 年攝於其家中。

此外，中國民族古文字研究會編《中國民族古文字研究》（第三輯）還提到《噶瑪巴的故事》（又稱《大鵬鳥之死》《尋水》《雪奇》）《孤兒和龍王公主》《骰子》《招魂》等一些白棉紙音節文字文獻[註10]，但並未提及所藏何處。由於種種原因，在田野調查中也沒有發現。

二、木板和雕刻板文書

音節文字木牌，2015 年攝於維西縣檔案局。

1. 《祭天古歌》

1983 年，聯合調查組在葉枝鎮尋訪《祭天古歌》時，發現了一部分《祭天古歌》的木板殘片。木板共有十二塊，長約 40 釐米，寬約 12 釐米，上寫每部《祭天古歌》開頭的兩個字。據說汪忍波當年就是手持這些木板吟誦古歌，舉行祭天儀式。

現收藏於維西傈僳族自治縣檔案館。

2. 《祈雨經》

《祈雨經》寫於木板上，是一部求雨經書，記述了求雨時呼喚天上的天神、星神、雨神等內容。

現收藏於維西傈僳族自治縣檔案館。

〔註10〕中國民族古文字研究會編，《中國民族古文字研究》（第三輯）〔M〕，天津：天津古籍出版社，1991 年版，第 184 頁。

3.《識字課本》

據說以前《識字課本》曾經全部刻成了雕版，但現在僅存一塊長約 13 釐米的殘片。

現收藏於維西傈僳族自治縣檔案館。

4.《祝頌吉祥平安》

又稱《祝平安》。祝詞刻於三塊木板之上，據稱為汪忍波親手所刻。

現收藏於維西傈僳族自治縣檔案館。

三、碑刻文獻

音節文字石碑，維西縣蜂玉程提供。

傈僳族音節文字碑刻文獻首度發現於 2013 年，是近年來音節文字文獻的重大發現之一。

根據 2015 年的田野調查，音節文字碑刻的發現過程頗為曲折：2013 年，葉枝鎮新洛村瓦口組村民余明仙請燕正林和阿雙雙出工，去附近山上的舊礦洞尋礦。二人花費數天時間，沒有找到礦，但在一個垮塌的礦洞裏發現了三塊石碑。隨同石碑出土的還有一些文書資料，可惜被文物販子收走。另有一套金屬質地盔甲類的衣服和一塊類似鎧甲碎片的金屬物。

石碑出土時共有三塊，余明仙家中收藏一塊，另兩塊余明仙捐贈給維西縣政府，現收藏於維西傈僳族自治縣文化遺產保護所。

維西傈僳族自治縣文化遺產保護所的兩塊石碑，其一長約 37 釐米，寬約

35 釐米，定名為《銀廠溝銀礦洞祭祀碑》，另一塊長約 42 釐米，寬約 35 釐米，定名為《傈僳族音節文字解放記事碑》。

保護所請人將《傈僳族音節文字解放記事碑》翻譯，內容為：汪忍波和哇渴雜（音譯）說：一九四九年，北京金光閃閃，太陽出來了，黑夜過去了，到處都通路了，以後日子越來越好過。

維西縣傈僳研究所的蜂玉程翻譯了余明仙所藏石碑內容：一九四八年，鼠年二月初八，在石塊上刻下（此）書讓子孫後代知道，（此物）出土之日將不愁吃穿。刻書者：汪忍波和嘎麥波（音譯）。

從以上兩塊石碑的翻譯可見，石碑的內容相近，都是對維西縣解放和新中國成立後美好生活的一種預言。

四、傈僳族音節文字文獻分類

根據上述內容，音節文字文獻的內容大致可分為幾類：

其一，祭祀歌謠。例如，《祭天古歌》中的二十四篇古歌。

其二，神話傳說。例如，《創世紀》中關於世界起源的故事。在余友德家還見到一本他自己用音節文字書寫的《傈僳故事書》。

其三，占卜和曆法。例如，《八卦書》和《天氣預測記錄》等。

其四，預言。例如，三塊音節文字石碑就是對新中國後傈僳族生活的預言。

其五，個人自傳。例如《汪忍波自傳》。

其六，課本和字典。例如《識字課本》。

由此可見，音節文字文獻包含的內容十分廣泛，也充分說明，音節文字能夠記錄傈僳語，適合書寫和記錄各種題材的內容，是一種行之有效的文字。

第三節　音節文字文獻的整理、翻譯和出版

傈僳音節文字文獻的整理和翻譯工作始於二十世紀八十年代，迄今已有數篇文章和著作面世。

一、《汪忍波自傳》

《汪忍波自傳》是最早翻譯並出版的音節文字文獻。最先由木玉璋翻譯，

李汝春整理。原文獻沒有標題，標題為翻譯者所加；文中並無標點符號，沒有劃分段落，為便於理解，譯者加上了標點符號，並按照文意分段。

《汪忍波自傳》發表於 1989 年雲南省維西傈僳族自治縣文史資料研究委員會編《維西文史資料》的第一輯。

二、《雲南少數民族古籍珍本集成——傈僳族》

雲南省少數民族古籍整理出版規劃辦公室編寫，2012 年經雲南人民出版社出版發行。

全書共收錄了九部音節文字文獻的彩色影印本：《創世紀》《洪水滔天》《呼喚太陽》《製鹽經》《神瓜經》《播樹種經》《造紙經》《養畜經》和《八卦經》。無翻譯，只對每篇文獻做了簡單的概括性介紹。

三、《傈僳族語言文字及文獻研究》

木玉璋編著，2006 年由知識產權出版社出版。

全書共分為三冊。其中，第一冊提及《養畜經》，影印全書，並逐字逐句做了翻譯。第二冊《音節文字字典》中的用字收集於各部文獻，在釋義時零星提及《創世紀》《汪忍波自傳》等文獻的片段。第三冊是音節文字文獻資料彙編，收錄了《汪忍波自傳》《人類繁衍和占卜曆法書》和《洪水滔天》三部文獻。書中提供了文獻的黑白影印，體例為音節文字、國際音標、新傈僳文、老傈僳文和漢字對照。

四、《傈僳族音節文字古籍文獻譯注》

維西傈僳族自治縣政府編著，漢剛、漢維傑注釋，德宏民族出版社 2013 年出版發行。

全書分為上下冊，上冊收錄了《汪忍波自傳》《識字歌謠》和《天氣預測結果記錄》，下冊收錄了《創世紀》和《呼喚太陽》。體例是音節文字、注音直譯與漢文意譯。附錄為文獻的彩色影印。

五、《祭天古歌》

《祭天古歌》是最重要的音節文字文獻之一，本書從發現到搜集、整理和出版，前後歷經十七年之久。

　　1983 年夏，木玉璋和聯合調查組在收集到《祭天古歌》的木板提綱和錄音後，返回縣城後進行室內工作。木玉璋將錄音記錄成文並做漢文翻譯，李汝春、蔡武成、余勝祥、余宏德參與整理和研究等工作，在翻譯中，光那巴（魚親龍）、李志仁、余友德、阿雙雙、和炳信、余向仁等提供一些很好的意見。

　　1984 年以後，木玉璋因其他原因不能去往維西，記錄和翻譯工作遇到一些困難，時斷時續，只有李汝春一人繼續進行研究。1989 年以後，維西縣政府民族事務委員會建立起民族語文工作機構，調配漢剛為專職工作人員。李汝春將搜集、整理、研究音節文字文獻資料的工作向漢剛做了交待，並共同策劃文獻的整理出版事宜。經向上反應彙報，得到了雲南省少數民族古籍整理出版規劃辦公室的大力支持。1991 年秋，李汝春前往北京，與木玉璋商談了有關情況，閱讀了部分譯稿。1992 年和 1993 年，木玉璋兩次到維西，與縣人民政府的李燦光、豐永忠等領導及縣民委和文光等負責人商談進一步加強合作的問題。應木玉璋的要求，縣人民在政府及時派出漢剛、余宏德前往中國社科院民族研究所，與木玉璋合作，歷時一年多，最後基本上完成了二十四部祭天古歌的漢文翻譯掃尾工作。和文光及漢剛到北京進一步商定了如何出書的有關問題。

　　1994 年 3 月 10 日，雲南省少數民族古籍整理出版規劃辦公室為甲方，維西傈僳族自治縣人民政府、中國社科院民族研究所為乙方，共同簽訂了出版《祭天古歌》的協議，列入雲南民族古籍叢書「傈僳族文庫」「八五」選題計劃。1999 年 8 月 30 日至 9 月 18 日，根據云南省少數民族古籍整理出版規劃辦公室的安排，請原雲南民族出版社的總編輯、研究員左玉堂、維西傈僳族自治縣民宗委副主任漢剛、雲南民族出版社副審編浩傑輝、編輯豐慶忠等人，對《祭天古歌》書稿進行了全面分析、研究，在全面瞭解全部古歌的基礎上共同協商，一致同意從二十三篇譯稿中選出十八篇（其中《曬鹽》《祭鹽》兩篇合併為一篇），再逐篇逐句校譯、注釋，然後意譯為漢文。在出版過程中，傈僳族音節文字由漢剛書寫、編碼對音。

　　《祭天古歌》最終在 1999 年由雲南民族出版社出版。修訂版在原版基礎之上，對音節文字、國際音標和漢文翻譯加以訂正，並補充了部分照片。修訂版將於 2018 年出版發行。

《祭天古歌》全書共有上下兩冊，收錄了《僕帕苦（喚祖）》《查呵（驅凶神）》《咀色麥色（開戰打戰）》《本色哈色（射日射月）》《擦塞擦底（尋鹽祭鹽）》《本尚哈尚（造日造月）》《本賴哈賴（洗日洗月）》《免此（迎祭司）》《瓦苦（求雪）》《依簡劃（尋水）》《刻左那左（養狗訓狗）》《拓俄尚（造紙）》《織哼孤哼（馴養牲畜）》《夥幾夥得（煉鐵打鐵）》《米扣米尊（開荒種地）》《乃詞托俄（藥書）》和《念薩鳩薩（祈求幸福）》等十七篇古歌，分為注音直譯和意譯兩部分。體例為音節文字，國際音標，老傈僳文和漢文注釋翻譯。

六、《傈僳族音節文字文獻譯注・祭天古歌》

由余金全，熊躍唱述，漢剛、李貴明譯注，迪慶藏族自治州非物質文化遺產保護中心編寫，雲南民族出版社 2017 年 12 月出版。

《傈僳族音節文字文獻譯注・祭天古歌》一書得益於非物質文化遺產工作的推進。2016 年秋，為進一步挖掘整理傈僳族祭天古歌這一敘事長詩，並逐級申報非物質文化遺產保護名錄，維西傈僳族自治縣和迪慶藏族自治州非物質文化遺產保護中心共同組織了傈僳族祭天儀式活動，並完整錄製了祭天儀式儀軌及祭天司吟唱的唱詞唱腔。本書以 1999 年出版的《祭天古歌》為基礎，結合 2016 年在葉枝新洛舉行的祭天儀式儀軌、祭天司吟唱內容和遺存文獻為準，逐篇逐句補充完善並修訂了 24 部祭天祭詞。

第四節　音節文字文獻存在的問題

音節文字所記錄的文獻內容涉及廣泛，涵蓋了傈僳族的神話傳說、歌謠、天文、占卜等多方面題材，是傈僳族珍貴的文化遺產。在發現之後，雖然在各界人士多方努力，但仍面臨著諸多問題。

一、文獻的收集和保存

（一）文獻的收集

收集傈僳族音節文字文獻應當是當下的首要任務。音節文字文獻由於歷史原因，存世不多。音節文字發現之初，研究者也只是對文字本身進行調查和研究，沒有意識到這種文字所記錄的文獻的重要性。二十世紀八十年代的調查開始將視野擴展到文獻領域，但此時汪忍波已經去世，又經歷了數次政治運動，

文獻的散軼情況十分嚴重。八十年代的調查收集到其中一批，但是，這次調查沒有正式的調研報告，後人無法精確地瞭解整個調查的過程，至於文獻的收集情況在記述中也非常含混。八十年代後，大規模的調查趨於停滯，但一直到九十年，維西縣的工作人員還收集到一些零星的音節文字文獻，同樣缺乏調查報告。

時至今日，維西縣檔案局到底收藏有多少音節文字文獻，工作人員也沒有給出確切的數目。《打殺七個黑太陽》《噶瑪巴的故事》《孤兒和龍王公主》《骰子》《招魂》等文獻在筆者的四次田野調查中也沒有見到。2013 年餘明仙等人發現的音節文字石碑，是近年來對音節文字文獻的一次重要發現，也是首次發現的音節文字石刻。不但發現了新的文獻，而且拓展了文獻的載體。然而即便是這次發現，也存在調查事實不清，情況不明等許多問題。

另外，在田野調查中發現，私人也有收集音節文字文獻的情況。維西縣的工作人員漢剛，手中曾掌握部分音節文字文獻。2017 年調查中，他稱已經將文獻全部上交給維西縣政府。但仍有部分文獻為私人收藏，例如余友德所藏《倫理道德書》。民間還有多少音節文字文獻，因為沒有全面調查，尚不得而知。

（二）文獻的保存

目前已知的音節文字文獻，主要保存於五處地方：

1. 維西傈僳族自治縣檔案局

維西縣檔案局保存的文獻最多，主要是白棉紙文獻和木板文書兩類。

2. 維西傈僳族自治縣文化遺產保護所。

主要保存有 2013 年餘明仙所發現的音節文字石碑兩塊。

（三）雲南省民族博物館

雲南省民族博物館民族文字古籍展廳中，有兩本維西縣提供的音節文字文獻展出。

（四）維西縣葉枝鎮同樂村

在同樂村阿尺目刮傳統展示館有三本文獻展出。

（五）民間收藏者手中

例如余友德所藏《倫理道德書》。

由上可知，音節文字文獻的保存較為分散。在田野調查中發現，雲南省民族博物館的文獻保存條件較好。維西縣文化遺產保護所對石碑入庫保存，保存條件不得而知。維西縣檔案局對音節文字文獻沒有特殊的保護措施，2015 年的田野調查中，甚至可以親手觸摸。2017 年調查中，音節文字文獻的保存條件得到了一定改善，非工作人員不得碰觸，但距離理想的保存仍然有差距。葉枝鎮同樂村的阿尺目刮傳統展示館裏，文獻擺放於木楞房的玻璃櫃中，保存條件欠佳，甚至能看到玻璃上附著的水汽。至於私人手中，就更加缺乏相應的保存條件。

音節文字文獻，尤其是白棉紙文獻，因為材質原因，極易損壞。1949 年後，在歷次政治運動中，群眾為了保護音節文字文獻，將其藏於蜂箱內，雖然保存了文獻，但也對材質造成了一定的污損和腐蝕。田野調查中所見的音節文字文獻，都有不同程度的損毀。音節文字文獻的保護問題應當得到重視，這批珍貴的文獻理應得到妥善的保存。國家檔案局的工作人員木志芳提出將音節文字複製，原本封存管理，複製本展出，不失為一個很好的提議。

二、文獻的整理，翻譯和出版

（一）文獻的整理

音節文字文獻的整理也是一個急需解決的重要問題。

音節文字文獻大多沒有標題。為閱讀方便，研究者自行擬定標題，於是往往就出現了同一篇文獻有多個標題的情況，例如，《創世紀》，又名《洪水滔天》《創世傳說》。又如，一些文獻的定名出現了錯誤，例如雲南民族博物館所藏的《種樹經》被誤定名為《種水經》。這樣在客觀上就造成了一些混亂，令人無所適從。所以，在今後的文獻整理工作中，應當首先為已有的文獻確定一個標準的標題，以避免出現混亂。在整理新的文獻時，也要遵循這一原則。

另外，過去所記述的一些文獻，目前的田野調查中並未發現，不知所藏何處。例如，《噶瑪巴的故事》《孤兒和龍王公主》《骰子》《招魂》等文獻，需要確定其所藏位置，這樣才能進行翻譯和出版等工作。還有一些文獻在私人手中，應當在接下來的調查工作中重點尋訪和整理。

（二）文獻的翻譯和出版

音節文字文獻目前只翻譯了《祭天古歌》《汪忍波自傳》《創世紀》等幾篇，尤其《汪忍波自傳》被不同的譯者翻譯過數次。在翻譯過程中，應當遵循先直譯再意譯的原則，避免出現過度翻譯而扭曲原文的情況。在已有的翻譯中，有一些錯誤翻譯的部分應得到糾正。例如《祭天古歌》，最新的一次翻譯版本便對前文進行了校正，提高了準確程度。

目前已經出版了一批音節文字的書籍，但遠遠不夠。在今後的翻譯工作中，要將目光瞄準尚未翻譯的文獻。

第五節　本章小結

本章主要整理和研究了傈僳族音節文字文獻。

汪忍波在創製音節文字之後，利用這種文字書寫了一批文獻。但是，在文字最初發現的歲月，調查人員的重點在於音節文字本身，忽略了其文獻部分。直到二十世紀八十年代的調查，音節文字文獻才走入學界視野。

因為失火、保存不善等原因，音節文字文獻散軼了一部分。但值得慶幸的是，在八十年代至九十年代的調查中，調查者將目光從音節文字本身轉向文獻，由此收集到了大批文獻。根據材質，音節文字文獻可分為白棉紙文獻、木板和雕刻文書、碑刻文獻。其中，最著名音節文字文獻當屬《祭天古歌》。二十四部《祭天古歌》是傈僳族祭天儀式中吟唱的歌謠，包含了傈僳族古代生活的各個方面，是一項重大發現。經過整理和翻譯，最終得以出版。此外，還有許多其他的文獻，例如《創世紀》《神瓜經》《八卦書》等文獻，保存了傈僳族的神話傳說和占卜曆法等內容，《汪忍波自傳》記述了汪忍波本人的經歷和創製音節文字的歷程，對於研究者對音節文字的研究具有十分重要的意義。2013 年發現的音節文字石碑拓寬了音節文字文獻材質的種類，也是近些年來音節文字文獻的重要發現之一。由此也實踐性地證明，傈僳族音節文字的確可用於書寫各種材質的文獻和內容。

經過研究人員的不懈努力，目前已有數種音節文字文獻翻譯並出版，為弘揚和推廣傈僳族傳統文化做出了突出貢獻。但是，在文獻的搜集、整理、保存、翻譯和出版等方面，還有許多問題需要解決。

第六章　傈僳族音節文字使用現狀調查與研究

作為一種獨特的民族文字，傈僳族音節文字引發了世人的關注。從二十世紀四十年代到八十年代，先後有數次針對傈僳族音節文字的調查，尤其是八十年代的大規模調查，首次發現了音節文字書寫的文獻。然而，八十年代的大規模調查過後，迄今已有近三十年未對音節文字的使用狀況進行新的調查。

第一節　過去對傈僳族音節文字使用情況的調查

李兆豐在 1944 年雲南昆明《正義報》發表的文章，歷史上首次公開提到傈僳族音節文字。張征東在維西地區進行調查時，聽說音節文字後，曾請汪忍波前往葉枝面談，但只是一般性的簡單瞭解，遠遠稱不上調查，《雲南傈僳族及貢山福貢社會調查報告》：「維西縣葉枝鄉（原文做葉支）岩瓦洛村凹士波於十餘年前創作傈僳文字一種。其要則係將音同之字以同一形體表示之。全部單字約八百個。現縣屬康普、葉枝兩鄉習之者漸多，唯凹士波因為一普通農民，故未能全力從事此種文字之推廣，是目前各處識者合計三百人左右。」[註1]

首度對傈僳族音節文字的系統調查發生在二十世紀五十年代，調查對象主

〔註1〕參見西南民族學院圖書館 1986 年編寫內部資料《雲南傈僳族及貢山福貢社會調查報告》，第 144 頁。

要是音節文字本身。中央民族學院〔註2〕派出一個調查組到達維西,對音節文字進行調查。1954 年,汪忍波應邀去昆明參觀,木玉璋等人見到他本人,並對音節文字進行了一般性瞭解。〔註3〕1957 年,木順江親赴維西,對音節文字做了專門調查。在交談中,汪忍波告訴木順江,「藏族有文字,納西族有文字,我們傈僳族沒有文字,我要創製出一種文字,寫在竹片上。(竹子裏有層薄膜,文字就寫在薄膜上。)」木順江還邀請汪忍波參加新傈僳文學習班。這次調查情況,木順江書寫了一份材料上交到語委。〔註4〕中央民族學院傈僳語班的師生也曾對音節文字做過一定的研究和學習。

對傈僳族音節文字第二次全面調查始於「文革」結束之後。二十世紀八十年的調查規模更大,更全面,調查中首次發現了使用音節文字書寫的文獻。1982 年,中國社會科學院民族研究所語言室的木玉璋親自前往維西,對傈僳族音節文字進行考察。維西縣高度重視,抽調蔡武成、余勝祥和余友德等人組成聯合調查組,前往葉枝進行調查。這次調查歷時一個多月,搜集到了一大批音節文字的書寫材料。這些文獻表明,汪忍波創造音節文字後,撰寫了近三十部各種文體的書,實踐地證明音節文字確實能夠書寫表達當地的傈僳語的全部音節。〔註5〕調查組認識到了音節文字文獻的重要性,意識到下一步的工作重點應該放到搜集、整理和研究音節文字文獻上。

1983 年,木玉璋、蔡武成和余勝祥再次前往葉枝,搜集二十四部《祭天古歌》中餘下的十五部,結果尋訪到十二塊薄木板,記錄了《祭天古歌》的提綱。據知情人講,當年汪忍波就是手持這些模板吟唱祭天。調查人員請汪忍波親傳弟子光那巴(魚親龍)等幾位老人按照「提綱」逐一吟唱,做了錄音,帶回維西縣後記錄、整理和翻譯工作。〔註6〕

後來很多對於音節文字的描述基本上源於八十年代的這幾次調查。例如,雲南省維西傈僳族自治縣志編纂委員會編纂的《維西傈僳族自治縣志》的語言

〔註2〕即現在的中央民族大學。

〔註3〕木玉璋:《傈僳族語言文字及文獻研究》(一)〔M〕,北京:知識產權出版社,2006年版,第 17 頁。

〔註4〕馬效義:《新創文字在文化變遷中的功能與意義闡釋——以哈尼、傈僳和納西族為例》〔M〕,北京:民族出版社,2011 年版,第 282 頁。

〔註5〕木玉璋:《傈僳族語言文字及文獻研究》(一)〔M〕,北京:知識產權出版社,2006年版,第 54 頁。

〔註6〕參見維西傈僳研究會選編:《祭天古歌》(內部材料),1999 年版,第 878~880 頁。

文字編，就是根據八十年代的調查內容，介紹了音節文字的創造推行和文字特徵，並附有《識字課本》單字；人物編中介紹了汪忍波生平。〔註7〕很多關於傈僳族音節文字和汪忍波的科普性介紹，都是基於《縣志》的記載。

八十年代的調查過後，維西縣的漢剛等人還多次下鄉進行調查，繼續收集了一些音節文字的文獻材料。2004 年夏，華東師範大學的高慧宜在撰寫在博士論文《傈僳族竹書文字研究》時，也曾到維西縣進行了實地考察。在漢剛的支持下，她對音節文字的本義進行了考釋。以此為基礎，論文第一次對傈僳族竹書進行了較為全面而系統的研究。木玉璋編著的三卷本《傈僳族語言文字及文獻研究》將此前的調查成果彙編成書，也是一部系統研究傈僳族音節文字的專著。

綜上所述，此前的調查中，首先對傈僳族音節文字本身的性質加以認識，而後搜集和整理了部分音節文字文獻；對調查當時的音節文字使用狀況做了大致瞭解，但不具體。上世紀八十年代之後，由於種種原因，調查陷入停滯狀態。音節文字在八十年代末之後，其使用狀況究竟發生了怎樣的變化，缺乏調查和研究，音節文字的現狀現狀如何並不為人所知。針對這一問題，筆者在 2015 年至 2017 年間前往維西縣，對音節文字的使用現狀進行了四次田野考察。

第二節　傈僳族音節文字使用現狀的四次調查

傈僳族音節文字出現後不久即被外界所發現，但圍繞這種文字一直有很多問題懸而未決，書中也經常有前後矛盾的記述。故而筆者決定親赴維西，進行田野調查。

第一次調查：2015 年 5 月 23 日至 31 日。

第二次調查：2015 年 10 月 13 日至 16 日。

第三次調查：2016 年 12 月 2 日至 7 日。

第四次調查：2017 年 12 月 22 日至 26 日。

調查地點集中於雲南省維西傈僳族自治縣。作為傈僳族音節文字的發源地，維西是全國唯一的傈僳族自治縣，位於雲南省西北隅，迪慶藏族自治州

〔註7〕雲南省維西縣傈僳族縣志編纂委員會：《維西傈僳自治縣志》〔M〕，昆明：雲南民族出版社，1999 年版，第 849～864 頁。

南端，東臨中甸，北鄰麗江，南接蘭坪，西與貢山、福貢交接，共轄三鎮七鄉〔註8〕，縣政府所在地為保和鎮。

一、第一次田野調查

本次田野調查的時間為 2015 年 5 月 23 日至 31 日。嚮導和翻譯是維西縣傈僳研究所的余海忠老師（以下簡稱余老師）。余老師是傈僳族，對音節文字比較熟悉，參與和編寫了一些音節文字相關的書籍。

筆者主要調查了維西縣保和鎮，保和鎮拉河柱村老鴉樹組，葉枝鎮的新洛下村開穀米二組和新洛村瓦口組。

（一）保和鎮

保和鎮是維西縣政府所在地。通過縣政府工作人員的介紹，筆者首先來到維西縣傈僳族研究所。維西縣在 2012 年成立了傈僳學研究所，主要目的之一就是保護和挖掘音節文字，目前共有六名在編人員。筆者主要訪問了研究所的工作人員蜂玉程。

蜂玉程，男，當年 41 歲，傈僳族。蜂玉程對音節文字比較熟悉，曾經參與了出版《祭天古歌》等音節文字書籍的工作。也正是由於《祭天古歌》的出版工作，他對音節文字產生了興趣。蜂玉程主要依靠自學，遇到問題就向所裏熟悉音節文字的余海忠、漢剛等人請教。《維西報》2013 年復刊後，他在報上開闢了一個欄目，不定期地向群眾介紹數量不等的音節文字。除了研究所的工作，蜂玉程還在維西縣民族小學代課，兼職教授老傈僳文和音節文字。

維西縣民族小學位於保和鎮的北部，是全縣教學質量最好的小學之一。學校共有四、五、六三個年級，通過考試，招收縣內成績合格的學生。全校共有六個班，約有師生三百餘人，包括傈僳、納西、藏、漢、彝、普米、怒等民族。

據蜂玉程介紹，民族小學在 2014 年首次開設音節文字課程作為課外興趣班。開設音節文字課程的目的是引起學生對音節文字的興趣，傳承傈僳傳統文化。四、五、六年級的六個班，每班每週上一次課，持續整個學期。音節文字課在教學樓四樓有一個專門的教室，上課時，學生就到此教室來上課。課程共有兩位老師授課，使用的課本是傈僳族研究所自行編寫的《傈僳族音節文字識

〔註8〕維西縣三鎮七鄉指的是保和鎮、葉枝鎮、塔城鎮和永春鄉、攀天閣鄉、白濟汛鄉、康普鄉、巴迪鄉、中路鄉、維登鄉。

字讀本》。為了便於學生學習，教師先教授老傈僳文，以此為基礎，再學習音節文字。音節文字課程不設考試，沒有作業，平時授課時會做聽寫檢查。在蜂玉程的引領下，筆者旁聽了一堂五年級班級的音節文字課。

這個五年級班約有四五十名學生。學生的教材放在桌子上，下課並不帶走，以待下一堂課的其他學生學習使用。蜂玉程說，自從開始授課以來，這個班級的學生已經學習了一百多個字。據筆者觀察，上課時，老師帶領學生朗讀《傈僳族音節文字識字讀本》中的單字和單詞，然後在黑板上示範書寫，學生模仿，老師糾正。本堂課主要學習了幾個數字的寫法。蜂玉程說，他授課時感受到有的同學積極性很高，會在課下主動學習音節文字。但是，音節文字課也遇到了許多困難。首先，教師人手不足，只能請如蜂玉程這樣的校外人士擔任，急需音節文字的專職教師。其次，由於是興趣課程，不做考試要求，所以課時經常被主科（語文、數學等）佔據。另外，民族小學的學生最多只學習三年音節文字，升入初中後缺乏後繼課程。

筆者詢問，維西縣的其他小學是否也開設了音節文字課。蜂玉程說，保和鎮內只有民族小學開設了音節文字的興趣班，維西二小等小學校並沒有開設此類課程。從 2014 年開始，葉枝鎮也有小學開班進行音節文字教學，但與維西縣民族小學的方式有所不同：葉枝鎮的小學使用汪忍波編寫的《識字課本》作為授課材料，請鎮上的音節文字傳承人教學。不過因為《識字課本》對學生而言程度較高，傳承人也沒有受過師範教育，對授課方式並不瞭解，因此效果不如維西縣民族小學理想。

蜂玉程和余老師帶領筆者在保和鎮內參觀。筆者發現，保和鎮內還可以見到一些音節文字的痕跡。比如，新設的路牌均有音節文字翻譯，經過詢問，路牌的所有音節文字的翻譯工作均由傈僳族研究所承擔。鎮內的廣場有一組音節文字大理石雕刻，內容源自《識字課本》。余老師還介紹說，鎮上正在修建的公園也打算樹立音節文字的碑刻。

最後我們到達了維西傈僳族自治縣文化遺產保護所。在文化遺產保護所門口，有一尊汪忍波雕像，一手持筆，一手持書。保護所是一棟二層建築。在余老師的帶領下，筆者向工作人員說明來意，出示介紹信並做了登記。工作人員在核實筆者身份後，為筆者從庫房取來了幾件音節文字文物。其中包括白棉紙文獻《八卦書》《測算晴雨書》和《求雨經》，木板文獻《祈雨經》。

因為年代和保存原因，白棉紙文獻的紙頁多有發黃等污損，木板文獻的上半部分文字模糊，但下半部的音節文字尚十分清晰。筆者緊接著又前往維西縣文化局，詢問關於新發現石刻文獻的細節。但工作人員介紹說，石碑現在已經屬於縣級文物，入庫封存，不能隨意取出。為了便於筆者瞭解，工作人員贈與筆者石碑的大幅彩色照片和情況說明等文件。

（二）保和鎮拉河柱村老鴉樹組

在余老師的引領下，筆者來到拉河柱村老鴉樹組。該村位於保和鎮周圍的山中，距離保和鎮不遠，車程約半小時。這次調查的對象是余友德。

余友德，男，當年 63 歲，傈僳族，原來居住於葉枝鎮梓里村白馬洛組，父親是汪忍波的學生。余友德在上世紀八十年代曾經參與過木玉璋的聯合調查組，在葉枝一帶對音節文字使用情況進行了廣泛的調查。余友德會說漢語，具有較高的文化水平，曾在當地和雲南省的報紙、雜誌發表過文章。

筆者向余友德詢問了聯合調查組的工作情況。余友德自述當時在葉枝鄉的醫院工作，非常忙碌，要給病人手術，所以起初並不情願參加調查組的工作，後經縣裏派人幾次勸說才加入調查組。木玉璋後來因為身體原因，無法親自前往山區，余友德便多次下鄉，進山收集音節文字文獻。余友德幼年時曾見過汪忍波，對他還有模糊的印象。余友德回憶說，汪忍波穿著傈僳人的條紋衣服，草鞋，個子高高的，靠在牆上，不怎麼說話，但很慈祥。

據蜂玉程告知，余友德家中藏有兩本音節文字文獻，輕易不對外展示。余友德向筆者出示了兩本音節文字文獻。其中一本文獻為白棉紙，長寬約 14 釐米。該白棉紙文獻名為《倫理道德書》，書中繪有多幅圖畫。據余友德稱，此書應該是汪忍波真蹟。另外一本文獻以普通白紙裝訂，長寬約二十釐米，是余友德自己用音節文字所寫，題做《傈僳故事書》，寫於 1989 年，書中繪有圖畫兩幅。

（三）葉枝鎮

葉枝鎮原名原維西縣葉枝鄉，行政區劃改革後去鄉變鎮，現為維西縣葉枝鎮。葉枝鎮位於維西縣北部，鎮政府所在地距離縣城保和鎮約有八十公里。筆者在葉枝鎮的調查，主要在岩瓦洛村和新洛村瓦口組。

余老師首先帶領筆者前往瓦洛村進行調查。岩瓦洛村是汪忍波故居所在地，後來改名米俄巴，現劃歸新洛下村開穀米二組，當地人習慣上還是稱之

為米俄巴村。

汪忍波夫妻合葬墓，2015 年攝於葉枝。

　　米俄巴村距離葉枝鎮政府大約八公里，但因為在山上，所以有接近一小時的車程。盤山公路十分險峻，泥土路上不時有大塊碎石擋路，需下車清理方能前行。在進入米俄巴村之前，余老師首先帶領筆者拜謁了汪忍波夫妻二人的合葬墓。汪忍波墓位於一處山間小平原，沒有道路通往墓地，必須步行。山間林木繁密，在路上，筆者發現有棵較為高大的樹木上懸掛的音節文字木牌。據余老師介紹，這是附近傈僳族群眾做祭祀儀式使用的。木牌較新，字跡清晰，應是近幾年所懸掛。汪忍波與妻子的合葬墓原本不在現在的位置，前幾年遷移過去，並進行了重新修繕。墓碑上刻有汪忍波的照片和生平介紹。生平介紹使用漢字書寫，余老師說，過幾年後希望能再用音節文字書寫一遍。

米俄巴山間祭天儀式使用的音節文字木牌，2015 年攝於葉枝。

　　拜謁過後，余老師帶筆者下山到米俄巴村。米俄巴村位於山腰，能夠俯瞰瀾滄江。在村裏，首先調查的是燕正林一家。燕正林，男，傈僳族，當年 50 歲。燕正林的家是典型的傈僳族木楞子房〔註9〕，其家門口掛有音節文字書寫的木牌。經詢問，木牌上的內容為《養畜經》，掛在房門口，有保祐畜牧繁盛之意。房間內也掛有音節文字木牌兩幅，內容大致為保祐家庭平安和諧。燕正林能夠識讀音節文字。他向筆者出示了一個黑色皮封面筆記本，裏面是他工整抄寫的音節文字，大約有四十頁。燕正林能夠講簡單的普通話，他自述學習音節文字的過程，先是向汪忍波徒弟耍波左〔註10〕學習，後又向汪忍波之孫阿雙雙學習了音節文字。燕正林的父親在集體經濟時代做村中的集體保管員，需要記錄糧食等物資，但不通漢語，更不會書寫漢字，於是也曾向汪忍波學習過音節文字，並使用音節文字進行記錄。

燕正林家懸掛的音節文字木牌，2015 年攝於葉枝。

　　在採訪中，燕正林提到一個新的發現，引起了筆者關注。燕正林說，在 2013 年，他發現了刻有音節文字的石碑。石碑署名為汪忍波和噶麥波（音譯），主要內容為預言。石碑的發現過程很是曲折：山下陳雲明的妻子（即新洛村

〔註9〕 木楞子房或稱木楞房是一種典型的傈僳族民居樣式。木楞子房用原木搭建而成，特點是不上漆，不用釘，全靠木料之間相互牽制，遠觀像一個大木匣。屋頂用木料覆蓋，多開側門。

〔註10〕 由於當時沒有漢文姓名，故此處為音譯。

瓦口組的余明仙）給了他五十斤米、一條煙和魚等物品，請他和阿雙雙（即汪忍波之孫）出工，去附近山上的舊礦洞尋礦。他們二人花了兩三天時間，沒有找到礦，但在一個垮塌的礦洞裏，發現了石碑。發現石碑之後，阿雙雙在洞口插上松枝，掛了一個寫有音節文字的牌子，做「尼扒活動」（即傈僳族原始宗教祭祀）。經燕正林辨認，牌子上寫的是《識字課本》的內容，據他猜測，阿雙雙是要向汪忍波告知石碑已經挖出來了，請他放心。後來，陳雲明妻子給了他們一百元錢，換取了石碑。筆者問石碑現在何處，燕正林說，應該在陳雲明妻子那裡。

在燕正林的帶領下，筆者又到了熊躍家。熊躍家也是典型的傈僳族二層木楞房，火塘旁供奉祖先。熊躍是汪忍波的親屬，男，六十多歲，傈僳族，為村中唯一的尼扒。熊躍當時並不在家，其女兒熊新蘭接待了我們。燕正林將熊躍接回，接受了筆者的採訪。筆者首先向熊躍詢問了尼扒的傳承情況，熊躍介紹說，他是第三代尼扒，能夠吟唱《喊魂》《求雨》等經文，主持村中的祭天儀式、求雨等活動，並為筆者吟唱了《招魂》的一小部分。至於尼扒，熊躍向老人（之前的尼扒）學來，而老人從汪忍波處學來。如果老人健在，他是不可以主持祭祀儀式的。熊躍會說一點簡單的漢語，能夠書寫不多的漢字。關於音節文字，熊躍曾跟隨汪忍波徒弟學習過，後又跟汪忍波之孫阿雙雙學過，可以識讀，但不怎麼會寫，偶而會使用漢字記一點發音作為補充。熊躍還回憶了汪忍波在世時教授音節文字的情況。他說，記得小時候大家圍坐在火塘邊，汪忍波在灰上寫字教授，然後擦去灰上的字，再寫新字。頗為遺憾的是，由於時代限制，當時只能私下偷偷授課，不能公開教學。

熊躍的女兒熊新蘭，當年 27 歲，傈僳族，能夠講較為流利的漢語。她說，作為傈僳族人，又是汪忍波的親屬，她必須學習音節文字，現在正在學習。熊新蘭告訴筆者，以前有次帶母親去醫院看病，同別人聊天時提起了汪忍波和音節文字，結果對方以為她是同樂村〔註11〕人，令她非常難過。熊新蘭向筆者反覆確認，一定要寫清楚汪忍波是新洛村人而非同樂村人，她認為這點至關重要。

〔註11〕同樂村，又稱同樂大村，位於米俄巴村相鄰的山上，海拔約有兩千米，是瀾滄江流域一處保存完好的傈僳族大村。近些年來，同樂村依託傈僳族特色，開發旅遊資源，吸引了不少遊客，因此較為出名。同樂村中建有一處廣場，有汪忍波塑像和音節文字，也有音節文字的展覽館，但汪忍波本人並不是同樂村人。詳見第二次田野調查。

　　另外，採訪中得知，燕正林有時也會做一些小型的祭祀活動。但他被推薦為音節文字傳承人，擔心「做迷信」（即傈僳族原始宗教活動）的事情傳揚出去會失去傳承人資格，因此不願多談。

　　燕正林等人還向筆者指出汪忍波故居在村中的位置。由於年久失修，故居在很早之前就已經拆除，現在蓋起一幢水泥磚瓦房，有人居住。

　　筆者還向燕正林、熊躍和熊新蘭詢問村中是否有過納西族和彝族，均得到否定答案。他們稱米俄巴是純傈僳族村，從沒有外族人。

（四）葉枝鎮新洛村瓦口組

　　新洛村瓦口組位於米俄巴村的山腳下，緊鄰瀾滄江和高速公路。余老師帶領筆者拜訪了燕正林提到的陳雲明和他的妻子余明仙。陳雲明，64 歲，傈僳族，做過村主任，能說流利的滇西北漢語方言和簡單的普通話。妻子余明仙，傈僳族，以前在白濟汛鄉供銷社工作口才很好，懂納西語，會一些納西規矩（即納西族的風俗習慣）。陳雲明和余明仙也稱自己與汪忍波有親屬關係。

　　陳雲明家中供奉一幅汪忍波的坐像，坐像前有香爐一尊。余明仙稱，香爐是汪忍波的遺物，為他親手所做。筆者詢問了發現石碑的過程，與燕正林敘述基本一致：陳雲明想要去老礦洞看看是否有遺留的礦藏，於是雇傭燕正林和阿雙雙二人前去採礦，結果發現了石碑。筆者提出想看一看石碑，余明仙說因為石碑貴重，所以藏到了山上，一般周末才會請下來。曾經將石碑帶去保和鎮給政府工作人員進行拍攝，由於擔心被徵收，拍攝過後就趕快帶了回來。後來回到保和鎮後，筆者向傈僳族研究會的蜂玉程詢問，證實了陳雲明的說法。與石碑同時出土的還有一塊類似甲片的物品和油紙包裹的文書，可惜文書已經被文物販子收走。陳雲明向筆者出示了那塊甲片。此物金屬質地，銀色，很像古代盔甲的某部分，但說不清究竟為何物。

二、第二次田野調查

　　第二次田野調查時間為 2015 年 10 月 13 日至 16 日。調查地點主要在維西縣保和鎮和葉枝鎮同樂村。

（一）保和鎮

　　進入保和鎮，筆者發現，與五月時相比，保和鎮內，音節文字出現的頻率

變得更高。

首先，保和鎮內臨街的商鋪換上了統一定製的新招牌，招牌的漢字店名之上添加了音節文字翻譯。

其次，維西縣政府新建的政府辦公大樓內的辦公室銘牌，也都增添了音節文字的翻譯。

另外，維西縣體育場等公共場所的標牌上也增加了音節文字翻譯。

以上的音節文字的翻譯工作都是由維西縣傈僳族研究會承擔。

此外，維西縣還設立了展館，介紹汪忍波生平和音節文字的基本知識。在展館內陳列有汪忍波生前親手製作的工具等物品，以及音節文字的實物。

（二）葉枝鎮同樂村

葉枝鎮同樂村並不是汪忍波生前所居住的村落。但是在同樂村中，音節文字的元素隨處可見。

同樂村在 2015 年於村子中心新修建了汪忍波廣場。在廣場上，有一尊汪忍波坐姿雕像，雕像背後是音節文字石碑，刻有音節文字《識字課本》中的字形。

廣場對面建立了同樂阿尺目刮傳統展示館。陳列館里保存有音節文字文獻和汪忍波的大幅照片。

三、第三次田野調查

第三次田野調查的時間為 2016 年 12 月 2 日至 7 日。本次調查主要是向維西縣民族小學的學生發放調查問卷，進行問卷調查。

維西縣民族小學的音節文字課堂，2016 年攝於維西。

（一）傈僳族音節文字情況的問卷調查

與 2015 年相比，維西縣民族小學招聘了傈僳語專職教師夏金花。夏金花是位年輕的女老師，在雲南民族大學就讀期間，學習了老傈僳文，後來又學習了傈僳族音節文字。夏老師帶領筆者前往傈僳文教室。與一年前相比，傈僳族文教室沒有太大的變化。這次上傈僳文課程的學生來自五年級二班，夏老師向學生介紹了筆者的來意，並帶領學生唱傈僳語民歌歡迎筆者的到來。

五年級二班共有學生 40 人，其中女生 24 人（占 60%），男生 16 人（40%）。其中，傈僳族 21 人（占 52.5%），普米族 3 人（占 7.5%），漢族 3 人（占 7.5%），彝族 1 人（占 4%），藏族 3 人（占 7.5%），納西族 3 人（占 7.5%），白族 5 人（占 8%），年齡在 11～13 歲之間。

本次調查發下問卷 40 張，獲取有效問卷 40 張。

1. 語言使用調查

學齡前（上學前或 6 周歲前）最先學會的那種話：傈僳語 14 人次（占 35%），普米語 2 人次（占 5%），藏語 1 人次（占 2.5%），納西語 1 人次（占 2%），漢語方言 16 人次（占 40%），普通話 4 人次（占 10%）。

上學時，在學校的課堂中，教師使用什麼語言講課（可多選）：傈僳語 4 人次（占 10%），漢語方言 10 人次（占 25%），普通話 37 人次（占 92.5%）。

在家庭中，您與家人交談使用哪種語言：傈僳語 13 人次（占 32.5%），藏語 3 人次（占 7.5%），彝語 1 人次（占 2.5%），漢語方言 21 人次（占 52.5%），普通話 2 人次（占 5%）。

與其他民族人士交流，最常說哪種語言：漢語方言 22 人次（占 55%），普通話 18 人次（占 45%）。

在本地，您與陌生人交流時，首先選擇使用哪種語言：漢語方言 15 人次（占 37.5%），普通話 25 人次（占 62.5%）。

您與朋友（不限民族）進行日常聊天時，使用哪種語言：漢語方言 25 人次（占 62.5%），普通話 15 人次（占 37.5%）。

您認為學習普通話有用嗎：很有用 34 人次（占 85%），有一些用 6 人次（占 15%）。

您學習普通話的目的是：普通話是國家標準語 7 人次（占 17.5%），說普通

話方便交流 15 人次（占 37.5%），學習、工作等事情需要 6 人次（占 15%），方便外出 2 人次（占 5%）。

從這一部分調查表明，受訪學生的家庭生活中，漢語方言和傈僳語是主要使用語言。而在社會生活（如上課、朋友交談、陌生人交談）中，則主要使用漢語方言和普通話。學生普遍認為學習普通話有用，主要作用是方便交流，滿足生活的需要。

2. 文字使用調查（包括老傈僳文和傈僳族音節文字）

您會老傈僳文嗎：會 4 人次（占 10%），不會 36 人次（占 90%）。

您的老傈僳文程度如何：

讀：能順利閱讀書籍、報紙 2 人次（占 5%），能閱讀一般文件或公文 2 人次（占 5%），能讀出字母 16 人次（占 40%），無法閱讀 20 人次（占 50%）。

寫：能順利書寫文章、小說或其他作品 3 人次（占 7.5%），能書寫一般文件或公文 1 人次（占 2.5%），能書寫個別詞語 3 人次（占 7.5%），能寫出字母 13 人次（占 32.5%），無法書寫 20 人次（占 50%）。

您是怎樣學習老傈僳文的：宗教影響 1 人次（占 2.5%），家人影響 8 人次（占 20%），學校教學 31 人次（占 77.5%）。

您主要在哪些方面閱讀老傈僳文（可多選）：報紙、雜誌等刊物 3 人次（占 7.5%），閱讀音節文字編寫的教材 21 人次（占 52.5%），閱讀書信 2 人次（占 5%），宗教場合 4 人次（占 10%）。

您認為學習老傈僳文有用嗎：很有用 10 人次（占 25%），有一些用 27 人次（占 67.5%），沒有用 3 人次（7.5）。

您學習老傈僳文的目的是什麼（可多選）：因為我是傈僳族人 9 人次（占 22.5%），學習、工作等方面需要 15 人次（占 37.5%），脫盲 2 人次（占 5%），便於交流 11 人次（占 27.5%）；好玩 5 人次（占 12.5%）。

您會傈僳族音節文字嗎：會 6 人次（占 15%），不會 34 人次（占 85%）。

您的傈僳族音節文字的程度如何：

讀：能看懂個別詞語 10 人次（占 25%），能讀出單字 13 人次（占 32.5%），無法閱讀 17 人次（占 42.5%）。

寫：能書寫個別詞語 12 人次（占 30%），能寫出字母 16 人次（占 40%），

無法書寫 12 人次（占 30%）。

您是怎樣學習傈僳族音節文字的：宗教途徑 6 人次（占 15%），家庭影響 2 人次（占 5%），學校教學 32 人次（占 80%）。

您認為學習傈僳族音節文字有用嗎：很有用 9 人次（占 22.5%），有一些用 24 人次（占 60%），沒有用 7 人次（占 17.5%）。

您學習傈僳族音節文字的目的是什麼（可多選）：因為我是傈僳族人 10 人次（占 25%），學習、工作等方面需要 16 人次（占 40%），脫盲 1 人次（占 2.5%），宗教原因 2 人次（占 5%），便於交流 13 人次（占 32.5%），好玩 3 人次（占 7.5%），不學 2 人次（占 5%）。

您認為當前形勢下有必要保存傈僳族音節文字嗎：有必要 31 人次（占 77.5%），沒有必要 3 人次（占 7.5%），無法回答 6 人次（占 15%）。

您認為應採取怎樣的措施保護傈僳族音節文字（可多選）：在本地中小學開展音節文字教學課程 27 人次（占 67.5%），使用音節文字辦報紙或其他刊物 10 人次（占 25%），政府加大宣傳 10 人次（占 25%）。

您希望傈僳族音節文字有什麼樣的發展前景：推廣至整個傈僳族群中 14 人次（占 35%），在本地有較大的發展 20 人次（占 50%），任其自然發展 6 人次（占 15%）。

您認為學習傈僳族音節文字對您將來的生活和工作有幫助嗎（無論是否會音節文字都請回答）：有幫助 34 人次（占 85%），沒有幫助 6 人次（占 15%）。

在這一部分，可以看出：掌握老傈僳文的學生少於掌握音節文字的；學習老傈僳文和音節文字主要依靠學校教育；學習音節文字的目的在於民族認同和便於交流；學生認為應當加強開展音節文字課程。

（二）對校長和老師的調查

問卷調查結束後，筆者採訪了民族小學的校長和愛珍。

筆者向和愛珍校長詢問開設音節文字課程的目的和原因，和校長說，開設音節文字課外興趣班，主要原因在於音節文字的特殊性。音節文字是維西縣傈僳族人汪忍波獨立創製，是維西縣的驕傲，應當保護、傳承和普及。所以從 2013 年 9 月起，維西縣民族小學率先開設音節文字課程，並設置單獨的音節文字學習教室。為了方便學生學習，採用先教授老傈僳族文的方式，等到

老傈僳文學習到一定程度之後，再學習傈僳族音節文字，以期獲得更好的學習效果。縣民宗局為了適應課程需要，還特意編寫了《傈僳族音節文字識字課本》。

筆者又訪問了夏金花老師。夏老師告知筆者，她在雲南民族大學傈僳語專業學習期間，主要學習的是老傈僳文，對傈僳族音節文字的接觸並不多，只有初步的瞭解，但一直很希望可以有學習的機會。大學畢業回到維西後，她開始學習音節文字，自學為主，有問題就向傈僳族研究會的工作人員請教，目前已經初見成效。問及學習音節文字的原因，夏老師說，因為音節文字是傈僳族人的文字，作為傈僳族人，她要好好學習和傳承本民族獨有的文字。

四、第四次田野調查

第四次田野調查的時間為 2017 年 12 月 22 日至 26 日。

（一）首屆傈僳族音節文字骨幹培訓班

到達維西後，余海忠和蜂玉程告知筆者，維西縣舉辦了首屆傈僳音節文字培訓班，在筆者到達前剛剛結束。

筆者就此進行了瞭解。為了保護和傳承這一珍貴的文化遺產，首屆傈僳族音節文字培訓班由維西縣文體廣電旅遊局主辦，維西縣文化遺產保護所、維西縣民族文化研究所承辦，經過一年多的籌備，在維西縣縣委、政府和主管部門的努力下，於 2017 年 12 月 14 日開班。此次音節文字骨幹培訓班報名人數共 25 人，學員年齡從 21 歲至 70 歲。

維西縣傈僳族發展研究會會長李自強在開班儀式上指出，音節文字的重要性在於使傈僳族屹立於世界文明之列。他要求相關職能部門加大對傈僳族音節文字文獻收集和整理的力度，提高對傈僳族音節文字的保護和傳承的意識，提升傈僳族音節文字在整個社會的知名度。維西縣民族文化研究所所長李貴明則指出，首先，傈僳族音節文字具有國家文字認證的一切特點，在當前傈僳族使用的文字中具備「民族性」和「中華性」，其發展規律符合當前的歷史進程，表現出鮮明的「時代性」。

首屆傈僳族音節文字培訓班的教師由漢剛擔任，學習時間為一周。學員對音節文字有了初步瞭解，加深了對音節文字的認識。因為效果良好，維西縣打算將繼續舉辦類似的音節文字培訓班。

（二）同樂村

同 2015 年相比，同樂村發生了一些變化。其中引人注目的是，同樂村民居張貼的對聯，是用傈僳族音節文字書寫，這在之前的田野調查中從未見到。此外，在同樂村的廣場上，有一位同樂村村民在書寫音節文字。這位村民名叫余學明，男，當年 38 歲，是在維西縣首屆音節文字培訓班學習的音節文字。他對音節文字很感興趣，並教授給另一位年輕的村民余世昌。余世昌，男，21 歲，跟隨余學明學習音節文字，主要原因是認為音節文字是傈僳族人的文字，作為傈僳族人應當學習。

余學明在書寫傈僳族音節文字，2017 年攝於葉枝同樂大村。

用音節文字書寫的對聯，2017 年攝於葉枝同樂大村。

（三）其　他

本次田野調查中，筆者見到了木玉璋的女兒木志芳。筆者向木志芳詢問木玉璋八十年代的調查。木志芳稱，木玉璋其實在調查前就對音節文字持有濃厚的興趣，苦於時代及條件，直到八十年代初才重返維西開展調查。木玉璋處沒有音節文字文獻的個人收藏。國家檔案局有一項針對民族古籍的基金，維西縣申領資金，並對縣政府所藏的白棉紙文獻進行了掃描。此外，筆者還獲悉，漢剛收藏的音節文字文獻已上交給維西縣政府，他個人現在沒有私人收藏的音節文字文獻了。

第三節　傈僳族音節文字使用現狀總結

通過在維西地區的實地四次調查，對於音節文字的使用現狀，筆者有了新的認識。

一、音節文字不是死文字，仍在使用

先前學界認為，隨著教育普及，使用音節文字的人逐漸減少，甚至已經消失。但是，在調查走訪中發現，民間自發學習、使用、傳播音節文字的情況並不罕見。在葉枝鎮，傈僳族舉行原始宗教活動，祭祀中使用音節文字書寫的木牌作為宗教物品。在傈僳民居中，也見到懸掛的音節文字木牌。值得注意的是，一些傈僳族人正在有意識地主動學習和傳播音節文字。如蜂玉程，出於興趣，自學了音節文字。2013 年《維西報》復刊後，他在報上設立專欄，向全縣群眾介紹音節文字，這就是一種傳播的手段。又如燕正林，有時會向周圍村民教授音節文字，也是有效的傳播方法。又如熊新蘭，正準備著手學習，而她學習的源頭之一正是燕正林。再如民族小學的一些傈僳族學生，通過音節文字課程也產生了興趣，會在課下主動學習，也產生了良好的效果。

二、學校教育在音節文字的保護和傳承中起到重要作用

在音節文字的保護和傳承中，學校教育起到了至關重要的作用。學校教育主要有兩種：小學校的音節文字課程與維西縣政府開設的傈僳族音節文字骨幹培訓班。

在維西縣民族小學進行的問卷調查中，有 80% 的受訪者選擇學校教學作為

學習音節文字的主要途徑。這說明，在小學生中開展音節文字課程，是一種行之有效的手段。而通過學校的興趣課程學習音節文字，也可能激發學生進一步學習的興趣。

維西縣政府開設的傈僳族音節文字骨幹培訓班，則是針對成人的音節文字課程教學。在此之前，汪忍波的孫子阿雙雙曾經開設過教學班，面向成人教學。還有燕正林等人，也在私下教授音節文字。維西縣政府牽頭，官方舉行音節文字培訓班，比私人教學具有傳播面廣、教育資源更為集中等優勢。本次培訓班後，收效良好。有些學員已經開始自發傳播音節文字，如葉枝鎮同樂村的余學明。

三、音節文字是維西傈僳族身份認同的一部分

民族的重要特徵之一就是語言。從語言和族群的認同關係上看，語言在客觀上具有族群認同的重要特徵，在個體與群體之間起著區別異同的作用。文字是記錄語言的工具，能將口頭語言向書面語言轉化，是語言發展到更高層次的產物。因此，一個民族的文字往往也是這個民族認同的重要標記和符號，具有重要的象徵意義。〔註12〕

調查中發現，維西當地的傈僳族群眾對音節文字有強烈的認同感。雖然能夠識讀的人數量並不多，但汪忍波和音節文字在當地享有很高的知名度。筆者在保和鎮和葉枝鎮進行調查時，余老師介紹筆者來歷和目的，提到「音節文字」，幾乎所有人都能立刻說出汪忍波的名字。音節文字更成為傈僳族認同身份的一個符號。像蜂玉程和熊新蘭這樣主動學習音節文字的傈僳族人，詢問其學習的目的，都回答，「因為我是傈僳族，所以要學習傈僳族自己的文字」。在民族小學進行的問卷調查中，學習音節文字的目的，有 25% 的學生選擇「因為我是傈僳族人」。

不僅傈僳族人自己，其他民族也將音節文字視作傈僳族的標誌。筆者在保和鎮隨機採訪幾位路人，他們即便不是傈僳族，也都知道路牌上的字是傈僳族的音節文字。有一位在維西縣做生意的四川人，筆者向他詢問，他雖然答不出汪忍波和音節文字，但也可以說出路牌上是「一個傈僳人自己造的字」。

〔註12〕海路：《族群認同視野下的侗文教育》〔J〕，湖南師範大學教育科學學報〔J〕，2009年，第 2 期。

四、過去的某些記述和結論不準確

在過去，對於音節文字的記述，多源於《維西傈僳族自治縣志》之類的已有資料，由於年深日久，出現了一些不夠準確的描述和結論，與實地考察所獲得的資料不符。

首先，「竹書」這一稱謂，在維西當地幾乎不再使用。在過去的記述中，汪忍波創製音節文字之後，因為寫在竹子上，所以稱為「馬當同鵝」（ma^{44}da^{33} tho^{31}ɣɯ^{31}），漢語譯為竹書，學界將之稱為音節文字。高慧宜的博士論文即《傈僳族竹書文字研究》。但是，筆者在維西各處走訪中，提到「竹書」或「馬當同鵝」，被訪者皆表示沒有聽說過，只知道汪忍波創製的是音節文字。維西縣出版的有關刊物中，也將此稱為音節文字，沒有竹書的稱謂。由此可見，無論在學界還是民間，將汪忍波創製的文字稱為音節文字成為共識，竹書之稱趨於消亡。

其次，木玉璋、高慧宜等學者在考釋音節文字字源時，認為其中有一部分字符來自納西族哥巴文。木玉璋甚至提出，有部分音節文字字符源於貴州老彝文。但是，實地走訪時，汪忍波所在村米俄巴的村民告訴筆者，村中從未有過納西族和彝族居住，而且，汪忍波所學習的傈僳族原始宗教，也與納西東巴教無關。村民反映，之所以有「東巴」的稱呼，是為了便於向筆者這樣的其他民族人士解釋「尼扒」的含義，實際生活中，納西族做納西族的宗教儀式，傈僳族做傈僳族的宗教儀式，東巴是東巴，尼扒是尼扒，二者不同，幾乎不存在相互學習的情況。筆者還發現，即便是納西族，使用的也是納西族東巴文而非哥巴文。至於彝族，葉枝當地彝族人數較少，更沒有聽說過彝族使用的文字。這也符合《維西傈僳族縣志》的記載，彝族遷入維西的時間，最早在 1923 年，遷入地不在葉枝，這批遷入的彝族也不使用彝文。此時汪忍波已經開始創製音節文字，借入老彝文字符的可能性極低。

五、發現了新的音節文字文獻

在田野調查過程中，發現了新的音節文字文獻。八十年代的調查中發現的音節文字文獻，多為白棉紙文獻，亦有書寫於木片的文書和刻板，但從未發現過石刻。2013 年燕正林和阿雙雙共同發現的音節文字石碑，當屬首次發現的音節文字石刻文獻。

筆者返回保和鎮之後，向維西傈僳族研究會的蜂玉程詢問，得到了音節文字石碑的照片。

石碑文字翻譯如下：一九四八年，鼠年二月初八，在石塊上刻下（此）書讓子孫後代知道，（此物）出土之日將不愁吃穿。刻書者：汪忍波和嘎麥波（音譯）。

由石碑內容可見，石刻與汪忍波有關，字體秀麗，內容為預言。但是，石碑埋入礦洞的時間、原因，另一署名者的身份等問題仍然需要進一步的調查和研究。

從音節文字石碑的發現來看，也許民間尚有未被發現的音節文字文獻。

六、新形勢下的保護與傳承

中國是傳統文化資源大國。自 2009 年以來，桑蠶、雲錦、宣紙、粵劇文化遺產入選聯合國教科文組織的非物質遺產名錄，多達 22 項。傈僳族音節文字作為一項富有民族特色的非物質文化遺產，如何有效地保護音節文字也成為維西縣政府面臨的問題之一。

維西縣政府從多渠道出發，努力保護和傳承音節文字。早在 2005 年，傈僳族音節文字便成為維西縣級非物質文化遺產，傳承人為余向忠。（余向忠即阿雙雙，已逝，現在的傳承人為燕正林。）目前，傈僳族音節文字作為瀕危少數民族語言文字，已經成功進入為迪慶藏族自治州非物質文化遺產名錄。從調查中得知，維西縣政府通過行政手段，已經開始嘗試推廣音節文字。例如，路牌、廣場、公園等公共設施，在漢字和老傈僳文外，加入音節文字。在維西縣民族小學，開設音節文字課程，引發學生興趣，利於音節文字的傳承。在報紙等媒體，也對音節文字進行了一定宣傳作用。維西縣傈僳族研究所的漢剛、漢維傑還嘗試將音節文字與計算機結合，開發了音節文字輸入法，目前已初見成果。

維西縣保和鎮的路牌，攝於 2015 年。

第四節　當前傈僳族音節文字面臨的問題

一、社會功能的侷限性

　　我國文字的社會功能，根據文字的使用範圍和使用規模進行層級劃分，大致可分為區域性文字、民族文字、族際通用文字和國際通用文字。〔註13〕

　　根據這個標準，音節文字應當介於區域性文字和民族文字之間。在目前的傈僳族群中，使用最廣泛的是老傈僳文。音節文字是維西地區傈僳族特有的文字，雖然盈川、怒江等地區的傈僳族對音節文字也產生興趣，但尚未有學習的跡象。與老傈僳文相比，音節文字字符多，學習難度大，電腦輸入法尚未推廣開來，尤其沒有手機端輸入法，這就造成了維西地區以外傈僳族難以學習的困境。現在，除了《維西報》不定期的專欄，也沒有專門的音節文字報刊、雜誌和音像製品。雖然維西縣政府一直在努力推廣音節文字，音節文字也在旅遊、人文等社會領域也產生了一定積極影響，但因為其使用範圍等條件的制約，故而造成了音節文字在社會功能上的侷限性。

〔註13〕蘇金智：《語言的聲望計劃與雙文字政策》，《民族語文》〔J〕，1993年，第3期。

二、師資培訓有待加強

專職教師的匱乏，也是制約音節文字有效推廣和傳承的原因之一。

根據田野調查，現在從事音節文字的主要有兩種人士：一種是夏金花這樣受過大學教育的專職教師。這類教師接受過高等教育，有著較高的師范水準，但對於音節文字的掌握程度還不夠。另一種則是民間人士，例如維西縣舉行音節文字培訓班，負責教授音節文字的教師是傈僳族學者漢剛。在葉枝的小學校，負責音節文字教學的是音節文字的傳承人。這些民間人士，對於音節文字的掌握水準較高，但是沒有受過專業的師範訓練，尤其是針對小學生群體，教學時可能做不到行之有效。如何將音節文字與師範教育相結合，是推廣和傳承音節文字急需解決的一大問題。此外，音節文字教師數量不足，假設維西縣進一步開展音節文字教學，是否具備足夠的教師資源將受到考驗。

三、教育教學中面臨諸多挑戰

維西縣民族小學開設了音節文字興趣課程，對於音節文字在年輕一代中的推廣起到了重要作用。但是，在教育教學實踐中，仍面臨著諸多挑戰。

首先，開展音節文字課程的學校較少，後續沒有跟進。雲南民族大學的蓋興之針對新傈僳文提出建議，「在整個義務教育階段設置民族語文課程，小學課時多些，初中可作為一門選修課開設，學些傳統文學之類。」〔註14〕這個建議也可針對音節文字。目前在維西縣，只有維西民族小學和葉枝的一所小學開設了音節文字課作為興趣課程，其他中小學沒有開設。這兩所小學的學生即便學習了三年音節文字課，升入初中後就沒有了後續課程，不利於繼續學習。

其次，傈僳族進行雙語教學中，使用的語文課文多為老傈僳文。雲南省民教處和省民語委認為，在漢傈雙語教學中，使用老傈僳文較好。近年來，民教處在傈僳族雙語教學中，傾向於使用老傈僳文。傈僳族音節文字的專門課本，只有維西傈僳族研究會編寫的一本，葉枝的其他小學並不使用。這本音節文字教材的發放數量也不足，發放範圍小，做不到每個學生一本。這在一定程度上也不利於音節文字的教學。

〔註14〕馬效義：《新創文字在文化變遷中的功能與意義闡釋——以哈尼、傈僳和納西族為例》〔M〕，北京：民族出版社，2011 年版，第 122 頁。

四、文字管理結構不完善

文字管理機構不完善也是音節文字保護和推廣面臨的一大問題。

目前為止，維西縣並沒有專門針對音節文字的民族語文管理機構。維西縣民宗局下設的傈僳族發展研究會和傈僳族民族文化研究所，都有與音節文字相關的工作，但卻沒有一個專門負責音節文字的部門。無法全面統籌音節文字相關工作，這就造成了一定弊端。筆者第一次前往維西縣進行田野調查時，在維西縣政府諮詢工作人員，問了三四個人才被告知應前往民宗局。到達民宗局後，經過反覆溝通，民宗局的工作人員才向筆者介紹了傈僳族研究會的余海忠等工作人員，筆者的田野調查終於得以開展。此外，筆者在調查過程中，談起音節文字石碑，傈僳學研究會的工作人員並不知道文化局還藏有石碑，而當時石碑早已入庫，並成為縣級文物。當時文化局的工作人員在翻譯石碑文字時，也不知道維西縣傈僳族研究會可以進行翻譯工作。另外，音節文字文獻存放地點也較為分散。這都是由於沒有一個專門的音節文字管理機構造成的。

第五節　本章小結

傈僳族音節文字在二十世紀五十年代的調查中，調查者的主要著重於音節文字本身，對於音節文字記錄的文獻沒有涉及。二十世紀八十年代的調查中，調查組首次發現了音節文字記錄的文獻，其中最重要的是二十四部《祭天古歌》。但是，在這次調查後，再也沒有較大規模的針對音節文字的調查。二十世紀八十年代末之後音節文字的狀況也不為人所知。

針對以上問題，筆者在 2015 年至 2017 年間四次到維西地區進行田野調查。在田野調查的過程中，通過訪問群眾，進行問卷調查等形式，對音節文字的使用現狀有了新的瞭解。通過在維西地區的實地四次調查，對於音節文字的使用現狀，筆者有了新的認識。

首先，音節文字不是死文字，仍在使用。其次，學校教育在音節文字的保護和傳承中起到重要作用，學校教育主要有兩種：小學校的音節文字課程與維西縣政府開設的傈僳族音節文字骨幹培訓班。第三，音節文字是維西傈僳族身份認同的一部分，已經成為維西傈僳族的身份符號之一。第四，過去的某些記述和結論不準確，與實地考察所獲得的資料不符。第五，發現了新的音節文字

文獻石碑。

　　同時，在新形勢下，如何對音節文字進行有效的保護與傳承，則面臨許多問題。首先，音節文字的社會功能具有侷限性。其次，專職教師的匱乏，也是制約音節文字推廣和傳承的原因之一。第三，教育教學中面臨的諸多挑戰，開展音節文字課程的學校較少，後續沒有跟進。其次，傈僳族雙語教學中，使用的語文課文多為老傈僳文。最後，文字管理結構不完善，沒有一個專門針對音節文字的民族語文管理部門。

第七章　從傈僳族音節文字看個人創製的本民族文字

文字是人類社會邁向文明的重要標誌。文字產生於何時？由誰人創製？——文字起源問題一直是普通文字學與文字史的重要研究內容。從古到今，人們關注文字的起源，試圖解釋，但難以得到確切的答案。在遙遠的過去，先民往往將文字的產生歸功於一人，並對其賦予濃重的神話色彩。

漢字的起源有著諸多神話，其中最著名的當屬「倉頡造字」。王元鹿在梳理漢字發生研究的歷史時，對於古籍中「倉頡作書」的記載進行了梳理：[註1]

《荀子‧解蔽》：「好書者眾矣，而倉頡獨傳者一也。」

《韓非子‧五蠹》：「古者倉頡之作書也。自環者謂之厶，背厶者謂之公。」

《呂氏春秋‧勿躬》：「史皇作圖。」

《呂氏春秋‧情勢》：「周鼎著象。」

《世本》：「倉頡作文字。」

《倉頡篇》：「倉頡作書，以教後造詣。」

《淮南子‧本經訓》：「昔者倉頡作書，而天雨粟，鬼夜哭。」高誘注：「蒼頡始視鳥跡之文造書契。」

〔註1〕王元鹿：《王元鹿普通文字學與比較文字學論集》〔M〕，上海：上海古籍出版社，2012 年版，第 32 頁。

　　除了倉頡造字之外，還有伏羲制八卦，神農結繩等造字神話，都將造字的功勞歸於一人。東漢許慎在《說文解字序》中對遠古造字神話進行了總結：「古者庖犧氏之王天下也，仰則觀象於天，俯則觀法於地，觀鳥獸之文與地之宜，近取諸身，遠取諸物；於是始作《易》，八卦以垂憲象。及神農氏，結繩為治，而統其事庶業其繁，飾偽萌生。黃帝史官倉頡，見鳥獸蹄迒之跡，知分理可相別異也，初造書契。百工以乂，萬品以察，蓋取諸夬。夬揚於王庭。言文者，宣教明化於王者朝庭，君子所以施祿及下，居德則明忌也。倉頡之初作書也，蓋依類象形，故謂之文。其後形聲相益，即謂之字。文者，物象之本；字者，言孳乳而浸多也。著於竹帛謂之書。」〔註2〕

　　除了漢字的造字神話，其他民族對於文字的產生和來源也有相似的神話傳說，亦認為文字由個人創製。例如，關於東巴文的來歷，明代納西族土司木公撰寫的《木氏宦譜》中，記載了木氏祖先牟保阿琮造字的傳說：「（牟保阿琮）生七歲，不學而識文字。及長，旁通百蠻各家諸書，以之為神通之說，且製本方文字。」〔註3〕

　　在另一則東巴文創製神話中，東巴文由東巴戛拉創製：「從前，一個漢族人、一個藏族人、一個納西人約好了日子，要一同去天上找天神取經。結果漢族人、藏族人先就走人，納西東巴戛拉丟在後面，等他趕著去追趕兩位夥伴時，在吉拉染柱山碰見他倆回來了。『我們把經都取回來了！』漢人和藏人對東巴戛拉說。東巴戛拉看見他倆取經後來後心高氣傲的樣子，著實不高興。悶起想了一會兒，一會兒，對漢人和藏人說，『我雖然沒有取成經，沒有學到寫字的本領，但是，我能夠看見山就寫山，看見牛就寫牛，看見馬就畫馬。』說完，當場就給他倆畫了許多山、水、羊、馬、牛、人……的符號。從那個時候起，納西族的東巴想寫啥寫就畫一個啥，念經時就有了象形符號的東巴文經書，再也不愁沒有文字了。所以，直到現在，納西族用的都是象形東巴文。」〔註4〕

〔註2〕（東漢）許慎：《說文解字》〔M〕，北京：中華書局，1985 年版，第 519 頁。

〔註3〕方國瑜編撰，和志武參訂：《納西象形文字譜》〔M〕，昆明：雲南人民出版社，2005年版，第 44 頁。

〔註4〕中國民間文學集成四川卷編輯委員會：《中國民間故事集成‧四川卷》〔M〕，北京：中國 ISBN 中心，2004 年版。轉引自鄧章應：《西南少數民族原始文字的產生與發展》〔M〕，北京：人民出版社，2012 年版，第 43 頁。

　　雲南哀牢山地區流傳的「尼施傳彝文」的神話中提到，彝文是尼施創製的：「哀牢山區的彝家原先沒有文字，很不方便。母資莫（即天神）叫管文字的仙女下凡傳文字，仙女在哀牢山最高最陡的懸崖上在下了金種和銀種。一月後，金芽銀芽冒出來了，金枝銀枝長出來了，金葉銀葉發出來了，金花銀花開出來了。金花銀花使人迷醉，仙女美貌更使人愛憐。人人都想做採花人，個個都爭著來攀親。一天，有個挎弓佩劍的英俊獵人，仙女同獵人結為夫妻。生下了胖兒子，取名尼施。尼施聰明伶俐，生來就愛畫畫。見山畫山，見水畫水，見花畫花，見草畫草，見鳥畫鳥，見獸畫獸，見什麼都畫。說來也怪，尼施畫什麼像什麼，可就是畫不像仙女種出來的金花銀花。後來尼施從金樹銀樹上把花一朵一朵地摘下來照著描，尼施一共寫了一百天。金樹上的三千字和銀樹上的三千字都寫完了。這時仙女對尼施說，『好兒子，從今以後，彝家千千萬萬的事，你都用這些字去記吧。』接著又對丈夫：『我要回去看我的阿媽，你帶著尼施去給彝家傳授文字吧。』仙女離開後，再沒有回到人間，尼施父子倆遵照她的囑咐，把彝文傳遍了彝家山寨。」〔註5〕

　　彝文的另一則文字起源神話中，彝文是彝族祖先阿蘇拉從神鳥那學習而來：「阿蘇拉是聽鳥獸語言寫成的經，因為他經常到寫經，他的女奴很奇怪，用錢牽在他的衣服上，並尾隨至山林，看見鳥在吐墨傳經，當時鳥見女僕來了，便飛走了。自此以後，鳥不再來傳經書。因此彝文經書後面均留兩篇空白，表示未完。」〔註6〕

　　水族使用水文，關於水文的起源，水族神話傳說中提到：「水書的創世祖是『拱六鐸』（音譯，即尊敬的祖公）。他在燕子洞口，蝙蝠洞坎，承蒙先人傳授。」〔註7〕

　　古埃及神話中，關於文字的起源，《斐德羅斯》記載：「據說埃及的瑙克拉

〔註5〕 中國民間文學集成雲南卷編輯委員會：《中國民間故事集成·雲南卷》〔M〕，北京：中國 ISBN 中心，2004 年版。轉引自鄧章應：《西南少數民族原始文字的產生與發展》〔M〕，北京：人民出版社，2012 年版，第 48 頁。

〔註6〕 《昭覺縣竹核鄉畢摩蘇尼調查》，《四川省涼山彝族社會調查資料選輯》〔M〕，四川省社會科學院出版社 1987 年版。轉引自鄧章應：《西南少數民族原始文字的產生與發展》〔M〕，北京：人民出版社，2012 年版，第 47 頁。

〔註7〕 吳支賢、石尚昭：《水族文字研究》〔M〕，三都縣民委編印，1985 年版，轉引自鄧章應：《西南少數民族原始文字的產生與發展》，北京：人民出版社，2012 年版，第 45 頁。

提地方住著一位這個國家的古神，他的徽幟鳥叫做白鷺，他自己的名字是塞烏斯。他首先發明了數學和算術，還有幾何與天文，跳棋和骰子也是他的首創，尤其重要的是他發明了文字。當時統治整個國家的國王是薩姆斯，住在上埃及的一個大城市，希臘人稱之為埃及的底比斯，而把薩姆斯稱作阿蒙。塞烏斯來到薩姆斯這裡，把各種技藝傳給他，要他再傳給所有埃及人。」〔註8〕

由此可以看出，文字由個人創製的神話並非個例，而是先民對於文字起源的一種普遍想像。漢字、東巴文、彝文、水文等文字的起源年代眾說紛紜，但不可否認，這幾種文字的創始時期去今已遠，現代人無法獲取確切的文字創製信息。但是，傈僳族音節文字創製於 20 世紀 20 年代，或許可以為我們揭開文字起源問題的神秘一角。

第一節　世界範圍內幾種典型的個人創製型文字

放眼世界範圍內，像傈僳族音節文字這樣由個人為本民族創製的文字系統並非孤例。下面介紹幾種典型的個人創製型文字系統，這些文字系統都是由個人獨立創製完成，有些甚至到今日還在使用。

一、塞闊亞和切羅基文字

切羅基文字（Cherokee Script）是北美地區一種著名的印第安文字，與傈僳族音節文字相同，切羅基文字也是個人創製型文字，創製人是切羅基人塞闊亞（Sequoyah，約 1770～1843）。

切羅基人使用切羅基語。切羅基語屬於易洛魁語（Iroquois），是美國北卡羅來納州和俄克拉何馬州地區印第安人使用的語言。切羅基人原本沒有文字。1809 年，塞闊亞（Sequoia）和一些朋友偶然討論起白人使用的「說話的葉片」，可以攜帶口信，並且能夠遠距離地發送和接收。這次偶然的談話，使他深刻意識到文字重要性。〔註9〕

塞闊亞意識到，切羅基人應該擁有本民族文字，於是他決定自己創造一種

〔註8〕曾瓊，曾慶盈主編：《認識「東方學」》〔M〕，北京：北京大學出版社，2014 年版。
〔註9〕〔美〕威廉‧A‧斯莫利著，陳永生譯，王霄冰校對：《文字系統的本族創製》。黃亞平，柏瑞思，王霄冰主編，《廣義文字研究》〔M〕，濟南：齊魯書社，2009 年版，第 228 頁。

切羅基文字。為了書寫切羅基語，十二年間，塞闊亞實驗了許多種方法。他不懂英文，為了創製切洛基文字，曾到摩拉維亞教會的一個學校去觀察學生如何讀英語，但收穫甚微。他還曾收集了一些英文字母，但也沒有理解文字使用的原理。塞闊亞決定嘗試其他方法，他開始畫畫，打算用不同的圖畫來代表不同的詞。但因為畫圖太過複雜，最終失敗。

在創製文字的過程中，塞闊亞逐漸發現，如果想成功書寫文字，必須用所畫的字來表示詞內的音節。1821 年，塞闊亞創製文字的進程獲得了初步成功：他創製了一個包含 200 多個音節符號的文字系統。他將這個系統教給自己的女兒，讓女兒把別人口授的口信記錄下來，然後自己再把這些口信讀出來，成功地驗證了此文字系統的可行性。接下來，塞闊亞對切羅基文字系統進行改良和簡化，最主要的是減少字符的數量，1824 年，塞闊亞將切羅基文字系統的字符減少至 85 個。

塞闊亞創製的切羅基文字以切羅基語基礎，是一種音節文字。從符號體態來看，多數的切羅基文字符號都與大寫的羅馬字母極為相似，少數符號則是對羅馬字母改造，或者新創造的字符。〔註 10〕

在此之後，塞闊亞開始推廣他的文字系統，並逐漸在整個切羅基人中廣泛傳播開來，大部分切羅基成年人具有了讀寫能力。切羅基人用切羅基文字書寫了大量文獻，特別是用於傳統的醫療記錄和基督教書籍，例如《新約》與《讚美詩》。1827 年，切羅基自治委員會採用了塞闊亞創製的切羅基文字系統，並澆築了用來印刷的字模。1828 年，第一份切羅基文報紙《切羅基鳳凰》面世。〔註 11〕

塞闊亞創製的切羅基文字系統對北美印第安民族的文字創製產生了重要影響，其中最重要的產物就是克里音節文字系統。克里語（Cree）的主要分布區包括北魁北克、北安大略，直到馬尼托巴的加拿大北部。克里語是阿爾貢金語（Algonquian）的一種，與奧吉布娃語（Ojibwa）和蒙塔格尼語（Montagnais）具有親緣關係。

〔註 10〕〔加〕亨利·羅傑斯著，孫亞楠譯：《文字系統——語言學的方法》〔M〕，北京：商務印書館，2016 年版，第 364～365 頁。

〔註 11〕〔美〕威廉·A·斯莫利著，陳永生譯，王霄冰校對：《文字系統的本族創製》。黃亞平，柏瑞思，王霄冰主編，《廣義文字研究》〔M〕，濟南：齊魯書社，2009 年版，第 228～229 頁。

　　1840 年左右，英國衛理公會傳教士詹姆斯・埃文斯（James Evans）創製出了一個廣為人知的克里音節文字系統（Cree syllabic）。他在安大略省時，就開始嘗試用羅馬字母和他自己設計的符號為奧吉布娃印第安人創製文字系統。1840 年，埃文斯移居到魯帕特地區（今馬尼託巴省）的挪威浩斯之後，終於發明出了克里文字系統。

　　克里文字系統是一種音節文字。埃文斯熟知塞闊亞創製的切羅基文字，還懂得印度的天城體梵文，此外，他還精通畢文（Pitman）速記符。從符號體態來看，埃文斯利用速記的手法來設計文字符號的外形，通過旋轉輔音來表示不同的元音，這一點也很有可能出自速記。此外，天城體梵文的知識對埃文斯創製克里文字系統也有一定影響。天城體梵文視輔音為文字基礎，元音則是以變體符號的形式出現在輔音的前、後、左、右（位置取決於具體的元音）。

　　克里文字系統是一個成功文字系統，在沒有任何機構的支持下得到了飛速傳播。19 世紀晚期的報導中提到，幾乎每個說克里語的成年人都能使用克里文字。當地的基督教會起初反對使用克里語和埃文斯的克里音節文字文字系統，後來克里文字系統的大規模傳播使教會轉變了態度，最終接受了克里文字。1861 年，倫敦出版了克里文字版的全本《聖經》。

　　克里文字系統中甚至出現了一些小的地區變體，甚至宗派變體。20 世紀中期，克里文字的使用還僅限於宗教，而在那之後，越來越多的非宗教文獻，諸如教科書、流行雜誌和政府文件，也開始用克里文字系統印刷出版。

　　克里文字系統有時還被借用到其他語言中，例如阿薩巴斯卡語（Athapaskam）中的齊帕威語（Chippeweyan）和卡里爾語（Carrier）。這些借用中最成功的一個文字系統當屬因紐特文字。

二、楊松錄與苗文字母〔註12〕

　　越南的楊松錄（Shong Lue Yang，？～1971）創製了苗語文字系統〔註13〕，他將其稱為苗語字母（Pahawh Hmong）。楊松錄實際創製了苗語和克木語兩種

〔註12〕〔美〕威廉・A・斯莫利著，陳永生譯，王霄冰校對：《文字系統的本族創製》。黃亞平，柏瑞思，王霄冰主編，《廣義文字研究》〔M〕，濟南，齊魯書社，2009 年版，第 232～238 頁。

〔註13〕原文將 Shong Lue Yang 譯為尚盧楊，Pahawh Hmong 譯為孟語，現根據通行版本的譯名，改為楊松錄和苗語。

文字系統〔註14〕，但克木語的文字材料已經散軼殆盡，無法對其進行確切的研究。

　　楊松錄沒有上過學，不識字，無法讀寫任何語言。但由於他所處的地理位置的特殊性，他能夠同時接觸到漢語、越南語，老撾語和法語。在苗族中流傳著一個關於文字的神話，神話中提到，天神某天會賜予他們文字。因此，對於苗族人而言，楊松錄能夠獨立創製出一種文字，其本人和苗語字母都富有神話色彩。自1959年起，楊松錄開始在越南西北部山區的苗族人中推廣苗語字母。

　　熟悉東南亞文字系統的專家斯墨利（Smalley）認為，楊松錄苗文十分獨特。〔註15〕第一苗語系統共有151個字母，包括數字等符號。由於字符較多，楊松錄很快開始對第一苗文系統進行系統性的改良。在第一苗文系統的基礎上，他進行了三次修正：1965年的第二苗文系統，1970年的第三苗文系統，1971年的第四苗文系統。從第一苗文系統到第四苗文系統的重構，實際上是一種對文字系統的簡化，並修正了一些漏洞。第四苗文系統對聲調的處理，借鑒了越南文。其中，第二苗文系統包括91個字符，是使用最為廣泛的一個系統，生活在泰國和老撾大約兩千苗族人至今仍在使用第二苗文系統。

　　楊松錄在1971年被暗殺，他留下了一些信件之類的文獻。在使用苗語字母的人群中存留有大量苗語字母書寫的文獻。

三、尼雅與班瑪姆文字〔註16〕

　　班瑪姆王國位於今天的喀麥隆西部。班瑪姆國王尼雅（Nioya，1867～1933）創製了班瑪姆文字（Bamum）系統。尼雅學習過使用阿拉伯字母的豪薩文，但他在創製文字時，並不想直接全盤借用豪薩文。尼雅希望班瑪姆文字要具有自己的特點，而非豪薩文的照搬。他甚至堅持認為，因為豪薩文按照阿拉伯文的方式從右向左書寫，那麼班瑪姆文只能從左到右、從上到下或

〔註14〕苗語和克木語都屬於南亞語系孟─高棉語族。（原譯者注：克木語是尚盧楊母親的民族使用的語言。）

〔註15〕〔加〕亨利・羅傑斯著，孫亞楠譯：《文字系統──語言學的方法》〔M〕，北京：商務印書館，2016年版，第384～386頁。

〔註16〕〔美〕威廉・A・斯莫利著，陳永生譯，王霄冰校對：《文字系統的本族創製》〔M〕。黃亞平，柏瑞思，王霄冰主編，《廣義文字研究》，濟南：齊魯書社，2009年版，第223～228頁。

者從下到上書寫。1895 年左右，尼雅創製出了第一個班瑪姆文字系統的雛形，緊接著做了四次修整。1910 年左右的第六班瑪姆系統取得了根本性的突破，尼雅創製出了一個完整的文字系統。最後在 1921 年，尼雅在不改變整個文字系統結構的前提下，簡化了第六系統的字符，創製出第七班瑪姆系統（Bamum G）。

在尼雅創製的班瑪姆系統取得了里程碑式的成就。班瑪姆文字書寫的文獻包括一本《班瑪姆歷史和風俗》，一本婚姻習俗，一本宗教書籍和一本《醫學和鄉土藥理學》，關於出生、結婚、死亡和法律判決在文獻中都有記載。

四、魯國洪與魯國洪彝文〔註17〕

魯國洪（1917～1992），彝族，雲南省楚雄彝族自治州姚安縣左門鄉阿九拉村人。魯國洪沒受過教育，也沒有學過任何文字。年輕時，他曾被抓過壯丁，出過兩次民工。因為漢語不好，在外時常遭人奚落。別人可以寫信、讀書，他卻不能寫信，又不願找人幫忙，這些經歷令他感到了不識字的難處和痛苦。

新中國成立後，村上借用魯國洪的房子設立了一所學校，白天給孩子上課，晚上作為掃盲班給年輕人掃盲。當時魯國洪已經三十多歲，他受到啟發，但又不願和年輕人坐在一起學習。於是他打算創造一種文字，到時也教教年輕人。

魯國洪自創的彝文是一種音節文字，共包括 1926 個字，每個字是表音的符號。為了在記錄語言時便於查找，他把所有字符寫在牛皮紙上，裝訂成冊，稱為「字典」在記錄語言時，找出讀音相同或相近的字表示。魯國洪用他創製的彝文書寫了大量文獻，主要是生活瑣事，用水筆或鉛筆寫在小學生作業本、舊書或紙片上，甚至用粉筆寫在木板、門板和牆壁上。

第二節　個人創製本民族文字系統特點初探

從典型的個人創製的本民族文字系統——塞闊亞與切羅基文字，楊松錄與苗文，尼雅與班瑪姆文字，魯國洪與魯國洪彝文，汪忍波與傈僳族音節文字——來進行分析，個人創製的本民族文字，具有一些共同的特點。

〔註17〕黃建明：《彝文文字學》〔M〕，北京：民族出版社，2003 年版，第 202～225 頁。

一、受到既有文字系統的影響

所謂既有文字系統，指的是已經存在的文字的系統，例如漢字、英文字母、阿拉伯字母等成熟的文字系統。既有文字系統對個人創製本民族文字大致有兩方面影響：

（一）文字意識的擴散

個人創製在本民族文字時，這個民族並沒有文字，而創製者往往沒有受過教育，並不識字。除了班瑪姆國王尼雅之外，塞闊亞、楊松錄、魯國洪和汪忍波都沒有上過學。但是他們所處的環境使他們接觸到了文字。塞闊亞發現白人使用「說話的葉片」；楊松錄能同時接觸到漢字、法文、越南字母等幾種文字；魯國洪接觸到漢字；汪忍波則接觸到漢字、藏文、老傈僳文和東巴文。尼雅作為貴族階層，學習過豪薩文。接觸到這些文字系統，首先讓創造者發現三個問題：第一，世界上存在著文字，可以書寫、記錄與傳播。第二，其他民族具備文字，但創造者的本民族則缺乏文字系統。第三，文字可以被人為創造。在這一過程中，發現文字是最重要的一環，斯莫利將之稱為「激發擴散」（Stimulus Diffusion）。

莫杜普親王提到他在非洲老家首次接觸文字的經歷：「神父佩里的住宅裏有一塊擁擠的地方，那就是他排列書架的地方。我漸漸領悟到，書頁的記號是被捕捉住的詞彙。任何人都可以學會譯解這些符號，並把困在裏面的字釋放出來，還原成詞彙。印書的油墨囚禁的思想。它們不能從書中逃出來，就像野獸逃不出陷阱一樣。當我完全意識到這意味著什麼時，激動和震驚的激情流遍全身，就和第一次瞥見科納克里輝煌的燈火時一樣激動不已。我震驚得渾身戰慄，強烈渴望自己學會去做這件奇妙無比的事情。」〔註18〕這就是文字的激發擴散。

（二）字符的借用與改進

造字者在產生造字意識之後，在創造文字的過程中，往往會借鑒使用既有文字系統的字符。借用的程度與既有文字系統對創造者的影響成正比。

塞闊亞為了創製切羅基文字，曾經去教授英文的學校旁聽，並抄寫了一些

〔註18〕〔加〕馬歇爾·麥克盧漢著，何道寬譯，《理解媒介——論人的延伸》〔M〕，北京：商務印書館，2007年，第118頁。

英文字母的標本。他創製的切羅基文字，多數的切羅基文字符號都與大寫的羅馬字母極為相似，少數符號則是對羅馬字母改造。楊松錄的第四苗文系統對於聲調的區分則借用了越南字母的方式。魯國洪家中房屋借用為學校，他創製的彝文，其形式無疑也受到漢字的影響。汪忍波在《自述》中提到，「漢人、藏人和納西人有自己的文字。」說明他知道漢字、藏文和東巴文的存在。維西是滇西北重要的戰略要地，清朝雍正、乾隆年間，大量漢族移民進入維西，帶來了漢文化。葉枝當地的納西族土司王氏對漢文化的學習較為深入。反映在傈僳族音節文字中，除了直接借用漢字字符之外，自造字的符號體態無疑也受到漢字字形的強烈影響。

二、個人創製文字與民族意識覺醒有關

個人創製文字，出發點是為本民族創製文字，這說明了文字與民族意識有著密切關係。幾種典型的個人創製的本民族文字都出現在 19 世紀中期之後，這絕非偶然。隨著工業革命的發生和發展，世界各民族的接觸日益頻繁。在接觸中，民族意識開始覺醒，民族試圖確立自己的身份，而語言文字則成為民族身份的象徵之一。本民族文字的出現具有重要價值：文字不但滿足了民族內部人員日常生活的需要，更保存了本族的傳統文化。由文字書寫的書籍是人的延伸[註19]。書籍的傳播普及識字和教育，而且對本族文化進行推廣和傳播，同時又提供了一個把個體凝聚成強大群體的模式，為確立民族身份起到了關鍵作用。

塞闊亞意識到白人使用英文，也就是說，白人使用英文，而切羅基人需要使用自己的文字，文字的能力至關重要。尼雅學習過豪薩文，正如此，在創製班瑪姆文字時，他才要創製出於豪薩文不同的特點，以凸顯民族性，這反映出了造字者強烈的民族意識。苗人對文字系統的關注來源於深層的文化現象：一些苗人將文字視為占統治地位的民族的權力來源，他們認為，文字可以使他們獲得平等地位。在苗人的神話中，他們曾有文字，但因為不善保存而丟失，天神總有一天會重新賜予文字。楊松錄苗文使神話成為現實。[註20] 魯國洪青年

〔註19〕〔加〕羅伯特・洛根著，吳信訓編，何道寬譯：《字母表效應：拼音文字與西方文明》〔M〕，上海：復旦大學出版社，2012 年版，第 220 頁。

〔註20〕〔美〕威廉・A・斯莫利著，陳永生譯，王霄冰校對：《文字系統的本族創製》。黃

時外出的經歷，讓他認識到了沒有文字的痛苦。他後來決定創製一種屬於自己
的文字，也就是屬於他的民族，與學校學生所學不同的文字。汪忍波在《自述》
中描述自己創製文字的緣由，「從前，傈僳沒有文字。傳說是因為傈僳文字寫
在獐皮上，被狗吃掉了。我不相信這種說法是真的。漢人、藏人、納西人都有
文字，所以使我想起了文字的問題，便創造起文字來。」〔註21〕

三、個人創製的民族文字與自源文字系統不同

　　所謂自源文字系統，指的是在創製過程中沒有受到其他文字系統影響的文
字系統，例如漢字、埃及聖書字、蘇美爾文字和瑪雅文字。有一些文字系統，
雖然在後來的文字接觸中吸收到一部分其他文字系統的影響，但在這種文字創
始伊始，其並未受到其他外來的文字系統干擾，也可視為自源文字系統，例如
納西東巴文。自源文字系統歷史悠久，一般經歷數百年乃至數千年的漫長歷史。
因為沒有其他既有文字系統可供參考，所以自源文字系統具有一系列從早期到
成熟時期的演變過程，由圖畫轉向標記整個詞或語素的符號，文字系統的性質
較為複雜。

　　但個人創製的民族文字則與自源文字系統不同。個人創製文字，受到既有
文字系統的影響，例如，塞闊亞受到英文啟發，傈僳音節文字對於漢字符號的
吸收和採用。但是，雖然使用了既有文字系統的字符，但這種使用往往與字符
的原有內涵無關。傈僳族音節文字中借用的漢字，讀音和含義幾乎都與原字毫
無關係。

　　另外，個人創製文字是個人獨立創造，創製時間較短，在一代人的時間之
內就已經創製出一整套完整的文字系統：塞闊亞從 1809 年起創製切羅基文
字，1821 年獲得初步成功。楊松錄 1959 年開始推廣第一苗語系統，1971 年
時已經對苗語系統進行了三次調整。尼雅在 1895 年創製成功第一套班瑪姆文
字，1921 已經修訂為第七套班瑪姆文字系統。汪忍波從 1920 年左右開始創製
傈僳族音節文字，大概前後花費了十年左右的時間。

　　亞平，柏瑞思，王霄冰主編，《廣義文字研究》〔M〕，濟南：齊魯書社，2009 年版，
　　第 242 頁。

〔註21〕參見《哇忍波自傳》，汪忍波原著，木玉璋翻譯，李汝春整理，中國人民政治協商
　　　　會議雲南省維西傈僳族自治縣文史資料研究委員會 1989 年編寫：《維西文史資料》
　　　　（第一輯），第 1 頁。

此外，個人創製文字的性質一般為音節文字或字母文字。莫里斯統計了自1900年起的27種個人創製的本民族文字，其中11種為音節文字，16種為字母文字。〔註22〕這絕非偶然。個人創製文字與自源文字不同，有既有文字系統作為參考，在很大程度上避免了前期的摸索，不必如自源文字般經歷演化，更容易做到「一步到位」。

四、文字創製者的能力至關重要

在創製文字的過程中，文字創造者的能力至關重要。正是由於他們的聰明才智和不懈努力，才能最終創製出屬於本民族的文字系統。

首先，文字創製者具有強烈的民族使命感。文字創製者發現其他民族使用文字，而本民族沒有民族文字時，其民族使命感成為促使他們創製文字的動力。

其次，對文字系統進行分析。文字創製者沒有受過教育，即便尼雅學習過豪薩文，但他也沒有受到過語言學或文字學的訓練，塞闊亞、楊松錄、魯國洪和汪忍波甚至不識字。他們在既有文字系統的啟發下，開始創製文字。在創製文字期間，若要成功，他們必須發現文字的本質，從而得到造字原理，也就是將字符與語音對應起來。造字者若要發現這一造字原理，就要對語言進行一定量的分析。事實證明，從塞闊亞的切羅基文字到汪忍波的傈僳族音節文字，無論字符多寡，這些個人創製的本民族文字均能準確表達該民族的語音，書寫、記錄了大量文獻，是成功的文字系統。

第三節　本章小結

文字的起源問題一直是比較文字學和文字史關注的焦點問題之一。先民無法解釋文字由來，便創製了許多有關文字的神話，如倉頡造字、牟保阿琮創製納西東巴文，尼施創造彝文等等。在這些神話傳說中，文字由個人創製，表達了先民認為文字是由個人創製而來的思想。

但是漢字、東巴文、彝文等文字系統由於創製歷史悠久，今天已無法窺

〔註22〕〔美〕威廉・A・斯莫利著，陳永生譯，王霄冰校對：《文字系統的本族創製》。黃亞平，柏瑞思，王霄冰主編，《廣義文字研究》〔M〕，濟南：齊魯書社，2009年版，第224～225頁。

見其創製初期的全貌。這些文字系統具有漫長的演化過程，也很難歸功於某一人單獨創製。汪忍波創製傈僳族音節文字，或許可以為文字起源問題增添新的證據。

　　除了汪忍波和傈僳族音節文字之外，在世界範圍內，還有一些個人創製的本民族文字。如北美塞闊亞創製切羅基文字，楊松錄苗文，尼雅創製班瑪姆文字，魯國洪彝文等文字系統，都與汪忍波的傈僳族音節文字一樣，屬於個人創製的本民族文字。這些文字系統具有自己的特點，首先，受到既有文字系統的影響，主要表現在兩個方面：第一，文字意識的擴散，即使造字者發現文字，瞭解文字的作用，並意識到本民族沒有文字；第二對字符的借用和吸收，即創製者在創製文字時，直接借用既有文字系統的字符，或對字符進行改造，吸收起有用的部分。其次，個人創製文字與民族意識覺醒有關。個人創製文字與民族意識的覺醒有著密不可分的聯繫，文字成為民族的符號。再次，個人創製的本民族文字與自源文字不同。字源文字屬於獨立創製型文字，具有一個演化漸進的過程。但個人創製型文字，往往在一代人的時間內便已經成熟，並且多屬於字母或音節等表音文字。最後，在創製文字的過程中，文字創造者的能力至關重要。創製者利用自己的聰明才智，在沒有受過專業訓練的前提下，靠著不寫努力進行語音文字的分析和探索，最終才能創製出屬於本民族的文字系統。

第八章　結　語

　　本文以傈僳族音節文字為研究對象，以《傈僳族音節文字字典》為基本研究材料，結合田野調查所獲得的成果，主要得出以下結論：

　　一、傈僳族音節文字是一種個人創製型的民族文字。造字者汪忍波創製音節文字，在強烈的民族情感和個人經歷雙重動力的驅使下，他克服了種種困難，成功創製出了傈僳族音節文字。

　　二、在對《傈僳族音節文字字典》中 1147 個字形進行考釋的過程中，我們發現，探尋音節文字的字源，不適宜直接套用漢字的「六書」理論，而要從音節文字本身的性質出發。傈僳族音節文字是一種表音文字，一個字形表示一個音節。由於每個音節在不同場合下表達的意義有所不同，所以無法確定該字形的本義，或者也可以認為，音節文字的字形沒有本義。

　　三、汪忍波在創製音節文字時，使用了一部分構字元件。這些構字元件構成了一系列字形，但字形之間的字音和字義沒有絕對關聯。所以可以認為，音節文字中的構字元件不含有字音和字義的成分。音節文字在構字時，採用了多種多樣的構字方法，如音形系聯法，就是讀音相近的音節，採用相似的字形。這是汪忍波的一大創舉。又如，在一些詞中，組成詞的兩個音節文字，在字形上具有關聯性。這也是一種非常特殊的構字法。

　　四、汪忍波在創製音節文字時，很可能已經認識到了詞性等深層次的語法問題。

五、傈僳族音節文字中的借源字，借用了漢字，藏文字母和老傈僳文的一些成分。借用這三種文字體系的成分，與維西當地特殊的地理位置、歷史發展、民族與宗教構成有著密切的關係。借源字的存在是文字體系互相接觸和傳播的結果，是文字發展史中的一種常見現象。

六、傈僳族音節文字具有比較豐富的異體字，這是由於其個人創製的特點所決定的。汪忍波可能已經意識到了音節文字中異體字的存在，製作了音節文字雕版，供學習者學習。此外，傈僳族音節文字中，除了異體字之外，還存在一字多音現象。一字多音現象在實踐中也可能產生異體字。

七、發現了新的音節文字文獻：音節文字石碑。石碑的主要內容是預言，這說明在民間仍有可能存在未被發現的音節文字文獻。

八、音節文字不是死文字，仍在使用。在音節文字的保護和傳承中，學校教育起到了重要作用。音節文字是維西傈僳族身份認同的一部分。過去的某些記述和結論不準確。

九、除了汪忍波和傈僳族音節文字之外，在世界範圍內，還有一些個人創製的本民族文字，例如北美塞闊亞的切羅基文字，楊松錄苗文，尼雅的班瑪姆文字，魯國洪彝文等文字系統。

十、個人創製的民族文字具有自己的特點：受到既有文字系統的影響，吸收了文字意識和字符。個人創製文字與民族意識覺醒有關。個人創製的本民族文字與自源文字（如漢字、埃及聖書字）性質不同。在創製文字的過程中，文字創造者的能力至關重要

參考文獻

一、工具書

1. 方國瑜，納西象形文字譜〔M〕，昆明：雲南人民出版社，2005。
2. 木玉璋，傈僳族音節文字字典〔M〕，北京：知識產權出版社，2006。

二、專　著

1. （東漢）許慎，說文解字〔M〕，北京：中華書局，1985。
2. （清）檀萃輯，宋文熙、李東平校注，《滇海虞衡志》校注〔M〕，昆明：雲南人民出版社，1990。
3. 〔法〕亨利·奧爾良著，龍雲譯，雲南遊記——從東京灣到印度〔M〕，昆明：雲南人民出版社，2001。
4. 〔加〕亨利·羅傑斯著，孫亞楠譯，文字系統——語言學的方法〔M〕，北京：商務印書館，2016。
5. 〔加〕馬歇爾·麥克盧漢著，何道寬譯，理解媒介——論人的延伸〔M〕，北京：商務印書館，2007。
6. 〔美〕威爾伯·施拉姆著，何道寬譯，傳播學概論〔M〕，北京：中國人民大學出版社，2010。
7. 蔡成武，李德祐主編，維西傈僳之韻〔M〕，昆明：雲南大學出版社，2011。
8. 曾瓊，曾慶盈主編，認識「東方學」〔M〕，北京：北京大學出版社，2014 年。
9. 鄧章應，白曉麗，《維西見聞紀》研究〔M〕，成都：四川大學出版社，2012。
10. 鄧章應，西南少數民族原始文字的產生與發展〔M〕，北京：人民出版社，2012。
11. 迪慶民族文化概覽編委會，迪慶民族文化概覽維西卷〔M〕，昆明：雲南民族出版

社，2008。

12. 傅懋勣著，納西族圖畫文字《白蝙蝠取經記》研究〔M〕，北京：商務印書館，2012。

13. 高慧宜，傈僳族竹書文字研究〔M〕，上海：華東師範大學出版社，2006。

14. 關東升，中國民族文字與書法寶典〔M〕，北京：中國大百科全書出版社，2001。

15. 漢剛、李貴明譯注，迪慶藏族自治州非物質文化遺產保護中心編，傈僳族音節文字文獻譯注·祭天古歌〔M〕，昆明：雲南民族出版社，2017。

16. 和志武、錢安靖、蔡家麒主編，中國原始宗教資料叢編（納西族、羌族、獨龍族、怒族卷）〔M〕，上海：上海人民出版社，1993。

17. 侯興華著，傈僳族歷史文化探幽〔M〕，昆明：雲南大學出版社，2010。

18. 胡蘭英編著，傈僳語文知識〔M〕，潞西：德宏民族出版社，2012。

19. 胡易容，傳媒符號學——後麥克盧漢的理論轉向〔M〕，蘇州：蘇州大學出版社，2012。

20. 黃亞平，柏瑞思，王霄冰主編，廣義文字研究〔M〕，濟南：齊魯書社，2009。

21. 金星華主編，中國民族語文工作〔M〕，北京：民族出版社，2005。

22. 李國文，雲南少數民族古籍文獻調查與研究〔M〕，北京：民族出版社，2010。

23. 傈僳族簡史修訂本編寫組，傈僳族簡史〔M〕，北京：民族出版社，2008。

24. 林茨，福音谷〔M〕，石家莊：河北教育出版社，2003。

25. 劉峰，傈僳族〔M〕，烏魯木齊：新疆美術攝影出版，2010。

26. 陸錫興，漢字傳播史〔M〕，北京：語文出版社，2002。

27. 羅常培、傅懋勣，國內少數民族語言文字的概況〔M〕，北京：中華書局，1954。

28. 馬效義，新創文字在文化變遷中的功能與意義闡釋——以哈尼、傈僳和納西族為例〔M〕，北京：民族出版社，2012。

29. 馬學良，漢藏語概論〔M〕，北京：北京大學出版社，1991。

30. 木玉璋、孫宏開著，傈僳語方言研究〔M〕，北京：民族出版社，2011。

31. 木玉璋、徐琳等，逃婚調·重逢調·生產調〔M〕，昆明：雲南人民出版社，1980。

32. 木玉璋編著，傈僳族語言文字及文獻研究〔M〕，北京：知識產權出版社，2006。

33. 農布七林，蔡成武編著，維西讀本〔M〕，昆明：雲南民族出版社，2009。

34. 秦樹才著，清代綠營兵研究——以汛塘為中心〔M〕，昆明：雲南教育出版社，2004。

35. 裘錫圭，文字學概要〔M〕，北京：商務印書館，1988。

36. 阮鳳斌編著，三江並流腹地的精神家園——維西文化遺產概覽〔M〕，昆明：雲南人民出版社，2006。

37. 斯陸益主編，傈僳族文化大觀〔M〕，昆明：雲南民族出版社，1999。

38. 斯琴高娃，李茂林編著，傈僳族風俗志〔M〕，北京：中央民族大學出版社，1994。

39. 孫宏開主編，木玉璋、孫宏開著，傈僳語方言研究〔M〕，北京：民族出版社，2012。

40. 陶雲逵，陶雲逵民族研究文集〔M〕，北京：民族出版社，2012。

41. 汪寧生，民族考古學探索〔M〕，昆明：雲南人民出版社，2008。

42. 汪忍波原著，木玉璋，漢剛，余宏德整理，祭天古歌〔M〕，昆明：雲南民族出版社，1999。

43. 王恒傑，民族知識叢書——傈僳族〔M〕，北京：民族出版社，1998。

44. 王力，古代漢語〔M〕，北京：中華書局，1999。

45. 王元鹿、鄧章應、朱建軍、李靜、李明、邱子雁等著，中國文字家族〔M〕，鄭州：大象出版社，2007。

46. 王元鹿，普通文字學概論〔M〕，貴陽：貴州人民出版社，1996。

47. 王元鹿，王元鹿普通文字學與比較文字學論集〔M〕，上海：上海古籍出版社，2012。

48. 維西傈僳族自治縣編著，漢剛、漢維傑注譯，傈僳族音節文字古籍文獻譯注〔M〕，潞西：德宏民族出版社，2013。

49. 維西傈僳族自治縣人民政府，維西傈僳族自治縣民族宗教事務局，維西傈僳族自治縣傈僳學研究所，余海忠、蜂玉程編著，傈僳族音節文字識字課本〔M〕，潞西：德宏民族出版社，2013。

50. 魏忠編著，中國的多種民族文字及文獻〔M〕，北京：民族出版社，2004。

51. 吳成虎，維西漢語方言詞典〔M〕，上海辭書出版社，2007。

52. 吳成虎，維西民族文化與方言〔M〕，昆明：雲南民族出版社，2013。

53. 徐琳，木玉璋，蓋興之，傈僳語簡志〔M〕，北京：民族出版社，1986。

54. 徐琳，歐益子，傈僳語語法綱要〔M〕，北京：科學出版社，1959。

55. 徐琳‧木玉璋，傈僳族《創世紀》研究〔M〕，東京：東京外國語大學亞細亞‧非洲言語文化研究所，昭和 56 年（1981 年）。

56. 楊宏峰主編，歐光明編著，中國傈僳族〔M〕，銀川：寧夏人民出版社，2012。

57. 雲南省少數民族古籍整理出版規劃辦公室編，雲南少數民族古籍珍本集成第五卷——傈僳族〔M〕，昆明：雲南人民出版社，2013。

58. 雲南省少數民族語文工作指導委員會，雲南省志‧雲南少數民族語言文字志〔M〕，昆明：雲南人民出版社，1998。

59. 雲南省少數民族語文指導工作委員會編，主編和麗峰，副主編熊玉友，雲南少數民族文字概要〔M〕，昆明：雲南民族出版社，1999。

60. 雲南省維西傈僳族自治縣縣志編纂委員會，維西傈僳族自治縣志〔M〕，昆明：雲南民族出版社，1999。

61. 中國大百科全書總編輯委員會，中國大百科全書‧語言文字卷〔M〕，北京：中國大百科全書出版社，1988。

62. 周有光，比較文字學初探〔M〕，北京：語文出版社，1998。

63. 周有光，世界文字發展史〔M〕，上海：上海教育出版社，2003。

64. 祝發清、左玉堂、尚仲豪編，傈僳族民間故事選〔M〕，上海：上海文藝出版，1985。

三、論　文

1. 陳子丹，魏容，傈僳族的原始記事方法與文書檔案〔J〕，雲南檔案，2002（2）。

2. 陳建明，傳教士在西南少數民族地區的文字創製活動〔J〕，宗教學研究 2010 第 4 期。

3. 鄧章應，個人自創本民族文字及對文字起源研究的重新認識〔J〕，重慶師範大

學學報（哲學社會科學版），2013 年第 3 期。

4. 段菊花，哇忍波的傈僳族音節文字〔J〕，雲南檔案，2002 年第 1 卷。

5. 高慧宜，水族水文和傈僳族竹書的異體字比較研究〔J〕，民族論壇，2008 年第 3 卷。

6. 高慧宜，傈僳族竹書文字考釋方法研究〔J〕，中文自學指導，2006 年第 1 期。

7. 高新凱，竹書創製與性質的再認識，中國文字研究第二十輯，2015。

8. 海路，族群認同視野下的侗文教育〔J〕，湖南師範大學教育科學學報〔J〕，2009（2）。

9. 韓立坤，傈僳族音節文字研究綜述〔J〕，內蒙古民族大學學報（哲學社會科學版）第 42 卷第 3 期。

10. 韓立坤，傈僳族原始記事方法研究〔J〕，西北民族大學學報（哲學社會科學版），2016 年第 5 期。

11. 和翠芳、周知勇，維西大詞戲與傈僳族音節文字〔J〕，雲南檔案，2006 年第 2 卷

12. 解魯雲，近十餘年傈僳族研究綜述〔J〕，雲南民族大學學報（哲學社會科學版），第 24 卷第 4 期。

13. 李家瑞，雲南幾個民族記事和表意的方法〔J〕，文物，1962（1）。

14. 李汝春，汪忍波和他創造的傈僳族音節文字〔J〕，雲南出版工作，1987 年第 5 期。

15. 木玉璋、李汝春，汪忍波與傈僳音節文字〔J〕，雲南民族文化，1987 年第 2 期。

16. 木玉璋，傈僳族的原始記憶方法和音節文字〔J〕，雲南民族文化，1983 年第 2 期。

17. 木玉璋，傈僳族音節文字及其文獻〔J〕，中國民族古文字研究會，1985 年。

18. 木玉璋，傈僳族音節文字文獻中的曆法〔J〕，民族古籍，1988 年第 2 期。

19. 木玉璋，傈僳族音節文字造字法特點簡介〔J〕，民族語文，1994（4）。

20. 蘇金智，語言的聲望計劃與雙文字政策〔J〕，民族語文，1993（3）。

21. 王恒傑，傈僳古文字考〔J〕，民族文化，1983。

22. 王元鹿，異體字的辨識和查檢〔J〕，中文自學指導，1988 年第 12 期。

23. 楊毅，雲南少數民族檔案早期表現形式探析〔J〕，雲南民族學院學報，2000（3）。

24. 楊毅，雲南少數民族檔案早期表現形式探析〔J〕，雲南民族學院學報，2000（3）。

25. 張軍，傈僳族新老文字使用問題〔J〕，中國語言生活狀況報告，2013（1）。

26. 趙麗明，漢字在傳播中的變異研究〔J〕，清華大學學報（哲學社會科學版），1999（1）。

27. 周有光，漢字文化圈的文字演變〔J〕，民族語文，1989 年第 1 期。

28. 朱建軍，從文字接觸視角看漢字對水文的影響〔J〕，貴州民族研究，2006 年第 3 期。

四、學位論文

1. 李小蘭，哥巴文字源考釋〔D〕，〔碩士學位論文〕上海：華東師範大學，2014。

2. 劉紅妤，傈僳竹書與納西哥巴文造字機制比較研究〔D〕，〔碩士學位論文〕重慶：西南大學，2011。

3. 周斌，東巴文異體字研究〔D〕，〔博士學位論文〕上海：華東師範大學，2004。

五、論文集

1. 邊疆文化論叢（第一輯）〔M〕，昆明，雲南民族出版社，1988。

六、內部資料

1. 木玉璋，傈僳族語言文字概況，中共維西傈僳族自治縣文教局，1984。

2. 維西傈僳研究會選編，祭天古歌，1999。

3. 維西傈僳族自治縣人民政府，民族宗教事務局傈僳學研究所，傈僳族音節文字，2013。

4. 維西傈僳族自治縣地名委員會辦公室，雲南省維西傈僳族自治縣地名志，1987。

5. 維西傈僳族自治縣民間文學集成資料辦公室編，維西傈僳族自治縣民間文學集成資料（第一集），1988。

6. 張征東等，雲南傈僳族及福貢貢山社會調查報告，西南民族學院圖書館，1986。

7. 中國人民政治協商會議雲南省維西傈僳族自治縣文史資料研究委員會編，維西文史資料（第一輯），1989。

8. 中國人民政治協商會議雲南省維西傈僳族自治縣文史資料研究委員會編，維西文史資料（第二輯），1989。

9. 中國人民政治協商會議雲南省維西傈僳族自治縣文史資料研究委員會編，維西文史資料（第三輯），1989。